「大丈夫。最高の援軍が来たから」

魔法が放たれる前に、女の方が吹き飛んだ。

（やらせるものですか！）

（くそっ！　流石ドラゴンゾンビの親玉だけあって硬いな！）

さらに女は吹き飛んだ先で何者かに首を切りつけられたが、その絶妙なタイミングで放たれた一撃は、首を切断するまでには至らなかった。

「あれは、あの二人は……」

「シーリアに、リカルド……」

異世界転生の冒険者
ISEKAITENSEI NO BOUKENSYA
16

「俺の神としての名は、『輪廻転生の神』。命の生まれ変わりを司る神……今はその見習いだがな」
その言葉を聞いた女は、ようやく焦りの表情を浮かべた。
「その神の力で、お前を生まれ変わらせる。お前の魂から、記憶と死神の力を失わせてな」

㊩ケンイチ ㊁ネム

登場人物紹介

テンマ…………本作の主人公。違う世界で事故死した際に、異世界の神にスカウトされた。

マーリン………テンマの祖父で、賢者と言われるほどの実力を持つ魔法使い。

プリメラ………グンジョー市で部隊長をしていたが元騎士団長で、テンマとの結婚を機に引退。

ジャンヌ………オオトリ家のメイドで、元中立派のアルメリア子爵家の令嬢。

アウラ…………ジャンヌが貴族だった時代の専属メイド。今はオオトリ家でメイドをしている

アムール………南部子爵家の長女で虎の獣人。テンマに負けてからは、オオトリ家に居候する。

クリス…………元男爵令嬢で、特待生として王都の学園にトップで卒業し、最年少で近衛騎士に抜擢された実力者。

スラリン………スライムでテンマが最初にテイムした魔物。スライムなのに知能が高い。

シロウマル……テンマの眷属。ゴールデンフェンリルとシルバリオフェンリルとの間に生まれた新種だが、誰も気が付いていない。

ソロモン………テンマがテイムした白い龍。

ジュウベエ……テンマの飼牛。

アルバート……サンガ公爵家の嫡男。テンマの親友で義理の兄でもある。

カイン…………サモンス侯爵家の嫡男でテンマの親友。

リオン…………ハウスト辺境伯家の嫡男でテンマの親友。

ジン……………『暁の剣』のリーダー。ガラットとメナスとは幼馴染。実力は王国の中でもトップクラス。

ガラット………『暁の剣』のメンバーで狼の獣人で、バランス能力に優れた冒険者。

メナス…………ジンと共に、『暁の剣』の前衛を担う女性。気が強く姉御肌なところがある。

リーナ…………『暁の剣』の後衛を担当する魔法使い。

ハウスト辺境伯……リオンの父親で名前はハロルド。

サンガ公爵………アルバートとプリメラの父親で名前はアルサス。

サモンス侯爵……カインの父親で名前はカルロス。

アレックス…………テンマの住んでいる国の国王。テンマの養父とは学園時代からの親友。

マリア………………アレックスの妻で王妃。テンマの養母とは幼い頃からの親友。

ティーダ……………皇太子シーザーの息子。

ルナ…………………皇太子シーザーの娘。

シーザー……………アレックスの長男で皇太子。

ザイン………………アレックスの次男で財務局の長（財務卿）。

ライル………………アレックスの三男で軍部の長（軍務卿）。

アーネスト…………現国王の叔父（ただし、先代国王である兄の養子になっているので、戸籍上は兄）で、大公。マーリンの学園時代からの悪友。

イザベラ……………シーザーの妻で皇太子妃。

ミザリア……………ザインの妻。

アイナ………………マリア付きのメイドでアウラの姉。ディンの婚約者。

ディン………………近衛隊の隊長。アレックスとは古くからの付き合い。

ジャン………………近衛隊の副隊長。近衛隊で一番の苦労人（主にディンとクリスのせいで）。

ハナ…………………虎の獣人で南部子爵家の当主であり、南部で一番強い人物。

ロボ…………………ハナの夫の虎の獣人。

ブランカ……………虎の獣人で、ハナの義弟。南部でもトップクラスの実力者。

レニ…………………狸の獣人で自他共に認めるナナオ一のモテ女。戦闘能力は低い。

ラニ…………………狸の獣人で、レニの兄。南部でもトップクラスの諜報員。

マーク………………元ククリ村の住人。テンマの養父とは幼い頃からの親友同士。

マーサ………………マークの妻。

contents

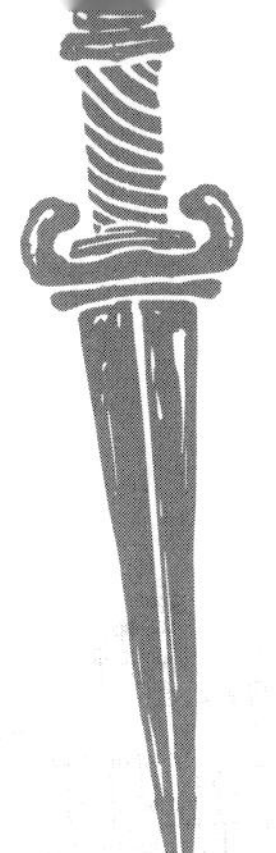

第一六章

第一幕

◆死神ＳＩＤＥ

あいつが地下のダンジョンの主である『古代龍』を味方につけることに失敗したことは、とりあえず喜ばしいことではあった。けれど、未だにこの世界の危機は継続中だ。どうせなら、あの古代龍の骨があいつを倒してくれればよかったのに……

「とにかく、これで破壊神が出向かなくてもよくなった」

「まあ、まだ少し時間が延びたといったところだがな」

「それでも、対策を練る時間ができたのはありがたいわよ」

創生神も武神も、一時的にとはいえ最悪の事態を免れたことに胸を撫で下ろしているようだ。

「そうも言ってられない。あいつ、古代龍の骨の代わりに、最深部にあったヘビの死体を手下にした」

あいつは器用なことに、古代龍を手下にできないとみると戦闘中にもかかわらず、近くにあった大蛇を代わりに手下に変えていたらしい。

生きている時はかなり強力な魔物だったみたいだけど、死んでから時間が経っているせいでその能力は大幅に低下しているはず。けれど、その大きさは人間にとっては脅威ではある。

「上のダンジョンの最下層に、マーリンが到着した。それとほぼ同時に、雑魚が穴から出始めている」

「戦力はスラリンにシロウマル、ディンにジンか……王国では最高クラスの戦力で、古代龍は無理でも中級……いや、上級の龍なら倒せるくらいの戦力だね。でも……」

「あの女には敵わない……か。でもそれは、マーリンもわかっているだろう」

「多分、勝ち負けよりも、いかにテンマちゃんを救出するかに重点を置いているのでしょうね。だから雑魚が溢れてきても魔法は極力使わずに温存しているんでしょう」

「しかし、問題はどうやってテンマを助け出すかだが……」

「それについての方法はある。問題はその方法にあいつらが気づいているかどうかということと、それを実行に移せる能力と余裕があるかだ」

技能神の言う方法とは、以前テンマがやっていたマジックバッグとマジックバッグを繋ぐ方法の応用で、テンマが吸い込まれたあたりとディメンションバッグを繋いで、繋いだ方からテンマを引っ張り出すというものらしい。ただ、技術的にマーリンたちでは成功率が一割あるかどうかだと、技能神は険しい顔をして言った。

「マーリンたちがあいつと戦闘を開始した！」

マーリンたちは、序盤こそ創生神たちの想像を超える善戦を繰り広げたけれど、それもあいつの手のひらの上だったようで、大蛇のゾンビが現れてからは一気にマーリンたちは追い込まれていった。

あのヘビのゾンビ……あの女は、戦力としてではなく、最初から回復の為の生贄として利用するつもりだったようだ。あのヘビのゾンビに雑魚どもを吸収させて力を蓄えさせ、最終的にヘビが蓄えた力ごと自分の回復に使用するつもりだったのだ。やはりあいつは侮れない。そのずる賢さで、・・・あの時も創生神たちの目をごまかしたのだろう。

「あいつのやらかしたことだから、その尻拭いは私がしないと……」

皆は止めるだろうけど、誰かが犠牲になる必要があるなら、破壊神よりも先に私がなるべき。それに、あいつにできて、私にできないことはないはず。

「それが、現死神の使命」

あいつが自分勝手な理由で地上に被害を出し皆に迷惑をかけ、今また世界を混乱に陥れようとするのなら、私が止める。多分私なら、ここにいる誰よりもうまくやれる可能性が高いから。

そう決意を固め、少しの機会も逃さないように神経を研ぎ澄まし……

「今！」

マーリンがあいつ……元死神の胸に小烏丸(こがらすまる)を突き立て、あいつのディメンションバッグがわずかに開いた瞬間を狙い、私はあいつの中へと飛び込んだ。小烏丸を握ったままの、マーリンの千切れた腕と共に……

◆ジャンヌSIDE

「そうですか。王国軍はゾンビに押されていますか……」

サンガ公爵家とシルフィルド伯爵家の騎士が立て続けに持ってきた情報を聞いて、プリメラさんは表情を曇らせていた。

「王都から逃げるなら、そろそろ覚悟を決めないといけないと思うけど、どうするんだい？」

ケリーさんは、プリメラさんにやんわりとこのまま王都に留(とど)まるのか、それとも脱出するのかを決めろと選択を迫っている。

難しい判断であると思うけど、テンマとマーリン様がいない以上、オオトリ家の責任者はプリメラさんしかいないし、今オオトリ家の敷地内にいる人たちは全員、事前にプリメラさんの判断に従うと誓っている。

「失礼します！」

判断に迷っているプリメラさんの下に、新たなサンガ公爵家の騎士が、

「中立派の連合軍が敗走ですか！　しかも、敗走させたのは地龍のゾンビですって⁉」

更なる戦場の変化を伝えに来た。

「敗走！　中立派は大丈夫なんですか！」

中立派の連合軍を率いているのはマスタング子爵で、出陣前にわざわざ挨拶に来てくれていたのだ。

マスタング子爵とは小さな頃に何度か会ったことがあるらしいけれど私は覚えておらず、私にとってはクーデター騒動の時が最初の記憶だった。しかしその後、王都で時間がある時はオオトリ家を訪ねてきてくれて、そのたびにお土産をくれたりお父さんの話をしてくれたりするくらい目をかけてもらっている。

そんな親戚のおじさんのような子爵が敗走したという報告に、私は思わずプリメラさんを押しのける形で公爵家の騎士に詰め寄ってしまった。

騎士は一度プリメラさんに目配せをして頷く(うなず)と、私に中立派の敗走について話し始めた。

その話によると、一度態勢を整える為に後方にいた別の中立派の部隊と交代しようとしていたと

ころ、数体の四つ腕の化け物が突進してきて暴れたらしく、その混乱から軍の動きが鈍ったところに地龍のゾンビが襲いかかったが、地龍のゾンビは四つ腕の化け物ほどではないが動きが速かったそうで、接近に気がつくのが遅れた中立派はかなりの被害を出してしまったそうだ。

ただ幸いなことに、動きが速いとはいえ馬の脚ほどではなかったそうで、部隊の真ん中あたりにいたマスタング子爵は怪我をすることなく戦場から離脱できたらしい。

そのことに安堵したものの、地龍のゾンビは速度を落としつつも王都に向けて移動しているそうで、そのまま接近を許してしまえば、おそらく王都を護る城壁は破壊されてしまうだろうとのことだった。

「プリメラさん！　私の持っているサソリ型なら、多分止められます！」

もしこれが普通の地龍なら、サソリ型ゴーレムでもその突進を止めることは難しいだろうけど、今のサソリ型はテンマによって何度か改良されて強化されているし、ゾンビとなって能力の落ちている状態なら十分勝算はあるはずだ。しかし、

「待ちな、ジャンヌ！　そのサソリ型ゴーレムはテンマに預けられたものなのだから、あくまでもオオトリ家の為に使うべきだよ！　わざわざ危険な所に持っていって、オオトリ家の守りを減らす必要はないはずだ！」

プリメラさんではなく、ケリーさんが待ったをかけた。

確かにオオトリ家の傘下に加わったとはいえ、ドワーフの鍛冶師集団という戦力を引き連れてきたケリーさんは、軍で言えば部隊長のような立場に立っている。それにこれまでの付き合いから、ケリーさんはプリメラさんの相談役のようなこともしていた。

その為、オオトリ家の関係者とはいえ、奴隷でありメイドである私の発言に真っ向から反対したのだと思う。

しばらくの間ケリーさんが私を睨（にら）んでいると、

「ケリー、構いません。ジャンヌ、中立派への援軍をお願いします。ただし最悪の場合、サソリ型ゴーレムを破棄し、中立派を見捨ててでも無事に戻ってきなさい」

「いいのかい？」

「ええ。マスタング子爵をはじめとした中立派の中心にいる貴族には、オオトリ家に友好的な家が多くあります。ここで援軍を出すのは、後々のことを考えれば大きな意味を持ちます。それに、たとえ王都から逃げ出す状況になったとしても、その前に貴重なサソリ型ゴーレムを東側の戦場に援軍として出したという事実は、とても大きな意味を持ちます。そしてそれ以上に、今援軍を送ればこの戦争がどう転んでも、多くの中立派に恩を売ることが可能です」

王都の内部まで攻め込まれる状況になれば、それはほぼ王国側の敗北と見るしかない。そうなればオオトリ家だけでなく中立派の部隊も逃げ出すだろうから、彼らの協力を得られる可能性が高く、数が増えればサソリ型ゴーレムの抜けた穴を塞ぐことは十分に可能という判断らしい。

「ジャンヌ、移動はソロモンにお願いしてください。今この状況で、オオトリ家の者が街中を歩くのは危ないですから」

「なら、私も護衛としてついていくよ！」

「お願いします。もしジャンヌが退却を渋った時は、気絶させてでも連れ戻してください」

「了解！　行くよ、ジャンヌ」

「はい！　ありがとうございます、プリメラさん！」

プリメラさんに頭を下げてケリーさんと外に飛び出し、中庭で寝ていたソロモンに事情を話すと、ソロモンはひと鳴きしてから首輪を外した。するとソロモンの体は私とケリーさんの二人が十分乗れるくらいに大きくなったので、急いで背にまたがった……けれど、

「ちょ、ちょっとソロモン、飛ぶのはまだ待って！」

ソロモンの背中には翼以外に摑む所がなく、ソロモンが体を起き上がらせただけで私とケリーさんは滑り落ちそうになってしまった。

「お前ら、どうにかしろ！」

「ちょっと待ってください……これで体を固定して！」

すぐにケリーさんが周りで見ていた従業員の人たちに指示を出すと、手綱と体を固定する為の道具を即席で作ってソロモンの体に装着してくれた。即席だから少し強度に不安があったけれど、短時間なら問題ないようなのでソロモンに改めて中立派のいる方角の城壁まで飛んでもらうと、王都の外が見えるにつれて戦場の音が聞こえ始めた。

「ソロモン、あそこ！　あそこに下りて！」

城壁の上にいた貴族たちのうち、ソロモンに持たせていたオオトリ家の旗に気がついたいくつかの貴族が場所を空けてくれた。そのうち、私はマスタング子爵家の家紋がある場所にソロモンを誘導すると、下りてすぐにマスタング子爵家の騎士が駆け寄ってきて状況を説明してくれた。

「それじゃあ、マスタング子爵は無事なんですね」

「はい。しかし、地龍のゾンビは中立派に目を付けたらしく、進路を変えてこちらに向かってきて

おります。その為、子爵は態勢を整え次第、もう一度前線に出るとのことです」

「子爵に出撃は少し待つように連絡してください。オオトリ家のゴーレムで、地龍のゾンビを止めてみます！」

「了解しました！　突撃中止だ！　すぐに子爵に伝えろ！　オオトリ家の援軍が出るぞ！　道を空けるんだ！」

騎士が城壁の上から下にいる人たちに大声で指示を出すと、すぐに子爵たちまで話が行ったらしく、突撃は中止された。

それを見た私は首飾りに魔力を込めて投げると、空中でサソリ型ゴーレムは姿を現し、その大きな体で地面に着地した。サソリ型ゴーレムが重すぎたせいで、着地の時にかなりの音と共に地面が揺れて少し混乱が起きてしまったけど、マスタング子爵たちが周囲に向かって状況を説明して落ち着かせたのですぐに静かになった。

「ゴーレム、最優先は地龍のゾンビの無力化、もしくは撃退！　あとは向かってくる敵の排除！　行って！」

私の命令を聞いたサソリ型ゴーレムは両方のハサミを振り上げると、地龍のゾンビが向かってきている方角へと走り出した。

「大きさでは負けているみたいですけど、重さではゴーレムの方が上でしょう。援軍、感謝します！」

私たちを出迎えた騎士は子爵軍でも上の役職に就いている人らしく、マスタング子爵の代わりに頭を下げてくれた。

「それじゃあ、オオトリ家に戻るかい？」

「いえ、本当にサソリ型が地龍のゾンビを止めることができるのかを見てから戻った方がいいと思います」

「それもそうか。地龍のゾンビを撃破した後は、サソリ型を回収しないといけないしね」

ケリーさんにまだこの場に残ることを話し、視線をサソリ型ゴーレムの方に向けようとした時、

「そこにいるのはオオトリ家のジャンヌだな！」

下から聞き慣れた声が聞こえたので身を乗り出すと、ちょうど真下にライル様がいた。

「そうです！　上から失礼します！」

「緊急事態なのだ、構わん！　それよりも援軍感謝する！　すまないが、もう少し戦況が安定するまでサソリ型の力を貸してくれ！　ソロモン、何かあったらジャンヌをちゃんと逃がすんだぞ！　ジャンヌが怪我でもしたら、テンマに怒られてしまうからな！」

ライル様はそう言って笑った後、周囲にいた騎士たちを集めて話し合いを始めた。王国軍が押されているので、士気向上の意味も込めて前線に出てきたみたいだ。だけど、半ば強行的にやってきたようで、時々護衛としてついてきている近衛(このえ)兵から戻るようにと説得されていた。

そんな中、

「ライル様！　サソリ型ゴーレムが地龍のゾンビと戦い始めました！」

サソリ型が地龍のゾンビに体当たりをし、その動きを止めさせることに成功していた。

そのままサソリ型は、両方のハサミで殴りつけたり挟んだりして地龍のゾンビを攻撃するが、地龍のゾンビはサソリ型よりも大きな体で覆いかぶさるようにして動きを鈍らせ、その隙に周囲のゾ

ンビたちに攻撃させている。

「ちょっと押され気味かな？　まあ、一番ヤバい地龍のゾンビはほぼ抑え込めているんだ。周りにいる四つ腕どもも、さすがにサソリ型の敵ではないようだね」

「見えるんですか？」

「私は目がいい方だからね。あっ！　また一体、四つ腕が潰されたね！　そろそろ、地龍のゾンビもサソリ型を抑え込むことが難しくなるだろうよ」

ケリーさんのように四つ腕の化け物までは見えないけれど、そんな私でもサソリ型の動きが少しずつ大きくなっているように見える。この調子なら、あと少しで地龍のゾンビには勝てると思う。

そんな雰囲気が私たちの周りに広がり始めた時、

「何だ、あれはっ！　空から何かが来るよ！」

目がいいと言っていたケリーさんが、いち早くこの戦場に飛来する何かを発見した。

その何かは高速で王都に接近すると、その姿を私たちにしっかりと見せる為なのか一度速度を落とし……高度をギリギリまで下げてから再び加速して飛び去っていった。

「きゃあっ！」

「ジャンヌ、あぶな……うわっ！」

それが加速して城壁の上空を通り過ぎた瞬間、私はその風圧に負けて空中に舞い上げられてしまった。それに気がついたケリーさんがとっさに私の腕を掴んだのだけれども、そのケリーさんもバランスを崩してしまい宙に浮かびかけていた。

「ギュイ！」

「ふぐっ！」

「つぅ……腰打ったぁ……」

ソロモンは、そんな私たちを助ける為に翼を使って飛ばされるのを防いでくれたのだけど、ソロモンも自分が飛ばされないように四肢の爪を立てて城壁にしがみついていた。その為、私とケリーさんは翼で包み込まれるというよりも叩(たた)きつけられるような形で引き寄せられてしまい、私は翼で顔を打ち、ケリーさんは私の背中に顔をぶつけて腰から（私の体重も乗った状態で）落ちてしまった。

「ありがとうソロモン、助かった……ソロモン？」

ソロモンに助けてくれたお礼を言おうと視線を向けると、ソロモンは険しい顔つきで飛び去っていった何か……『赤い龍』が向かった先を睨んでいた。

もしかすると、あの赤い龍はソロモンを挑発する為だけにわざと高度を落としたのかもしれない。

「ジャンヌ、大丈夫か！」

「ソロモンが守ってくれたので、私とケリーさんは無事です！　でも、他の人たちが！」

「そっちはすぐに救援に向かわせる！　それよりも、サソリ型にまた何かが近づいているぞ！」

ライル様に言われてサソリ型の方へと視線を向けると、先ほどの赤い龍よりもかなり小型の空飛ぶ龍のようなものが三頭もサソリ型に近づいていた。

「あれはワイバーンだね。繁殖期なのか興奮しているからかなのかはわからないけど、どれも赤みがかった色をしているね。しかもどれもかなり大きい……これはちょっとヤバいかな」

赤い理由はわからないけど、どちらにしろ通常よりも大きなワイバーンが三体もサソリ型に向かっているのだ。いくらサソリ型が地龍のゾンビを倒しかけているとはいえ、同時に四頭相手は分が悪い。私に割り当てられているゴーレムを向かわせようにも、合流するまでサソリ型が持つという保証はない。

私が対策を考えている間に、サソリ型は三頭のワイバーンと拘束から逃れた地龍のゾンビに囲まれて集中攻撃を受けていた。

「キュイッ！」

「ソロモン、行ってくれるの？」

「キュ～イッ！」

ソロモンは、「任せろ！」とでも言っているかのような声を出すと、城壁から勢いよく飛び立っていった。

飛び立つ時に大きく吠えたのが聞こえたのか、サソリ型を襲っていたワイバーンが三頭とも揃ってこちらに首を向けている。

「よし！　やれ！　……よっしゃー！」

そんな三頭のうち、サソリ型に一番近い所にいたワイバーンは、体を思いっきり伸ばしたサソリ型のハサミに首を挟まれ、そのまま地龍のゾンビに叩きつけられていた。

先ほどの歓声はケリーさんが叫んだものだったけど、同じような声がライル様やその周辺からも聞こえていた。

叩きつけられたワイバーンは、動いてはいるものの首が背中側に曲がったままで起き上がれないようだった。ケリーさんによると、曲がっている所からかなりの血が出ているので、首の骨が折れて皮膚を突き破っているのだろうとのことだった。

そんなワイバーンの下敷きになった地龍のゾンビは、体の半分近くが爆発したかのように飛び散っていて、動く気配を見せなかった。

一瞬で地龍のゾンビとワイバーン一頭を倒したサソリ型の活躍はすごかったけれど、その代償として尻尾と片方のハサミ、それと足の数本が砕けていた。

「仲間がやられたのを見て、残りの二頭は迷っているようだね。そのまま逃げてくれるといいんだけど……」

残った二頭のワイバーンは、サソリ型のハサミが絶対に届かない高さまで上がって様子を見ていた。ケリーさんによれば、あと少しでソロモンも到着するからこのまま逃げ出す可能性が高いだろうとのことだった。

「ソロモンは、大分速度を落として迫っているね。ワイバーンに考える時間を与えた方が、怪我せずに終わるかもしれないと思っているんだろうね」

勢いよく飛び出たソロモンも、できるなら二対一の不利な状況での戦闘は避けたいらしく、わざと逃げ出す時間を与えているらしい。

ライル様たちも、あの二頭のワイバーンがいなくなればこのあたりの戦場は安定すると思っているらしく、ワイバーンが逃げ出すことを期待するような言葉が聞こえている。しかし、

「グルァァァアアアア――――!!」

そんな期待を打ち砕く、死を運んできたとしか思えない衝撃波が大地を揺るがした。

「……かはっ！」

「ジャンヌ、大丈夫かい！」

その衝撃で私は息ができなくなってしまい、ケリーさんに背中を叩かれて何とか息を吐き出すことができるようになった。

「ケリーさん、今のは……」

「私の目でも、まだ見えないくらい遠くにいるね……つまりあの衝撃波……咆哮(ほうこう)は、そんなものすごい遠くから発せられたということだよ……そんなことができる存在がいるとすれば、それは……『古代龍』くらいだろうね」

私には魔物の声でその主を当てるなどできないけれど、今回のケリーさんの予想は間違っていないと思う。

私は魔物の声を聞き分けるほどの経験があるわけではないけれど、『龍の声』に関してはそれこそケリーさんどころかこの国でも上位に来るくらい聞いている。それに、さっき王都の上を通過していったあの大きな赤い龍よりも、声だけなのに迫力が段違いだと思えた。

それに何よりも、あの赤い龍にも怯(ひる)まなかったソロモンが、あの咆哮を聞いてからは怯(おび)えて地面にうずくまってしまっている。

「くそっ！　あのワイバーンたちがこっちに向かってきてやがる！」

「ソロモン、逃げて！」

さっきの咆哮はソロモンを怯えさせて、ワイバーンには逆に士気を上げる効果があったらしく、迷いを見せていた二頭のワイバーンは目を血走らせて、ソロモンに襲いかかろうとしていた。

「ギャッ！」

うずくまっていたソロモンは空からの攻撃に気がつくのが遅れ、無防備な状態で二頭に圧(の)しかかられてしまった。

そのまま二頭のワイバーンは何度もソロモンを踏みつけていたが、少しずつ移動していたサソリ型ゴーレムが残った方のハサミで地面を思いっきり叩くと、その音に驚いてソロモンの上からどいて、空へと飛び上がった。

その隙にソロモンも空へと飛び上がったけれど……ソロモンの白い体は、土と血で全身が汚れていた。

「普通のワイバーン二頭くらいなら、ソロモンだったら問題はないと思うけど……怪我もしているし、あのワイバーンは普通の個体じゃないみたいだからね……空を飛ぶ相手じゃなければ、援護くらいはできたのに」

ライル様も近くの兵たちに弓矢や魔法の準備をさせているみたいだけれど、ワイバーンはそれを見越してなのか、高度を先ほどまでよりも上げてしまった。

「危ないのはソロモンだけじゃないみたいだね。ゾンビがこっちに向かってきているし、さっきの咆哮で多くの味方が逃げてしまっている。それに何よりも、あの咆哮の主が姿を現したよ」

そう言うケリーさんの指差す方を見るけど、私にはそれらしき豆粒よりも小さなものが見えるだけだ。

「グギャ！」

突然上空から聞こえた悲鳴に驚いて目を向けると、ソロモンが一頭のワイバーンの首に噛(か)みついたところだった。悲鳴を上げたのがソロモンじゃなくてホッとしたのもつかの間、残りの一頭がソロモンの背後から飛びかかり、翼の根元に嚙みついた。

三頭が空中で絡み合う形となり、一塊となった三頭はすぐに墜落を始めた。その途中で、

「ソロモン！」

ソロモンの翼が根元から噛み千切られた。しかしソロモンは、それでも噛みついているワイバーンを放すことはなく、そのまま二頭揃って地面に落下した。落下の勢いで、二頭は地面に叩きつけられて一度弾んだ後で、そのままゴロゴロと数メートル転がって止まった。

城壁の上から身を乗り出してソロモンが転がった方を見ると、ワイバーンは落ち方が悪かったらしく頭部が潰れて動かなかったけど、ソロモンは仰向けの状態で荒い呼吸を繰り返していた。即死ではなかったけれど、かなり危ない状態のようだ。

ソロモンの翼を噛み千切ったワイバーンは、落下したソロモンを見て死んだと思ったのか、ソロモンの翼を咥えて咆哮の主が来ている方角へと飛んでいった。

「ケリーさん！　すぐにソロモンの所に向かいます！」

「わかった！　階段は……ええいっ！　こっちの方が早い！　ジャンヌ、しっかりと摑まってるんだよ！」

ケリーさんに声をかけて二人で階段を探したけれど、階段は少し離れた所にあるようで、おまけに外への出入口はさらに離れた所にあった。

そこでケリーさんは、自分のマジックバッグから数十メートルはあろうかというロープを取り出して端を城壁の欄干に結び、私を背負って下へと下りていった。

ソロモンの戦いを見ていた人たち（主に改革派の貴族）が悲鳴を上げながらこちら側に向かって逃げてきたけど、その時の私には不思議と怖いという気持ちはなかった。

「ジャンヌ！　ソロモンの所に行くのなら、この馬を使え！」

下に下りると、集まってきた人たちをかき分けるようにしてマスタング子爵がやってきた。マスタング子爵は私たちが下りてきた理由に気がついていたらしく、馬を一頭貸してくれた。

「ありがとうございます！」

「助けられたことを考えれば、これくらいお安い御用だ！　おい！　念の為何人か護衛としてついていけ！　我々の為にソロモンは命を懸けたのだ！　それとももしもの時は、ジャンヌたちを最優先しろ！」

マスタング子爵がそう叫ぶと数人の貴族と騎士がどこかに走っていき、私とケリーさんが馬に乗り終えるとほぼ同時に馬に乗って現れた。

「ジャンヌ！　近衛からも数人回す！　急いで行けば、今ならまだゾンビはソロモンの所に到達しないはずだ！」

「ライル様、ありがとうございます！」

中立派だけでなく、ライル様の護衛としてついてきていた近衛兵も数人加わり、私たちは即席の救出部隊を編制してソロモンの所へと馬を走らせた。

「皆さん！　まずはソロモンに傷薬を浴びせます！　その後はディメンションバッグに入れて戻りますけど、ソロモンが自力でバッグに入れない時はゴーレムの力を借りて入れることになります。その間、周囲の警戒をお願いします。ただ、無理はしないでください！　ケリーさんは、私がソロモンの治療をしている間に、サソリ型の回収をお願いできますか？」

「少し距離があるけど、多分大丈夫だ！　ゾンビよりも、馬の方が早く着く！」

ソロモンの所からサソリ型までは一キロメートルないくらいなので、往復の時間とサソリ型の核を回収する時間を入れたとしても、五分もかからずに戻ってくることができると思う。

「ソロモン！　皆さん、薬をかけるのを手伝ってください！」

本当なら、傷の一つ一つを丁寧に手当てした方がいいのだろうけど、いつゾンビがやってくるかわからない状況なので、今は応急処置だけに留めるしかない。

「ソロモン、動ける？」

「キュ……イ……」

薬で少し痛みが消えたのか、ソロモンは仰向けの状態から体を起こし、何とかバッグの中に移動しようとしていた。けれどそこに、

「ジャンヌ！　ワイバーンが戻ってきた！　逃げろ！」

サソリ型を回収し終えたケリーさんが、ワイバーンが引き返してきたと叫びながら戻ってきた。

それを聞いた他の人たちは、半分は馬に乗ってワイバーンが向かってくる方向に走り、残りはその場で私とソロモンを護るようにして武器を構えている。

「ゴーレムを出します！　壁代わりにしてください！　ソロモンは今のうちにバッグの中に……ソロモン？」

ゴーレムを一〇体出して壁にし、その間にソロモンにバッグの中に入るように促したけれど、ソロモンはバッグではなくゴーレムの真後ろに体を引きずりながら移動した。

ソロモンが移動している間に、ワイバーンは私たちまで残り数百メートルという所まで迫ってきている。ワイバーンが私たちに襲いかかるまで、あと十数秒というところだろう。

「ソロモン、早くバッグに入って！」

ワイバーンに襲いかかられても、ゴーレムが壁になれば数回くらいなら攻撃を防ぐことができるかもしれない。そう思ってもう一度ソロモンをバッグに入れようとしたけれど、ソロモンはさらにゴーレムに近づいて……前足で踏みつけた。正確にはゴーレムを踏み台にしたという感じで、あまり動かすことのできない自分の顔を、体ごと無理やりワイバーンの方へと向けて……

「ガァアァアァ！」

口から光線を発射した。前に何度か見たことのある、ソロモンのブレスだ。テンマが言うにはソロモンはあまりブレスを使わないせいか得意ではなさそうとのことだったけど、威力はかなり高いそうだ。

そんなソロモンのブレスが、回避できないくらいの近距離で防御なんか考えずに突っ込んできたワイバーンの顔面に正面からまともに当たった。

ワイバーンの顔はソロモンのブレスが当たった瞬間に消し飛んだみたいだけど、体の方は飛びかかってきた勢いのまま私たちの方へと突っ込んできた。

その突っ込んできたワイバーンの体はゴーレムが壁になって受け止めたけれど、ぶつかった時の衝撃や砕けた肉片、それにぶつかった際に壊れたゴーレムの破片などは私たちの所に飛んできて、何人かにぶつかって怪我人が出てしまった。ただ、幸いなことに誰も命に関わるような怪我をせずに済んだので、すぐに城壁まで戻ることができそうだ。

こうして一難が去ったこの戦場だったけれど、何よりも大きな次の一難……いや、災厄とも言えるものが、私の目でもわかるくらいの所まで近づいてきていた。

「テンマ……助けて……」

徐々に近づいてくる『古代龍』という名の『災厄』に心が折れそうになり、思わずテンマに助けを求めてしまった……その時、割と城壁に近い所から、ソロモンが墜落した時のような音が聞こえた。

第二幕

◆ハナSIDE

「ブランカ！　何人残ってる⁉」

「よくわからんが、ざっと見た感じだと、立っているのは五〇〇〇いるかどうかというところだ！」

　その中には立つのがやっとという者もいるはずだから、戦力としてはもっと少ないってことね……。

　開戦から一時間も経たないうちに、南部子爵軍は全体の三分の二を超える被害を受けてしまった。ただし、私たちもやられっぱなしというわけではなく、それなりにあの赤い龍にダメージを与えることはできている。あくまでも、それなりに……ではあるけれど。

　やっぱり、最初の不意打ちが痛かった。あんなでかいのが空から強襲してきた上に、よりにもよって軍のど真ん中で暴れたせいで、早々に南部子爵軍の兵士たち数千人が混乱から立ち直れない間にやられてしまっている。何とか隊列を立て直した後も、赤い龍の猛攻の前に次々に数を減らされたのだ。

　あの大きさの割に隙は少なく、生半可な攻撃では硬い鱗（うろこ）に跳ね返されるという、まさに最強の生物と呼ぶにふさわしい存在ね……私たちにとっては悪夢でしかないけれど。

そんな存在にも、私とブランカ、そしてアムール……というかライデンの攻撃は何とか通用し、硬い鱗を何枚か剝ぐことができた。あとはそこに集中攻撃をすることで、何か所か龍の皮膚を露出させることに成功したのだけれども……その皮膚も鱗よりは柔らかいとはいえ、やはり生半可な攻撃では傷をつけることができないのだ。

とはいえ、力自慢の獣人たちによる露出部への集中攻撃で、赤い龍の体から血を流させるのは可能だということがわかり、それを繰り返して今に至る。

「一万以上の犠牲を出したのに、あまり手ごたえが感じられないのよね……」

確かにあの赤い龍は体の数か所から血を流しているし、傷をつけられて痛がる素振りも見せているけれど、それだけだった。

どうしても私たちの与えた傷は、赤い龍にとって大きなダメージであるとは思えない。例えるならゴブリンだと侮っていたベテランの冒険者が、油断からちょっとした傷をつけられてしまい、予想外の出来事に驚いて過剰に痛がってしまっているといったところだろうか？　もっとも、ゴブリン対ベテラン冒険者の方が、大物食いの可能性は高いだろうけど。

「ライデン！　龍の気を引いて！　アムールは死んでも振り落とされないように！」

「無茶言うな――――！」

龍で一番厄介な攻撃といえば『ブレス』と呼ばれる光線だけど、今のところライデンのおかげで発射は未然に防ぐことができている。

「やばっ！　ライデン！　発射態勢に入った！　鼻っ面に攻撃！」

「ブルッ！　……ブルァアアア――――！」

アムールの指示でライデンは一瞬力をためる仕草をし、ブレスよりも先に雷魔法を赤い龍の顔目がけて発動させた。

それに対して赤い龍はブレスを中途半端に打つことでライデンの魔法と相殺させ、無傷で雷魔法をやり過ごしていた。

このようにして赤い龍がブレスを吐こうとするたびにライデンが対処してくれているので、南部子爵軍はブレスによる犠牲者の数を抑えることができているのだった。

さすがに魔物としての格ではあの赤い龍の方が数段上になるはずだけど、ライデンもSランクと同等かそれ以上の力を持っている（とテンマが言っていた）とのことで、実際にあの赤い龍に単独で接近戦を挑めているのはライデンだけ（背中にアムールが乗っているけど、あまり戦力になっていない）だ。

南部子爵軍で最上位の実力がある私とブランカですら、二人でフォローしながらでないと近づくことが難しく、私たち以外となるとそれこそ一〇人単位で犠牲を出しながら攻撃しているくらいだ。ライデンがいなければ、間違いなく私たちは開始早々に全滅していただろう。

「ブランカ、体力は回復したわね？　していなくても、そろそろ出るわよ！」

「おう！　ライデンばかりに任せるわけにはいかないからな！　それに、そろそろライデンも休ませないといけないしな」

いくらライデンが強いとはいえ、赤い龍はさらにその上を行くのだ。ライデンはゴーレムだから疲労感とは無縁かもしれないけれど、勤続疲労の心配があるから最前線で戦わせ続けることは避けるべきだし、何よりも魔力で動く以上は休憩を取らせて回復させないと、赤い龍の目の前で急に動きが止まってしまうという可能性もある。

「ライデン！　下がって魔力の補給！　アムール！　安全な位置で回復薬を使いなさい！」

ライデンにとって魔力の補給とは、自然に回復するのを待つだけでなく、人と同じように魔力回復薬を使って回復させる方法もある。ただその方法は人よりも効率が悪いので、人の数倍の量が必要になるのだ。まあ、ライデンは私たちの一〇倍は働いているので、私たちの分を回しても釣り合いが取れるどころか足りないくらいだ。

「ライデン、背中開放！　魔力補給、開始！」

ライデンの回復方法は、背中にあるスラリンのスペースに回復薬を注ぎ込むというものだ。

何でもテンマ曰く、ゴーレムであるライデンは周囲の魔力を吸収することで自身の魔力を回復させるそうだが、その際にライデンの周辺に魔力回復薬を振りまくと、空気中の魔力が一時的に増えるので回復が早まるそうだ。

その現象を応用し、ライデンの体の中にあるスラリン用のスペース（今はあまり使われていないらしい）に注ぐことで、さらに効率よく魔力を吸収することができるようになるとのことらしい。

それを知っていたアムールが最初にやっているのを見た時は、こんな時に何を無駄遣いしているのかと思ったが、実際に回復が早まっているように見えたので全て任せることにしたのだった。

「義姉さん、もう一度翼を狙うぞ！」

「わかっているわっ！」

赤い龍の翼はすでにライデンによって大きく裂かれているので、空を飛ばれて上から攻撃されるという心配はない。しかし赤い龍は、そんな破れた翼でも私たちを上から叩きつけてくるので、脚や尻尾に気を取られている間に叩き潰されてしまうということがあるのだ。

今のところ確認できている龍の攻撃は、大まかに分けて頭部（口など）を使うものに体（胴体）を使うもの、脚を使うものに尻尾を使うもの、そして翼を使うものということになる。

それらの攻撃方法のうち、少しでも犠牲を減らして勝率を上げる為に、一番無力化しやすそうな翼を私とブランカは先ほどから集中的に狙っていたのだった。

「うぉりゃ────！　……義姉さん、行けるぞ！」

「了解！」

ブランカが龍の攻撃をかいくぐり、拾っておいた斧を思いっきりぶん投げて翼の少し下のあたりに傷をつけることに成功した。私はその傷目がけて全力で走り込み、勢いをつけて槍を突き出した。

垂直に傷口を突いた槍は、これまでにない手ごたえで赤い龍の体に突き刺さったが、数十センチメートルくらいで骨のような硬いものに当たって止まった。

「やばっ！」

さすがの龍もその痛みには驚き、体をよじらせて私を振り払おうとしたが、すんでのところで逃げ出すことができた。

「あれだけやって少ししか刺さらないのか……」

「でも、龍はあれを嫌がっているみたいね。それに、いい所に突き刺せたおかげで、翼の動きが鈍っているわ！」

ブランカがジンから聞いたというヒドラの話を真似してみたけれど、思いのほか効果があるようだ。ただ、ヒドラのように弱らせるほど槍を打ち込むことは難易度が桁違いに高いとは思うけど、それでも龍の動きを少しでも鈍らせることができるのなら狙う価値はある。

龍の周りで戦っていた南部子爵軍の兵士たちも、龍がこれまでとは違う痛がり方をしているのを見て、ブランカと同じように斧やハンマーを投げつけ始めた。

それらの大半はブランカのように傷をつけるどころかまともに当たることはなかったけれど、これまでとは違う間合いで攻撃を始めた兵士たちに、龍は先ほどの痛みのこともあって少し戸惑うような素振りを見せていた。そこに、

「休憩終了！　ライデン、ゴー！」

ライデンとアムールが、龍の死角を突くようにして駆け出した。すさまじい速度で走るライデンからは、注ぎ込んだ回復薬が隙間から漏れ出して飛び散り光に反射して、こんな状況であるというのに幻想的に見えた。

龍はライデンの復帰は予想していただろうけど、死角からあの速度で突っ込んでくるのは想定外だったようで、顔を反対方向に向けた時にはすでにライデンは、力強く地面を蹴って宙を飛んでいた。そして、その背に乗っていたアムールは愛用のバルディッシュを構え……赤い龍の目に突き刺した。

「入った！　アムールの奴、やりやがった！」

あの勢いなら、もしかすると目玉を貫通して脳まで届いているかもしれない。そう思わせるくらい、私の目には完璧な一撃だったように見えるし、ブランカも確信しているようだ。しかし、

「アムール！」

バルディッシュは龍の脳まで届く前に刃の根元が砕け、その衝撃でアムールはライデンの背から

放り出されてしまった。

宙に放り出されて落ちていくアムールを龍は見失ったようだけど、すぐに体を回転させて尻尾でなぎ払う構えを取った。見つけたというよりは、適当に広範囲を攻撃しようという腹積もりらしい。

そしてアムールは、そんな龍の攻撃範囲内に落ちようとしている。

私とブランカはアムールを助けようと走り出したが、どうあがいてもアムールが地面に落ちるか龍の尻尾が振るわれるのが先だ。そんな中、

「グルァ！」

龍の尻尾がなぎ払うよりも早く、一足先に着地していたライデンがジャンプして落下中のアムールを器用にも空中で咥えた。しかし、そんなアムールとライデンに龍の尻尾は襲いかかり……アムールたちは弾(はじ)き飛ばされてしまった。

「間に合え！」

ライデンは飛ばされている途中でアムールを放したらしく、別々の場所に落ちようとしていた。アムールはライデンがクッションになったみたいで尻尾で弾かれた割には勢いが殺されてはいるが、それでもまだかなりの勢いがあるので、このままでは地面に叩きつけられてしまい大怪我では済まないはずだ。

幸い、アムールの落下点は今いる所からならギリギリ届く所だ。私は持っていた武器を捨てて全力で走り、地面に激突寸前のアムールの下に飛び込んだ。

「ぐっ！　……ごふっ、ごほっ！」

「うっ……うぁ……げほっ！」

激突寸前だったアムールに抱きついた私は、勢いを殺すことができずにアムールと一緒に転がった。体中にかなりの痛みが走り、咳と一緒に少量の血が出たけれど、私もアムールも致命傷というほどの怪我は負っていない。

「義姉さん、逃げろ！　狙われているぞ！」

ブランカが慌てた声で叫ぶが、残念ながら先ほどの衝撃で今すぐに動くことはできそうにない。

そのことに気がついたブランカが、私とアムールを抱えてその場を離れようとし、周囲にいた兵士たちが武器を投げたり大声を出したりして赤い龍の気を引こうとしているけど、龍はそれらを無視して完全に私たちに狙いをつけているようだ。

「ブランカ……アムールを連れていきなさい。私がここで足止めをするわ」

「馬鹿を言うな！　見捨てることなんてできるわけないだろ！」

「私を見捨てるんじゃなくて、アムールを助けるのよ！　行きなさい！」

追い詰められたせいで、ブランカの身内に対する甘さが出てしまったようだ。昔のブランカなら、アムールを生かす為だと言えば黙って指示に従ったかもしれない。でも、ヨシツネが生まれてからブランカは少し甘くなってしまった。もっとも、義姉としてはその変化は喜ばしいものなのだけど……今だけは、昔のブランカでいてほしかった。

しかし、このままでは私もアムールも、そしてブランカもあの赤い龍に殺されてしまう。やはり、犠牲を最小限に抑える為には、私が囮になって龍の気を引くしかない。さすがのブランカも、私に助かる道がないとわかればアムールを連れて後ろに下がるでしょう。

覚悟を決めた私は、無理やりブランカから離れ、近くにあった石を握って赤い龍を睨みつけた。

龍の方もまずは私を片付けるつもりになったのか、ブランカではなく私を睨みつけている。アムールのバルディッシュは脳までは届かなかったみたいだけど、龍の左目を潰すことはできていたらしく、大手柄と言えるようなものだ。人生の最後に、娘の戦果を見ることができただけでも良しとしましょう。

そう思いながら石を龍に投げつけ……ようとしたら、

「ふんりゃぁあああ――――!」

突然、どこからか聞き覚えのある少し間の抜けたような大声と共に、何かがすごい勢いで龍の横っ面にぶつかった。

その何かはかなりの威力があったようで、赤い龍は油断もあったのだろうがこの戦闘で初めて地面に倒れたのだ。ただ、すぐに起き上がっていることから、あの一撃で決定的と言えるほどのダメージを与えることはできなかったらしい。

しかし、バランスを崩した赤い龍に白い一団……全身を白い装備で固め、頭と口元を白い布で隠した私の知らない一団が私やブランカにも劣らぬ速さで接近し、次々に攻撃を仕掛けていった。

「誰だ、あいつら……兄貴の隊にあんな奴らは入っていなかったはずだぞ？　行軍中に見つけたのか？」

あの白い一団に、私は心当たりがあった。龍に襲いかかっている白装備の者たちは全部で一〇人ほどしかいないが、その一人一人が私やブランカに近い実力を持っているようだ。しかも全員の連携がしっかりできているので、

「話に聞いていただけだけど、本当に強いわね」

「義姉さん、知っているのか？」

ブランカは気がついていないようだけど、それは仕方がないのかもしれない。もしあのうちの一人でも私たちの近くまで来ていたのなら、わかりやすい特徴のある者たちだからブランカも一発で気がついていたでしょう。

「ハナ！　アムール！　ついでにブランカ、無事だったかっ！」

「生きているのが無事だといえばそうだけどね……それよりも、彼らは？」

怪我の具合からして、普通なら無事とは言い難い状況ではあるけれど、龍と戦っている最中なのだから痛くても無事だと言わなければならないでしょうね。それに、いいタイミングで助けが来たからか、幾分怪我の痛みが薄れた気もするし。

「あいつらか？　あいつらは俺たちがナナオを出てすぐに『隠れ里』から来たと言って合流してな。長（おさ）の書状を持っていたから軍に加えたが、駄目だったか？」

「駄目じゃないわ、大手柄よ！　まあ、ライデンとアムールの次くらいにだけどね」

「そうか、隠れ里の連中か……強いとは聞いていたが、あそこまでとはな」

隠れ里の住人たちは、獣の特徴が強く出すぎているせいで人里で暮らすことができず、似た境遇の者たちだけで隠れるように住んでいるためほとんど知られてはいないが、その実力は南部の上位者たちに劣らないどころか、少数にもかかわらず勢力図を変えるくらいの強者が揃っているらしい。

らしいというのは、私自身がその実力の全てを間近で見たわけではなく、全ておじいちゃん……先代の山賊王から聞いた話だからだ。

昔は隠れ里に住んでいる者と同じような容姿の者は魔物の仲間なのだという考えがあったせいで、

会えば即殺し合いの状況だったらしい。それをおじいちゃんはどうにかしようとして今の隠れ里を作ったわけだが……その際の話し合いの場を作る為に、力ずくで相手を屈服させたとのことだった。まあ、そうしないと話を聞いてもらえない状況であったとのことだけど……当時のおじいちゃんの実力は盛った話だったとしても私よりもはるかに強く、テンマ以上の実力者ということになるでしょう。

そんなおじいちゃんを手こずらせた者たちの縁者なのだから、強いのは当然と言える。

「話の途中で悪いが、我々とて余裕があるわけではない。少しでも動きやすくする為に頭部の布を取るが、味方が混乱しないように通達をしてくれ」

そう言うと近づいてきた隠れ里の男は、一気に頭と口元の布を取り去った。

布の下には虎そのものの顔があり、その男をきっかけに隠れ里の男たちは次々と布を取っていった。布の下からは熊や狸(たぬき)、狼(おおかみ)や狐(きつね)といった人とは違う動物の顔が出てきた。

今はその顔に気がついた南部子爵軍の兵は少ないが、隠れ里の男たちが最前線で戦っている以上全軍にその正体が知られるのは時間の問題だし、知る数が増えれば混乱は必至と言えるでしょう。

「あなた！　ブランカ！　すぐに全軍に通達！　『白装束』の男たちは味方……テンマも知っている南部(わたしたち)の味方だと！」

普通に南部の味方だと言っても信じるでしょうけど、ここにいないけど南部でも知らない者がいないくらいの有名人で人気もあるテンマの名前を出せば、信憑性(しんぴょう)はぐっと増すでしょうし、「そういう存在なのか」と納得もしやすいでしょう。テンマには……次に会った時にでも話を合わせてもらえるように頼めば問題なし。

「「おうっ！」」

すぐにあの人とブランカが味方だと叫び回ると、最初は驚いていた兵たちも納得して隠れ里の男たちと連携を取り始めた。ただ、実力差がありすぎるせいで共に接近戦で戦うというよりは、後方から援護に回るという形ではあるけれど、それでも龍の体には出血を伴う傷が増え始め、明らかにこちら側が優勢になって……いるように見えた。

しかし実際には、隠れ里の男たちの装備は自分たちの血で赤く染まっているし、私の率いていた兵もあの人の連れてきた後発隊の兵も、数を減らし始めていた。

やはりこちらの勢いが衰えるにつれて、元々の地力の差が目立ち始めている。生物の持つ格の違いというのは、そう簡単に覆せるものではないらしい。

「むぅ……しぶとい」

「アムール、気がついた？　動ける？」

「何とか……お母さんは？」

「私も、何とかね……ライデンは？」

「ブル……」

「ライデンも何とかみたい」

ライデンは一見すると無事なように見えるが、実際には左後ろ脚が途中から折れて痛々しい姿をしている。もし普通の馬があのような怪我をしていれば、痛みで立ち上がることも難しいだろう。

この状況でライデンという最大戦力が欠けたのは痛すぎる。隠れ里の男たちと後発隊のおかげで、赤い龍は明らかに弱ってきてはいる。しかしそれでも、未だに私たち南部子爵軍よりもはるかに強いのには変わりなく、今こそライデンのような単騎でもダメージを与えることのできる存在が必要だったのだ。

「ないものは仕方がないか……それに肝心な時に動けないのは私も同じだし……」

テンマからもらった効果の高い回復薬を使っているとはいえ、未だに満足に動ける状態でない以上、ライデンのことをどうのこうのと言う資格はないでしょう。

「アムール、状態はどう？」

「痛みは少し引いてきたけど……まだ動けそうにない」

アムールも同じような状態だし、今の私とアムールにできることは、少しでも早く戦えるようになるまで回復して、皆と共にあの赤い龍を……

「ガァアアアアア————!!!」

突然、これまでにないくらい怒りの交じった龍の咆哮が空気を震わせ、

「『ブレス』の体勢に入ったぞ！　顔面に攻撃を集中させろ！」

赤い龍がブレスの準備体勢に入った。

それを阻止、または邪魔しようと、あの人とブランカが顔面に攻撃を集中させるように指示を出したけれど、龍はブランカたちの攻撃を一切無視して力をため、

「駄目だ！　すぐに離れろ————！」

「少しでも遠くへ逃げるんだ————！」

ブレスを自分のすぐ近くの、南部子爵軍が集まっている所へと発射した。

そのブレスは力を十分にためただけのことはあり、これまでライデンが邪魔していた時とは段違

いの威力があった。そのせいでブレスの中心地近くにいた兵たちは跡形もなく消え去り、周辺にいた兵たちもかなりの被害を受けている。その一撃だけで一〇〇〇人以上……もしかすると二〇〇〇近くの兵が犠牲になったかもしれない。

しかし、それほどの威力のあるブレスの近くにいたのは南部の兵だけでなく、攻撃した赤い龍自身も決して軽くはない傷を負っている。それこそ、私たちがこれまで負わせた傷よりも重いくらいだ。

「あの人とブランカは！」

「ブレスの場所とは違う方向に逃げたみたいだから、直撃はしてないはず。それよりも……」

周辺に邪魔者がいなくなった赤い龍はあたりを見回し……私たちの所で首の動きを止め、ゆっくりと体の向きを変えて歩き出した。

自分のブレスで体の至る所から血を流している龍だけど、私たちを殺すのは蟻を踏み潰すくらい造作もないことだろう。

まだ満足に動けない私とアムールは、支え合いながらその場から離れようとするけれど、どう頑張っても赤い龍の方が速い。

「ブルッ！」

そんな私たちを庇うようにライデンが龍の進路上で威嚇をしたけれど……龍は、前足で地面を大きくえぐりながら土や石を蹴り飛ばしてライデンにぶつけ、進路上から強引にどかせた。ライデンはどかされてももう一度立ち上がろうとしていたが、さらに続けて土や石を浴びせられたせいで身動きが取れなくなってしまった。

そんなライデンの様子を見て満足そうな顔をする赤い龍は、私たちにもう打つ手がないということを確信しているのだろう。今の状態のライデンならば、進路上で待ち構えているところに近寄っていき、数回踏みつけるだけでも破壊することができたはずだ。それをしないということは、ライデンよりも先に私たちを殺した方が軍への影響は大きいと判断したのかもしれない。

できる限りの速度で逃げているけれど、その様子を眺めることすら赤い龍にとっては遊びの一部らしく、ライデンを動けなくしてからはさらに速度を落として私たちの後を追ってきている。

ただ、わざと速度を落としたことで、ブレスの被害に遭わなかった兵たちが追いつき、私たちを逃がそうと赤い龍に攻撃を仕掛けたのだけど……龍はライデンの時と同じように土や石をぶつけたり、尻尾を振り回したりして蹴散らしていた。

そうして助けに来た兵たちの排除が終わったところで、龍は私たちを追いかけるのに飽きたのだろう。強く踏み込んで大きく跳び、私たちの行く手を塞ぐように着地した。

正面から私たちを睨む目には、追いかけていた時とは違い殺気が込められていて、もし今満足に動ける状態だったとしても、足がすくんで動けなかったかもしれない。

赤い龍は私たちを肉片の一つも残さずに消し去るつもりなのか、先ほど放ったブレスよりも力をためているように見えた。

その動作は、実際には数秒くらいしかかかっていないはずなのに、私には何故か数倍……いや、数十倍の時間がかかっているように感じた。もしかすると、これが死ぬ直前の感覚というものなのだろう。

どのような奇跡が起こったとしても、私とアムールの命はここで終わるのだろう。それならばせ

めて、私は一秒でも長くアムールを生かしたい。

それはただの自己満足でしかないのかもしれないが、龍の口から赤い光が吐き出されるよりも前に私はアムールに覆いかぶさっていた。

「お母さん……」

私はアムールの声を聞きながら、アムールと一緒に赤い光に飲み込まれた。

第三幕

「テンマ……お前さえいなければ、リカルドたちは死ななかったんだ！」

「シーリアを返せっ！」

マークおじさんとマーサおばさんが、鬼のような形相で詰め寄ってくる。その後ろには、ドラゴンゾンビの襲撃で生き残ったククリ村の人たちもいて、同じような表情で俺を睨んでいた。

（またか……これで何度目だ……おじさんたちに殺されるのは……）

俺は何十回……いや、何百回殺されればいいのだろうか？　これまでの人生の中で出会った人たち……それこそ、プリメラや父さん母さんじいちゃんのように家族になった人、アムールやジャンヌといった一緒に暮らしている人、『暁（あかつき）の剣（けん）』やアルバートたちのような親友と呼べる人に、クリスさんやディンさん、王様たちのように親しくしている人から、顔すら覚えていないどこかですれ違ったかもしれない人に、敵対して俺が命を奪ったと思われる奴にまで、様々な場面で殺された。

毎回、殺される直前までは自由に動き回ることができるのに、その場から逃げようとしたり相手が俺を殺そうとしたりすると、とたんに動けなくなってしまった。そして、何もできない状態で殺された。殺されると次の場面に移り、俺は同じように他の人に殺されるのだ。

殺された瞬間、痛みはあるような気がする。気がするというのは、殺される瞬間に痛覚が鈍るみたいで、首を切り落とされたり心臓をえぐり取られたりといった即死級の攻撃であったとしても、場面が切り替わるまでは殺した相手が何を言ってどんな顔で俺を見ているのかが、何故（なぜ）か理解できるのだ。それこそ、頭を潰されてしまっていたとしても。

それが何度も繰り返されていくうちに、いつの間にか俺は最初から動くことをやめ、殺されるのを待つだけになっていた。これで正気を失うことができれば楽なのだろうが、心が弱っていくのはわかるのに壊れる気配はしなかった。

だからこそ今回も俺は自分が殺される直前だというのに、どこか他人事のように俺を殺そうとする二人の様子を見ていた。しかし、今回に限っては結末が違った。

いつもならおじさんとおばさんの持っている物が俺に振り下ろされ、二人が俺の死を喜ぶ場面がしばらくの間流れるはずなのに、今回は振り下ろされた物が俺に当たる瞬間に二人の姿が消え、真っ暗な空間に俺は一人で倒れていたのだ。

何で殺される前に風景が変わったのかはわからないが、今回はそういった趣向なのだろう。だから、もうしばらくすればどこからか誰かが現れて、俺を殺すのだろう。

そう思っていると、

「テンマ」

(アムール？　……いや違う、死神か。今度は神たちの姿で俺を殺すつもりか？)

何故死神とアムールを間違えたのかはわからないが、多分それだけ判断能力が鈍っているのだろう。

「違う、本物。テンマを助けに来た」

目の前の死神の姿をした女は自分のことを本物の死神だと言うが、これまで俺を何度も殺してきた人たちとの違いがわからない。それに、

「じゃあ、お前の後ろにいる黒いのは何だ？」

先ほどまでいなかった黒くて大きなものが、本物の死神だと言う女の後ろから俺を見下ろしていた。

しかし、こちらを見ているということはわかるのに、その姿は靄（もや）がかかっているかのようにはっきりと認識することができない。わかるのは色と大きさだけだ。

これまで俺を殺したものは人だけでなく、スラリンたちのような魔物も含まれていたので、あの黒いものは魔物であるとは思うのだが、俺はあのような黒い大きな魔物に覚えはない。しいて言うのなら、ドラゴンゾンビがあの大きさに近いとは思うが……あの魔物からはドラゴンゾンビのような禍々しさは感じられなかった。

「これはテンマにとって、最も近い所で力になると同時に、最も因縁のある魔物……」

俺の近い所で力になったのはスラリンたちだが、因縁があるとは言えない。因縁という意味で一番可能性がありそうなのは、一度敵対したバイコーンの魂を持つライデンだけど、スラリンたち以上に近い所という感じはしない。それにそもそもの話、あの黒い魔物はスラリンやバイコーンの大きさをはるかに超えている。

女の謎かけのような言葉を聞いて黒い魔物を見上げていると、

「まだわからんか……まあ、あの頃の我は、今の姿とは似ても似つかぬからな。そうだとしても、親の仇を目の前にして呆（ほう）けたままとは……何とも情けないな」

「……何だと？」

黒い魔物の言っている意味が一瞬わからずに固まってしまったが、すぐに黒くて大きく俺の親の仇（かたき）という条件の揃っている魔物の正体に思い当たり、反射的に魔法を放とうとしたが……これまでの疲労のせいか魔法はいつものように撃つことができず、子供の放つような『ファイヤーボール』があさっての方向へふらふらと飛んでいっただけだった。

「ほぉ……なかなかやるではないか」

しかしドラゴンゾンビ……と思われる魔物は、そんな子供レベルの魔法を見て驚いたような声を出した。それは馬鹿にしているというよりは、どこか喜んでいるように聞こえた。

「テンマ、ここでの魔法の行使は控えた方がいい。肉体と精神への負担が大きすぎる」

女が止めようとするのを無視し、俺はもう一度魔法を放とうとするが、さっきよりも魔力がうまく使えないように感じた。それでも、もう一度……

「やめておけ、今のお前では無理だ。どうあがいてもな。どうしても我に一撃を食らわせたいと思うのなら、今は体力の回復に専念することだ。その間に、少し昔話でもしてやろう」

何の目的があるのかは知らないが、今の俺ではどうやってもかすり傷一つ負わせるどころか、まともな攻撃すらできないだろう。

悔しいがここはあの魔物の言う通り、少しでも体力の回復に努めるべきだろう。

「興味のなさそうな顔をしておるが、我の話はお前の過去……ククリ村といったか？　そのことと、今の状況に繋がる話だ。聞いておいて損はないぞ」

こいつがドラゴンゾンビならば、ククリ村壊滅の元凶なので関わっているどころの話ではないが、今の状況にどんな関係があるというのかが少し気になった。

「少しは聞く気になったようだな。我はその昔……何千年前になるのか忘れたが、双子の片割れとしてこの世に生を受けた。親はお前ら人間の言うところの龍王にすらなれない上級止まりの龍であった。今にして思えば、双子ということも含めて二頭ともが『古代龍』となったのは、異例中の異例だったのだろう。我はこの通りの黒い体を持つが、片割れの方は白でな。それに性格も体の形も違うし、共通点というものはあまりなかった。だが、別々の卵から生まれたと言われた方がしっくりとくる状況であっても、我と白の片割れは不思議と同じ卵から生まれたのだと理解しておった」

黒い魔物は昔を思い出しながら話しているようで、時折俺ではなく、どこか違う場所にいる存在に話しているようにも感じた。

「最初の一〇〇年ほどは親の下で育てられたが、黒と白の双子というものはとても珍しいことから、時が経つにつれて我らの存在は広く知れ渡るようになり、様々な生き物が見物に来るようになった。しかし、親は最強種とも言える龍の、それも上級であったことから、どんな生き物が来ようとも我と白の片割れに危険が及ぶことはなかった……あの赤き龍王が来るまではな。赤き龍王は、物珍しき生き物を食えば自分の力が上がるとでも考えていたのか、夜遅くに奇襲をかけてきおった。上級龍である親も、奇襲を受けながら必死に抵抗したが、元々の実力差もあり敗北は必至であった。だがしかし、親は最後の最後まで我々の親であろうとしたらしく、我と白の片割れが逃げるまでの時間を稼ぎ、赤き龍王に殺された。食われたかまではわからぬが、数十年後にその地に足を運んだ際には、骨のひとかけらも見つけることはできなかった」

親を殺されたという割には大して悲しんでいるようには感じられなかったが、何千年も昔の話ともなればそうなってしまうのかもしれない。

「白の片割れとは数百年くらいは共に行動していたが、今考えるとよくもまあ数百年も一緒にいたなという感じだな。何せ、我とあいつの性格は正反対とまではいかないが、双子とは思えないくらい違っていたからな」

黒い魔物は、思い出し笑いをしながら話を続けた。

「片割れと別れてから千と数百年も経った頃、我はいつの間にか『古代龍』と呼ばれる存在になっていた。そういった存在に近づいていたことは何となく感じていたが、はっきりと変わったと理解したのは、『風の古代龍』と呼ばれていた龍を食い殺した後だな。緑色の龍で速さは大したものだったたが、その反面打たれ弱いところがある奴だったたな。その配下ごと食い殺した時は、自分が確かに強くなったと感じたのを覚えている。食った相手の魔力を体内に取り込んだことが原因だろう。そう考えれば、赤き龍王が我と白い片割れを食らおうと考えたのは、あながち間違いではなかったのだろうな」

先ほどの思い出し笑いとは違う嗤い方をした黒い魔物は、笑い終えた後少しの間黙り込み、

「強くなったと慢心した我は、最強の古代龍であるベヒモスに挑み、敗れた。殺されなかったのは、情けをかけられたからであろう」

ベヒモスに負けた時のことを心底悔しそうに話した。

「あの時の我は古代龍になったとはいえ未熟で、その後の全盛期の我より明らかに弱かった。とはいえ、たとえ全盛期の頃にベヒモスと戦ったとしても、勝率は半分もなかったはずだ。よくて三割を超えるくらいだろうな」

「それほどの差が、あの頃の我にはわからなかった」と、黒い魔物は言った。先ほどとは違い、悔

しそうではあるもののそこまで気にしている様子を見せなかったのは、自分がベヒモスよりも弱いということよりも、情けをかけられたことの方が悔しかったからなのかもしれない。

「もっとも、その頃の我はベヒモスとの差に気がつくことなく……いや、気がつきたくなかったのかもしれぬが、とにかくベヒモスを超える強さを得ることに躍起となり、強者と呼ばれる存在に手当たり次第に襲いかかり、その全てを食い殺して回った。その中には、『水の古代龍』と『火の古代龍』も含まれていた」

「人は襲わなかったのか?」

気がつくと、俺は初めて自分から黒い魔物に質問していた。

「ん? ああ、襲ったな。まあ、最初はいつの間にか生息圏を広げていた猿から進化したような生き物に興味を持った程度だったが、そのうちに徒党を組むようになって同族で争っているのを見てちょっかいをかけてみたのだが……弱すぎて話にならなかったな。まあ、その後は多少ましなのがちらほら現れて挑んできたりもしたが、大概は我にかすり傷を負わせることができるかどうかというところで、はっきりとわかるくらいに血を流させたのは、一割にも満たなかったはずだ」

その様子から、黒い魔物自身は大して人間に興味を持っていたわけではなく、そのほとんどが挑んできたから返り討ちにしたという感じだった。

だが、そうなるとおかしなことが一つある。それは、

「王国の歴史に、お前と思われる魔物が数百年前に王都を襲撃して甚大な被害を出したとあるぞ」

俺の指摘に黒い魔物は、それまで感じていた感情がいきなり消え去ったかのように無反応になった。しかし、

「それだ……それが我と今回の状況……いや、奴との忌まわしき因縁だ！」

静かにまた話し始めたと思ったら、急に感情を爆発させて咆えた。その迫力はドラゴンゾンビの咆哮以上で、この黒い魔物は明らかにククリ村を襲ったドラゴンゾンビよりも格上の存在なのだと思わせるものだった。

「ベヒモスに敗れ、二頭の古代龍を食い殺した我の前に現れたのは、古代龍となった白い片割れだった。奴にしてみれば、暴れ回る我を止めることが双子である自分の使命だとでも考えていたのだろうが、三頭の古代龍を食い殺した我からすれば、同じ古代龍であろうと白の片割れは格下……であったはずだった。結果は三日三晩戦い続けて……我の方が少々分の悪い形での痛み分けだ。実力的には我の方が格段に上だったであろうが、水と火の古代龍との戦闘で負ったダメージと、白の片割れの意地が我との差をなくしたのであろう」

決着がつかなかったのは、それ以上その場で戦い続ければ余計な横槍が入る可能性が高かったので、双方が同時にその場を離れたからだそうだ。

「我は白の片割れとの戦闘で受けた傷を癒す為に、風の古代龍が根城にしていた山に身を隠していたのだが……そこに奴が現れたのだ。今回の騒動の首謀者である、あの女が！」

あの女に対する黒い魔物の怒りはすさまじく、今ここで感情のままに暴れ出してしまうのではないかと思えるほどだったが、不思議なことに怖いとは全く思わなかった。それどころか、頼もしいとさえ……まあ、それは多分気のせいだろう。

黒い魔物の話が思ったより長かったからか、大分体が楽になった感じもするが、ここまで来ると黒い魔物とあの女にどのような因縁があるのかが気になってきたので、もう少し様子を見ることにした。

「すまない、取り乱した。あの女は傷を癒す為に眠りについていた我に近づき、眠りから覚める前に怪しげな術で身動きができないようにしたのだ。我が異変に気がつき目覚めた時には、すでに指の一つも動かせる状態ではなかった。その状況で我は数十年、もしかすると数百年の間、頭の中をいじられ続けた。いじられたとはいっても、物理的にかき回されたのではなく、魔法でいじられたのだ。奴にしてみれば、半ば実験のようなものだったのだろうが、その間我は動くことはもちろん、声を発することもできなかった。できたのはいかにこの状況を脱し、ふざけた真似をする女をどのように消し去るかを考えることのみだった」

　いくら弱っていたとしても古代龍であることには変わりなく、もしかするとドラゴンゾンビと同等かそれ以上の強さを持っていたのだ。それを倒すのではなく、魔法で数十年以上も拘束し、なおかつさらに別の魔法も使っていたとなると、古代龍以上の存在（ばけもの）であると言って間違いないだろう。

「どれだけの時間が過ぎたのかわからぬが、女は突然我の前から姿を消した。それと同時に、我を封じていた魔法も解けたのだが……我は我の意思で動くことができなくなっていた。それ以降の我は、あの女の魔法で操られて動く災害と化して、各地を暴れ回っていたのだ。初めの頃は魔物の住処（すみか）で、途中からは人の住む街で暴れ、最後にお前の住む国の王都を襲った」

　黒い魔物が暴れ回ったせいで、大陸にあったいくつかの小国や多くの独立勢力が滅んだとのことだ。

「もしかして、その時の犠牲になった人や魔物が今回の戦争でゾンビとして使われているのか？」

「おそらくそうだろう。ゾンビの中に強い個体が交ざっていたが、それらはあの女が雑魚とは違う方法で作ったのもあるだろうが、それ以上に元の素材が特殊だったのだろう」

「特殊な素材？」

「そう、神の加護を持つ者や『聖女』のような特殊な存在……もしくは、お前と同じ『転生者』とかな」

「『聖女』？　ジャンヌのような人のことか？」

「聖女、もしくは聖人・聖者……それは、死んだ際にこの世界の澱みともいえるものを浄化する為に、創生神たちによって生み出された存在。創生神たちがこの世界を守る為に作り出したシステムの一つ。ただ、それも完全ではなく、幾度も聖女たちが死を繰り返すうちに浄化能力は衰えていった。それに、この世界の命が増えるにつれて澱みの量は増え、それを補う為にテンマのような他世界の命をこの世界に引き込んで、活性剤代わりに使った。それで全てがうまく回っていたはずだったのに、それがある時から聖女や聖人といった存在が生まれにくくなり、転生者の効果も薄れていった。それがおよそ三〇〇〜四〇〇年前」

「それが本当だとしても、神たちがあの女の暗躍に気がつかなかったのはおかしくないか？」

「テンマの言う通り、普通なら気がつく……いや、気がつかないとおかしい。だが、この件に関しては私たちよりも、あの女の方が上手だった。あの女の正体は元神。特定の人物に入れ込みすぎて、その人物と共に消滅したと思われていた、先代の死神。自分の死を偽装し、創生神たちの目をごまかすことも不可能ではない。それくらいの能力は持っていた……らしい」

らしいというのは、この女はあの女の後釜らしく、仲間から聞いた以上の情報は持っていないとのことだった。

「話を戻すが、王都を襲った我は、防衛の為に出てきた人間を手当たり次第に殺した。そして向かってくるものの数が減ったところで、今度は逃げ惑う者どもに狙いを付けた。建物ごと押し潰し、尾でなぎ払い、ブレスでかけらの一つも残さずに消し去る。これまで襲った所と同様に、それで十分なはずだった。しかし、さらに王都の中心部へ向かおうと歩き始めると、何やら足元に白い生き物が立ちはだかっているのに気がついた。普通なら気がつかなくてもおかしくないほどの小ささだったが、何故かその時は足元に何かがいると思ったのだ。その白い生き物は、白い髪を持つ人間だった。その後ろには怪我をして倒れていた、その白い髪の女によく似た人間がいたから、おそらく血縁か何かだろう」

白い髪の人間と聞いて、俺は何となくジャンヌを連想した。

「普通に考えるのならば立ちはだかっているとはいえ、息を軽く吹きかけるだけでどこかへ吹き飛んでいくような小さき生き物なのだから、無視してそのまま踏み潰せばよかったのだ。しかしその時の我は、これまでにないくらいその白い人間が気になった。自分の意思で体を動かすことができなかったはずなのに、気がつけば顔を近づけてその白い人間を観察していた。そして食っていた。地面ごとえぐり取り、丸呑みにした。それまで人間など食っても仕方がないと思っていたのに、その時は初めて食いたいと……食わねばならないと思った」

『食った』と言った瞬間、ジャンヌを連想していた俺は激しい怒りと共に吐き気を覚えてえずきそうになった。黒い魔物に飛びかからなかったのは、まだそこまで体力が回復していなかったのと、食われたのがジャンヌではないと頭では理解していたからだ。

「白い人間を食った我は、その後ろの倒れている人間にも興味が湧き顔を近づけようとしたが……

その途中で金縛りにあったかのように体が動かなくなった。それまで我の意思で動かせていたわけではないから、常に金縛り状態であったようなものだったが、その感覚とは少し違うもののように感じた。そしてその金縛りの直後、我は体中をかき回されているような感覚に襲われ、その感覚が収まると同時に体の自由を取り戻した。もっとも、立っているのもつらいほどの虚脱感に襲われて、満足に動けずにいたがな」

それは明らかに白い人間を食べたからだと思い当たったらしいが、何故そうなったかの理由は全くわからず、黒い魔物はその場で体を休めようとした。だが、そこに王国騎士団の援軍が到着し、黒い魔物は万が一のことを考えて、王都から離脱することにしたそうだ。

その後、ふらふらの状態で飛び続けていた黒い魔物は、気がつくと『大老の森』の奥深くで横たわっていたそうだ。

「そこで体力の回復に努めようとした我だったが、一〇〇年経とうが虚脱感は消えるどころか薄れる気配すらなかった。食欲もなく横たわるしかなかった我は、当然弱っていった……まあ、その時はそれが我の運命だったのだと、柄にもなく死を受け入れようとするくらいには心も弱っていたがな」

そうして黒い魔物自身も想像ができなかったくらい静かな最期を迎えるはずだったそうだが、死の直前にまたあの女が現れたそうだ。

「あの女は死の淵にいた我にとどめを刺すわけでもなく、ただじっと観察するだけだった。今我を洗脳しようとすれば、一度目よりも楽に手駒に加えることができるはずだというのに、女は我に触れることすらしなかった。その理由は、我の肉体が死を迎えた後に知ることになった。奴は我の死を待って、より扱いやすいゾンビにするつもりだったのだ。そうすれば生きている時よりも弱くはなるが、その分だけ我を意のままに操ることができるようになるからな。そして奴は思惑通り、強力で従順な手駒を手に入れたというわけだ」

それが黒い魔物……古代龍とあの女の因縁ということだった。

「その後はお前の知っている通りだ。もっとも、準備に準備を重ねた侵略戦の第一歩で躓くとは、さすがの奴も想像していなかったようだがな」

黒い古代龍の言う通りなら、ククリ村の事件はあの女が主犯だといえる。そう思っていると、

「ククリ村の話だが、本来ならククリ村の襲撃にゾンビとなった我が出るはずではなかった。ククリ村方面から北上し王都を目指すのは配下のゾンビどもだけで、我は東から攻めるというのがあの女の考えだったようだが、それが決行の十数年前に変更されたのだ」

十数年は人間にとって長い月日だが、古代龍やあの女にとっては大した時間ではないようだ。

「その理由は……テンマ、お前の存在だ。途中からあの女の目的は、お前を手に入れることへと変わったのだ」

「俺を？　つまり、父さんや母さんが死んだのは、俺を狙ったついでだったということなのか？」

「そういうことになる。本来の予定通り、ククリ村を襲撃したのがゾンビどもだけだったなら、犠牲は出ただろうがククリ村は残ったはずだ。それくらいの戦力が、あの村にはあった」

そうなると、ここに連れてこられて以降見せられていたククリ村の人たちの怒りは、現実でもあり得たものだったということになる。いや、現実でも本当は表に出さないだけで、心の底では俺を憎んでいるのかもしれない。

「テンマ、それは違う！　彼らはそんなことをこれっぽっちも思ってはいない！」

「そうだろうな。我もそれなりにあ奴らを知っているが、あれでテンマを恨んでいることを隠して接していたとすれば、歴史に名を遺(のこ)すほどの役者か詐欺師になれるわ」

黒い古代龍が言うと、不思議と納得してしまう。

これまでの話を聞いたからだろうか、俺の中にあった黒い古代龍への怒りが驚くほど薄れていることに気がついた。完全に消えたとは言えないが、黒い古代龍は自分の意思でククリ村を襲ったのではなく、操られて利用された被害者のような一面もあるということを知ってしまったからだろう。

「それでテンマ、お前はこのままここにいるつもりか？　このままでは、お前は我と同じように操られ、この国……いや、この世界を滅ぼす為の手伝いをさせられるぞ」

「お前と同じように……つまり、俺をゾンビ化するということか？　それがあの女が俺を手に入れようとした理由か？」

「少し違う。あの女は、テンマを手先にするのではなく、過去に死んだ自分のお気に入りの人間を蘇(よみがえ)らせる為に、テンマの体を必要としている。過去に王国を襲ったのも、その蘇らせる人間に合う生贄を探す為」

「その為に捕らえたお前をここに閉じ込め、精神を破壊しようとしたわけだ。肉体に傷をつけるようなやり方では、下手(へた)をすると魂を移した後で肉体ごと滅んでしまうかもしれぬからな。もっとも、破壊神の加護がテンマの精神を護っていたのは、あの女にとって想定外の出来事だっただろう。何せそのおかげで、我らが間に合ったのだからな」

俺も精神が壊されなかった理由はわかったが、だからといってここから出られたとしても、今の俺では簡単にまた捕まり、同じことの繰り返しになるだろう。

　そんな俺の考えを読んだのか、死神は真正面から俺の顔を見据え、

「そうさせない為に私が来た。本来なら、神が直接干渉することは相応の危険が伴う。その危険とは、その神と干渉されたものやその周囲にも及ぶけれど、例外は存在する。ただ、それによってテンマの望まない未来になるかもしれない」

「だからテンマ、ここで今すぐ決めろ。このまま座して死を待つか、この死神の言葉に乗ってあの女を叩きのめす力を得るかどうかを。もっとも、前者を選んだ場合は、お前どころかお前の大切な者たちも死ぬことになるがな。しかもあの女のことだから、手下にしたお前にお前の大切な者を殺させるだろうな」

　そして死神の言葉に続けて黒い古代龍は今すぐに決めろと睨むが、この状況では選択肢があってないようなものだ。

「俺はどうしたらいい？」

「デメリットは訊(き)かないのか？」

　からかうように黒い古代龍が言うが、元々このままでは、俺は死んであの女に利用されていたのだ。それ以上のデメリットなど存在するはずはない。最悪、今死ぬか後で死ぬかの違いでしかない。

「何をするのかは知らないが、その例外というやつをやってくれ、死神」

たとえ目の前の女が死神の偽者だったとしても、俺にはこの女を頼る以外の手立てはないのだ。

「わかった。じゃあ……」

　そう言うと死神は、俺の額に口づけをした。

◆エイミィSIDE

「皆さん、落ち着きなさい！　今は慌てずに、指定された所まで避難するのです！」

学園の先生たちの一部が必死になって生徒の避難誘導をしているけれど、さっき聞こえた大きな唸(うな)り声のせいで生徒どころか先生たちもかなりの数が混乱しているので、まともな誘導ができていない。

こういった時の為に、まずは高等部の三年生が冷静になって下級生をまとめなければいけないはずなのに、三年生の誰かが、「すぐにでも王都は敵に攻められるだろうから、ここにいる方が逆に危険だ！」と叫んだせいで、すでに学園から逃げ出した生徒もいるみたいだ。このままでは、学園の混乱が外にまで広がるか、あるいは外の混乱が学園に流れ込んでくるか……どちらにしろ、ものすごく危険なことになりかねない。

「とにかく、今の状態で避難場所に行くのは危険だから、ある程度落ち着くまで私たちはクラス全員で端の方に固まっていよう！」

こういった時、いつもはティーダ君が皆をまとめるのだけれど、今ティーダ君は万が一の場合に備えて王城にいる。もしもの場合は、王家の者の一人として戦場に出なければならないらしい。

なので、代わりにクラス委員でもある私が皆に指示を出しているのだけれども、今のところは皆素直に従っていてくれる。多分、ティーダ君の婚約者という肩書が、いい方向に働いているのだろう。

ただ、クラスの皆は私のことをよく知っているから言うことを聞いてくれているけれど、他のクラスをまとめるのは難しいと思う。だから、誰か私よりも発言力のある生徒か先生が来てくれれば、少しは周囲を落ち着かせることができるかもしれないけれど……そんな都合のいいことは起こりそうには……

「エイミィちゃん、見つけたっ！」

「えっ？　ルナちゃん？」

などと思っていたら、この学園でティーダ君に次いで地位の高いルナちゃんが走ってきた。

「何でここにいるの？　ティーダ君と一緒に王城に行ったんじゃないの？」

「そういう話もあったけど、私が戻っても邪魔になるし、私たちが揃って王城に行ったら、王城に逃げたとか思われそうだから、私はこっちに残ったの。お友達の皆も気になるし」

そう言ってルナちゃんが後ろを振り向くと、私のクラスを上回る人数の中等部の生徒たちがこちらを見ていた。全員がルナちゃんのお友達というわけではないだろうけど、そこらへんの高等部の生徒よりも冷静みたいなので安心できる。

「とりあえず、皆を落ち着かせないといけないから、ゴーレムを出そうよ。お兄ちゃんからもらった小さいのがたくさんあるから、いざという時の為のゴーレム以外を出しておけば、それだけで落ち着く人もいると思うよ」

本来、先生からもらったゴーレムは、万が一の場合に備えて秘匿するようにと言われていたのに、ルナちゃんはそれをここで使うつもりのようだ。まあ、このまま混乱が続けば、いつの間にか帝国側の暗殺者や裏切者がすぐそばまで来ていたということになりかねないから、ここに残ると決めた以上は今ゴーレムを出すのは正解なのかもしれない。

「エイミィちゃん。今私の持っている二〇体のチビといつも持ってる一〇体を出すから、エイミィちゃんも出してね」

「わかった」

ルナちゃんの言う通り、私が持っているゴーレムのうち、量産型を二〇体と前にもらったものを一〇体だけ出した。本当は量産型も前にもらったタイプももっと持っているし、特別に作ってもらったゴーレムも残っているけれど、ルナちゃんが数を指定しているということは何か理由があるんだろう。

二人で出した量産型四〇体と通常型二〇体を、私のクラスメイトとルナちゃんのお友達を護るように周囲に配置して、即席の安全地帯を作った。

「先生！　こっち！　こっちに来てくださ〜い！」

「ルナ様？」

「このゴーレムたちを移動させながら避難場所に行くので、先生も移動しながら生徒たちに声をかけてください」

「あ……はい！　了解しました！　先生方、ルナ様の下へ！」

ルナちゃんは、私たちの一番近い所で生徒たちに指示を出し続けていた先生を呼ぶと、その先生は他の所で声を出していた他の先生を呼び、そこから連鎖的に私たちの所へ集まってくる生徒が増えてきた。

「万が一に備えて、上級生は下級生を少しでも内側へ！　でも、焦る必要はありません！　先ほどの声の主は遠くへ行きましたし、王城の外では王国軍が優勢で、帝国を少しずつ追いやっているとのことです！　私たちは先生の指示に従って、冷静に避難しましょう！」

　最上級生ということで、私が音頭を取るような形になってしまったけれど、それでも皆は私の言うことに耳を傾けてくれている。ただ、急にルナちゃんが静かになったのと、最初に集まってきた先生たちの姿が見えなくなったのが気になるけれど、冷静な生徒が増えるにつれて混乱は収まっているように思えた。しかしその時、

「ルナちゃん！　……あれ？」

　一人の生徒がルナちゃんに飛びかかり……すぐに取り押さえられた。取り押さえたのは、最初にルナちゃんが声をかけた先生だ。

「やっぱりいたね……すぐに運んで」

「はっ！」

　取り押さえられた生徒は、数人の先生によってどこかへと運ばれていった……というか、先生ごと一緒に消えた。

「ルナちゃん、大丈夫なの！」

「大丈夫だよ。これは想定内のことだから」

　何が想定内なのかわからず、詳しく話を聞こうとしたところ、

「ルナ様、吐きました。暗殺を企てた生徒……いえ、暗殺者は残り一〇人。他も捕縛でき次第尋問し、更なる情報を引き出します」

「お願いね」

「え？　……本当に何なの？」

生徒を取り押さえた先生が人垣の中から急に出てきたと思ったら、その後ろから服装は変えていたけれど他の合流した先生たちも続々と現れてあちこちに走っていき、一〇分ほどでそれぞれ気絶した生徒を抱えて戻ってきた。

「少々お待ちください」

そう言って先生たちは、またどこかに消え……たように見せかけて、ディメンションバッグの中に入っていった。そして、

「あの者たちが知っている暗殺者は全部で一一人とのことなので、全員捕まえたことになります。ただ、他に知らされていない暗殺者が潜んでいないとも言えませんので、引き続き護衛を続けさせていただきます」

「お願いね。もう少ししたら、王城から追加で人が来ると思うから」

と、やはりよくわからない会話をしていた。そこに、

「ルナ様、援軍が到着したようです」

「護衛隊クリス以下一〇名、ただいま到着いたしました」

タイミングよく護衛隊だというクリスさんが、九人の騎士を引き連れてやってきた。そのままクリスさんと先生が何か話していたけれど細かい所までは聞こえず、唯一後でまた追加の護衛が来るということだけはわかった。

「それでルナちゃん、そろそろ説明してほしいなぁ……って、思っているんだけど？」

クリスさんと一緒に私のそばにやってきたルナちゃんに尋ねると、ルナちゃんは困ったような顔

をしてクリスさんの方をチラリと見てから、

「えっとね……王家直属の諜報部隊が、王族の暗殺を企てている貴族がいるっていう情報を掴んでね。その貴族自体はすぐに捕まえたそうなんだけど、他にも協力者がいることがわかってね……あぶり出す為に、私が囮になったの！」

「そんな危ないことはやめてよね！」

まるでいたずらが見つかった程度の軽さで言うルナちゃんに、思わず怒鳴ってしまったけれど、

「エイミィ、これは王家の決定でルナ様が自ら発案したことです」

クリスさんは、何故ルナちゃんが囮になったのかの理由を教えてくれた。

何でも、暗殺者対策にルナちゃんを王城から出さないという話もあったそうだけど、それだと戦争中に王族は安全な場所に籠もっていたとも言われかねない為、ライル様は前線に赴き、アーネスト様は警備隊の責任者として王城を出て、王都の中やその周囲を移動しているとのことだった。ただ、その二人だと常に兵士や護衛に囲まれているため暗殺者をおびき出すことができないので、代わりにルナちゃんが学園で囮になることになったそうだ。

学園なら普段見かけない大人は入り込めないし、親から言われた生徒が暗殺を行おうとしても、生徒ならルナちゃんの護衛（先生に扮した特殊部隊など）で対応は十分可能だからというのが決め手だったらしい。

「まあ、私に何かあったとしても、お父様かお兄様が生きていれば王家はどうにかなるし」

「だから、自分を犠牲にするような作戦はやめてって！　もう二度とやらないで！」

「ごめんなさい！」

先ほどよりも強く大きな声で怒ると、ルナちゃんは驚いた顔をして頭を下げた。

「エイミィ、それくらいにしなさい。ここで大きな声を出すと、変に目立つわ。それに、まだ暗殺者がいるかもしれないからね」

「はい……」

クリスさんに注意され、ルナちゃんを怒るのは後にしようと決めた私は、改めて周囲の状況を確かめたのだけれど……

「クリスさん、もしかしてルナちゃんのクラスメイトって、何人か騎士が交じってますか？」

私よりも学年が下なのに、明らかに雰囲気が違う生徒が何人かいた。見た感じでは騎士というよりは冒険者のような警戒の仕方に近いと思うけれど、所々クリスさんのような所作が混じっているので、もし街中で見かけたら元騎士の冒険者か、冒険者上がりの騎士と思うかもしれない。でも、そんな人がわざわざ学園に入り直すはずはないと思う（それに、見た目は私よりも幼いか同じくらいに見える）ので、冒険者の経験がある騎士見習いというところかもしれない。

「さすが冒険者(セイゲン)の街の宿屋の娘ね。本当は秘密なのだけど、エイミィなら問題はないわね。彼らはエイミィの思っている通り、ルナ様の影の護衛として王家から送り込まれた騎士見習いよ。王家に忠誠を誓っている王族派の子息だから、騎士に近い動きをするのは当然ね。それに最近は、テンマ君の影響で冒険者の良い所を取り込もうとする騎士も多いから、エイミィが冒険者のようだと感じるのも当たり前よ」

「お兄ちゃんの影響を受けているのは、特に若い世代に多いよね」

などと、説明をしてくれていたクリスさんの言葉に被せるようにルナちゃんが言うと、クリスさんの目が一瞬険しくなった。それはもう、周囲の温度が急に下がったと錯覚するくらい鋭い目つきだった。

「と、ところでクリスさん、その怪我はどうしたんですか？」

少しでもルナちゃんからクリスさんの気を逸らす為に、先ほどから気になっていたクリスさんの怪我のことを訊いてみると、

「ああ、これ。ちょっと下手を打ってね……かなりひどい怪我をしたけれど、テンマ君の薬でここまで動けるようになったのよ。その代わり、前線からは外されたけどね……」

ルナちゃんから気を逸らすことには成功したみたいだけれども、今度は別のことでクリスさんの気配が怖くなってしまった。

「ともかく、避難誘導を続けるわよ！　あなたたち！　もし誘導に従わない生徒がいたら、ひっぱたいてでも言うことを聞かせなさい！　そして、まだ混乱している教師がいたのなら、ぶん殴ってでも冷静にさせるか、大人しくさせなさい！」

クリスさんが周囲にいる部下たちに指示を出すと、皆揃って（ルナちゃんの護衛の見習い騎士と関係のない生徒や先生まで）敬礼した。ついでに私も……

その後の避難はクリスさんの指示が的確だったこともあり、多くの生徒が無事に移動することができた。もっとも、生徒の中には混乱から暴れて取り押さえられた人や怪我をした人、そしてすでに学園から逃げ出した人もいたので全生徒が揃ってというわけではなかった。

怪我人に関しては骨折を除いて薬で対処可能な範囲だったのでどうにかなったけど、学園から勝手に逃げ出した生徒に関しては、後の点呼で確認するだけで放っておくことになった。自分の判断

で勝手に逃げ出した以上、何があっても学園側に責任はないとのことらしい。ついでに言うと、学園の指示に従わなかったということで、騒動が収まった後に何らかのペナルティ（軽くて停学、悪くて退学）が与えられるそうだ。

「まあ、王都の中が戦乱に巻き込まれているわけじゃないから大丈夫だとは思うけど……混乱しているのは学園だけじゃないから、どうなるかはわからないのにね」

もしかしたら学園よりもひどいことになっている可能性があるそうだけど……知らない生徒のことを私が心配しても仕方がないので、一度だけ無事を祈ってあとは忘れることにした。

「ルナ様、追加の騎士たちが来たようです。ルナ様とエイミィは他の生徒たちとは違う場所に移動しますので、いつでも動ける準備をしておいてください」

ルナちゃんをいつまでも暗殺の危険性のある場所に置いておくのはできないということらしく、人が密集している場所は避けてどこかの教室を用意しているそうだ。そのついでにティーダ君の婚約者の私も一緒に行かないといけないらしい。

王族が皆と違う場所に特別扱いで避難すると、戦争が終わった後で批判される可能性もあるそうだけど、実際に生徒が暗殺者と化して襲いかかってきているので、誰が敵かわからない所から明確に標的とされたルナちゃんと、標的にされる恐れのある王族の関係者（私）を護りやすい所に移動させることは当然だということらしく、それでも批判された場合は暗殺をしようとした生徒とその親たちを生贄にしてやり過ごすらしい。もっとも、たとえ批判されなくとも、暗殺者とその関係者は未遂とはいえ王族の暗殺を企てて実行したということで、処分は厳しいものが下されるそうだ。

その話を聞いた時、正直暗殺に関わった生徒に知り合いがいなくてよかったと思った。そして、そこまでのことをした生徒とその関係者（たとえ生徒の家族が何も知らなかったとしても）に厳しい処分が下されるのは当然で、実行犯に同情することは全くできないとも。

「あっ！　クリスさん、今先生はどうしているんですか？」

追加の騎士たちと話しに行こうとしていたクリスさんに、先生のことを訊いてみたのだけれども、

「ごめんね。いくらエイミィがテンマ君の身内だとしても、今は緊急事態だしテンマ君は極秘任務に関わっているから話せないの」

と言われて、何も教えてもらうことはできなかった。

クリスさんの言葉を聞いて何故か嫌な予感がしたけれど、先生ならその極秘任務というのも簡単にこなしてきそうだし、多分大丈夫……だと思いたい。

第四幕

「は？　え？」

額とはいえ、いきなりキスされて驚いていると、

「テンマ、そろそろ動けるのではないか？」

黒い古代龍が、呆(あき)れたような声で話しかけてきた。

「え、あ……動く。それどころか、力が漲(みなぎ)ってくる」

何故キスだったのかはわからないが、あのキスで俺の体力は元に戻り、更なる力を得ることができたようだ。

「これでテンマは人ではなくなった。私の加護も得たテンマは、人以上神以下の存在である亜神。死した後に神の一員となる資格を得た、この世界にとって特別な存在となった」

確かに、亜神と言われて納得できるような力だと思う。だが、

「それでも、あの女に勝てるかはわからない。あの女は、以前の力には及ばないとはいえ元神。いわば、テンマとは違う方法で亜神となった存在」

相手の全力を見ていないから正確なことはわからないが、俺の感覚では良くて互角というところだと思う。

「それに奴には、配下であるゾンビや龍が多数いるからな。このままでは不利だろう。我がこの姿のままで外に出ることができれば、確実に勝てるのだがな」

　黒い古代龍の今の姿は、過去の記憶から再現されたこの空間限定の姿なのだそうで、外に出れば動くどころか声さえ出すこともできなくなるらしい。

「だが安心しろ。お前は確かに現時点ではあの女よりも弱い。しかし、それはお前が亜神になりたてだからだ。あの女はこれ以上強くなることはない。それどころか、このままでは力を分け与えている配下が削られ続ければ、弱くなる可能性すらある。まあ、配下から力を吸収して、一時的に力が増すことはあるだろうが、奴は配下の数を大きく減らすという選択は取れぬだろう。そうすれば、王都周辺で戦っているテンマの仲間が向かってくるからな」

「さすがの亜神でも、テンマに加えてナミタロウにベヒモスを相手にするのは自殺行為」

「ほぅ、ベヒモスも来ているのか。なら、ますます王都周辺の攻め手を薄くすることはできぬな。もっとも、我があ奴なら力を集めるだけ集めてこの場から離脱し、一〇〇年ほど逃げに徹して次の機会を窺(うかが)うがな。そうすれば、少なくともテンマはこの世に存在していないし、奇襲であればナミタロウとベヒモスはすぐに動けない、もしくは動く理由がなく、今よりも楽に王国を滅ぼすことができるであろう」

「でも、そうするとテンマは手に入らない。あいつの目的が贔屓(ひいき)にしていた人間の復活で、テンマの体が復活させるのに最適というのなら、逃げるという選択肢は選ばないはず」

「あの女は戦い方が下手なのだ。そして、視野が狭い。一つのことに集中しやすいとも言えるが、もう少し視野が広ければテンマが奪い返される可能性を考えて寄り道などせずに、『大老の森』の奥深くにでも直行していたはずだ。それに、テンマを下した時にマーリンを殺して配下にしておけば、もう一体の強力な手駒が手に入ったのに……それをしなかったというのは、奴が戦いに慣れていないからだ」

　確かに黒い古代龍の言う通り、じいちゃんを見逃した上に寄り道をしたせいで、俺は反撃のチャンスを得たわけだ。

「それでは、そろそろこの場所から出るとするか……テンマ、この戦い勝てるぞ。あ奴は配下こそ多いが、自分の為に命を懸けるような仲間は誰一人としていない。いるのは利害が一致した数匹のトカゲだけだ。しかしテンマには、多くの仲間がいる。我だけでなく、ナミタロウにベヒモスといった強者に、直接の手出しはできぬだろうが、この死神をはじめとした神たちもな……さあ、我の背に乗れ！」

　黒い古代龍に言われていつもの感覚でジャンプすると、一度で背中に飛び乗ることができた。普通なら魔法を使わなければこんなことはできないのだが、今の俺ならこれくらいは簡単にできるという確信があった。

「テンマ、忘れないうちにマーリンの腕を渡しておく。ここと外では時間の流れが違うから、外に出てすぐに治療をすれば、マーリンの腕は元に戻るはず」

　いつの間にか俺の後ろにいた死神が、じいちゃんの腕を渡してきた。

　時間が動いていないかのように血は止まっているが、その温もりからほんの数秒前に切断されたものだとわかり、じいちゃんをこんな状態にした女に更なる怒りが湧いてきた。

「振り落とされるなよ！　……まあ、今のお前にとってはいらぬ心配だな！」

　黒い古代龍は、翼を数度羽ばたかせただけで高くまで体を浮かせ、そのますごい速さで上へと飛び始めた。俺が全力で飛んだ時よりも速いみたいだが、黒い古代龍はまだまだ余裕があるようだ。

この空間がどれだけ広いのかはわからないが、黒い古代龍に乗って数分ほどで、進んでいる方角から光が差しているのが見えた。間違いなく、あれがこの空間の出口だ。

「そういえば、お前に名前はないのか？」

あと数分でここから出られるという時、不意に気になり黒い古代龍に名前を訊いた。

「昔は様々な名が勝手に付けられていたが、それらは我が認めたものではない」

話している最中にも、次第に出口は近づいてくる。おそらくだが、ここから出るともう二度とこの黒い古代龍とは話すことができなくなるのだろう。

「姿は変われど、我に付けられた中で認めた名は後にも先にも一つだけだ」

出口はもう目と鼻の先だ。

「なかなか気に入っているぞ。テンマが付けた、『小烏丸』という名前は」

その言葉と共に、『小烏丸』は俺と死神を背に乗せて光の中に飛び込んだ。

◆ディンSIDE

「マーリン様、ワープゾーンまでの道を確保しました」

あの女は、マーリン様の腕と『小烏丸』を体内に取り込んだ後、俺たちにとどめを刺さずに地上へと移動を始めた。完全に舐められているのだろう。

そんな俺たちに背を向けた女に一撃でも食らわせたいところではあったが、俺は右目を、マーリン様は右腕の肘から先を、ジンは左太ももの半ばから下をそれぞれ失い、シロウマルは全身を強く打っている上に体中の至る所から血を流していた。一見無事なのはスラリンだけに見えるが、そのスラリンも体の多くを失ったせいか、かなり動きが鈍くなっていた。特にジンの出血はひどく、すぐに手当てしないと命に関わるような怪我だった為、手当てのわずかな間に女を逃がしてしまったのだ。

そして最悪なことに、あの女はいなくなったというのに、地下のダンジョンからは今もゾンビが這い出てきていた。しかも、その一部は上の階まで移動し徘徊していた。

俺たちの怪我と邪魔なゾンビのせいで余計な時間がかかってしまったが、テンマのゴーレムのおかげで直接戦うことなく目的の場所までの道を確保することができたのだ。

「あの女が一階層ずつ昇っていれば、怪我を治すくらいの時間は取れるが……」

「それは無理じゃろうな。あの女ならば、何らかの方法でワープゾーンを使って上に戻る可能性が高いように思える」

マーリン様の言う通りだろう。

テンマによると、このセイゲンのダンジョンはディメンションバッグのような『空間魔法』でできたものであり、その関係でワープゾーンというものが存在している可能性が高いとのことだった。そしてあの女は、体内にテンマを取り込んだり武器を取り出したりしていたので、『空間魔法』を高いレベルで使えるはずだ。考えたくないことだが、あの女は正規の方法以外でこのダンジョンのワープゾーンを使うことができるかもしれない。

「ワープゾーンが他の階層から他の階層へと移動できるものならば、あの女が迷ってしまい時間がかかるということもあり得るかもしれぬが……セイゲンのワープゾーンは、他の階層に行くならば

絶対に一番上のワープゾーンに戻らねばならない」

つまりセイゲンのダンジョンは、行きは無数の選択肢があるのに帰りの出口は一つしかないので、使用した場合はほぼ間違いなく地上の近くまで戻ることができるのだ。

「それでも、わずかでも可能性があるのなら、少しでも早く戻らないと……ジン！　すまないが、俺とマーリン様は先に行く」

俺とマーリン様はかなりのダメージを受けているものの、走ることができないというわけではない。それに対しジンは、片脚の止血はしたもののそれまでに流れた血の量が多かったせいで、立っているのもつらそうだった。今はゴーレムとスラリンたちに支えられて移動しているが、その速度は歩くよりも遅い。

「大……丈夫、です。ここまで来れば、上まですぐ、ですから、先に行って、ください」

完全に安全とは言えないが、テンマのゴーレムもあるし、何よりスラリンとシロウマルがいるからワープゾーンに行くまでなら危険は少ないだろう。そう思ったが、ジンは自分を支えていたスラリンとシロウマルを俺の方へと押した。

「戦力は、多い方が、いいです」

ここからなら、ゴーレムの助けだけで戻ることができるからと、ジンは先に地上へ行くようにと俺たちに言った。

「わかった。ジンも、すぐに追いついてこい！」

ジンが自らそう言っている以上、俺たちは先に行くしかなかった。それに、ゴーレムはワープゾーンまでの各分岐点にそれぞれ数体配置しているので、よほどの大物が来ない限りはジンの身に危険はないはずだ。むしろ、ジンが魔物に襲われることよりも、左脚の怪我の心配をした方がいいくらいだ。

ジンを置いていくことに多少気が引けたが、それを振り切るようにあの女を追ってワープゾーンに飛び込み、地上へと駆け抜けた俺たちが見たものは……すでに地上へと戻っていた女が苦しんでいる様だった。

◆

光に包まれた俺たちは、出口と思われる穴にたどり着き、

(テンマ、ここでお別れだ。まあ、話ができぬだけで、我は姿を変えてテンマと共に戦うのだがな)

(これ以上、私は一緒にいることはできない。上からテンマの戦いを見守っている。それと、すぐに頼もしい援軍が来るはず。頑張って！)

飛び出るには狭い穴を無理やりこじ開けて外へと出ようとした瞬間に、黒い古代龍と死神はその言葉を残して姿を消した。そして、俺は『小烏丸』とじいちゃんの腕を握り……

「ぎぃいやぁあああ――――！」

けたたましい悲鳴を上げる女の体を裂くようにして外へと飛び出した。その瞬間、俺の中から何か・が・い・く・つ・か・に・分・か・れ・て、どこか遠くの方へと飛んでいった感覚があった。

「「テンマ！」」

「じいちゃん、ディンさん！」

飛び出してすぐに距離を取ると、ちょうどダンジョンの地上部の建物があったあたりから出てきたじいちゃんたちの声が聞こえた。

まだ敵は生きていて、じいちゃんたちはそれぞれ大怪我を負っているような状況ではあったが、俺にとっては何年ぶりかの再会のように思えてしまい、涙が溢れそうになった。

そんな中シロウマルは、スラリンを乗せたまま何故かダンジョンへとすごい勢いで戻っていった。

「じいちゃん、ディンさん、その怪我を治療するから」

「わしらのことはいい！　そんなことよりも、早くあ奴にとどめを刺すのじゃ！」

ディンさんも同じように女を攻撃するようにと言うが、あの女が苦しんでいるのは演技であり、すでに周辺のゾンビを犠牲にして回復しているはずだ。

「大丈夫。今はじいちゃんたちの怪我の方が心配だから。それに、シロウマルたちがジンを連れてきたようだし。先に治療した方がいい」

シロウマルがダンジョンに戻ったのは怪我をしているジンを連れてくる為だったようで、その背中には息も絶え絶えといった様子のジンが、スラリンに抱かれる形で乗っていた。

「じいちゃんの腕もあるし、ジンの脚もあるから元通りになるよ。流れた血はどうしようもないけれど、痛みは消えるはず。ただ、ディンさんの怪我は治せると思うけど、視力が戻るかまではわからない」

そう言って俺がじいちゃんの腕とジンの脚を繋げ、ディンさんの目を治療していると、

「テンマ！　逃げろ！」

演技をやめた女が俺たちに向けて魔法を放とうとし、じいちゃんが俺を庇うようにして前に出た

が……

「大丈夫。最高の援軍が来たから」

魔法が放たれる前に、女の方が吹き飛んだ。

（やらせるものですか！）

（くそっ！　さすがドラゴンゾンビの親玉だけあって硬いな！）

さらに女は吹き飛んだ先で何者かに首を切りつけられたが、その絶妙なタイミングで放たれた一撃は、首を切断するまでには至らなかった。

「あれは、あの二人は……」

「シーリアに、リカルド……」

「最高の援軍でしょ。でも、二人だけじゃないよ」

三人の治療を終えた俺は、続いてシロウマルの治療に取りかかり、その最中に迫ってきていた、金色と銀色の光に蹴散らされているゾンビたちの方を指差した。

「あれはフェンリル？」

じいちゃんは二頭のフェンリルに覚えはないようだが、シロウマルはすごい勢いで尻尾を振り、遠吠えという形で喜びの感情を爆発させていた。

（テンマ、敵の援軍が空から来ているわ）

「シーリア！」

（ちょっとしんどくなりそうだから、いい加減手伝ってくれ）

「リカルドさん！」

母さんと父さんはシロウマルの治療を終えた俺の所に来てそう言ったが、じいちゃんたちには二人の声が聞こえていないようだ。

父さんと母さんはそれに気がつくと、二人に笑いかけてシロウマルとスラリンを撫でた。そして、

「行ってくる！」

次は皆と笑顔で話すのだと心に誓い、俺は女に向かって飛び出した。

女の方も、万全に近い状態にまで回復しているようで俺たちを迎え撃とうとしていたが、俺たちは女の援軍……ワイバーンの群れが来る前に決着をつけようと、波状攻撃を仕掛けた。

母さんの牽制の魔法で体勢を崩された女に対し、俺が渾身の力を込めた一撃を振るう。しかし、女は俺の一撃を全力で防御したので、それに続いて俺の背後から飛び出した父さんが女を狙った。

女は先ほど父さんに首を狙われていたので瞬時に首をガードしたが、父さんは首を狙わずに胴をないだ。

じいちゃんの時は胴体にあるというディメンションバッグを使って回避したそうだが、不意を突かれた上に横なぎの一撃だったので回避することはできなかったようだ。ただ、切られた腹の傷口からは血ではなく黒い霧のようなものが散っただけだったので、実際にどれだけのダメージを与えられたのかはわからない。

その後も続けて攻撃を仕掛けるものの、ワイバーンの群れが来る前に女を倒すことはできなかった。

（仲間を犠牲にして回復する能力は厄介ね……）

（まあ、それがなかったら、俺とシーリアがテンマと共に戦う必要はなかっただろうけど……なっ！）

迫り来るワイバーンの首を切り落とした父さんが女との距離を詰めようとするが、女は逃げに徹してゾンビで回復していた。少々厄介な状況だ。もし、セイゲンに誰もいないのなら、全力の『テンペスト』を使うという選択肢もあるが、逃げ回っている女に狙いをつけることは難しいし、何よりまだ隠れてゾンビをやり過ごしている住人が大勢いるのだ。その中には、エイミィの家族やガンツ親方たちもいる。

俺たちがワイバーンを倒している間、女は回復源となるゾンビを探し回っているが……その多くはシロウマルの親たちによって駆逐されていた。

「グゥ……何故何故何故、ナゼェエエエ――――！」

思い通りにいかないからか、女は半狂乱になりながらセイゲン中を飛び回った。そして、

「止まった？」

（なんにしろチャンスよ！）

（仕掛けるぞ！　テンマ！）

突然動きを止めた。そして、

「モウ、イイ……」

女を中心に大きな爆発が起き、攻撃を仕掛けようと距離を詰めていた俺たちは、その爆発に巻き込まれたのだった。

第五幕

◆ハナSIDE

周囲は赤く染まっているというのに、私の意識は消えることはなかった。

「お母さん、あれ……あそこ！」

それはアムールも同じで、私と違って正面を見ていたらしいアムールは、私たちが光に飲み込まれても無事である原因を指差していた。そこには……

「おじいちゃんに……お父さん⁉」

光で少し見にくくなっているものの、十数年前に亡くなったはずの先代山賊王である祖父と、そのさらに前に亡くなった父であるクロウが立っていた。

赤い龍から吐き出された光は、突如として現れた二人が突き出している刀と槍に切り裂かれるようにして、私たちの目前で二つに分かれていたのだ。

赤い龍は私たちの目前で邪魔が入っていることに気がつき、意地になってブレスを吐き続けているが、お父さんとおじいちゃんは一歩も下がることなく切り裂き続けた。それどころか、おじいちゃんが腰を据えて槍を構えると、それまで二人で受けていたブレスはおじいちゃんだけでも防ぐことができていた。

そして手の空いたお父さんが刀を上段に構え、鋭く振り下ろすと……

「ブレスが……割れた⁉」

　赤い龍のブレスが縦に割れていき、最終的には赤い龍の口にまで届いて血を流させた。そして、今度はおじいちゃんが槍を横に振るうと……

「吹き飛んだ……すごい！」

　その衝撃波で、赤い龍が後方に数百メートル飛ばされた。正直、目を疑うような光景だったけれど、実際に目の前で起こった以上、これは現実の話なのだ。死んだはずのお父さんとおじいちゃんが、目の前に立っていることも含めて。

　お父さんとおじいちゃんは、言葉こそ発さなかったものの、いかにも一仕事終えたという感じの笑みを浮かべた。すると、その体が徐々に薄くなっていき、この奇跡のような時間に終わりが来たのだと実感させられた。

　そんな光景を見た私は思わず、

「お父さん！　あなたの孫のアムールよ！　私、母親になったのよ！　それに、サナにも子供が生まれたわ！　名前はヨシツネ！　お父さんに似た男の子よ！」

　アムールを前に押し出してその姿を見せ、ここにはいないけれど、サナにも子ができたと叫んだ。しっかりと、あなたの血は私の次の世代にも繋がっているのだと知らせる為に。

「おじいちゃん？」

　アムールは初めて会う祖父に困惑している様子だったけれど、お父さんはそんなアムールを泣いているとも笑っているとも見える顔で見つめ、手を広げてしゃがんだ。

「おじいちゃん！」

アムールはそんなお父さんを見て、弾けるように走り出して抱きついた。私もお父さんの所へと走ったけれど、私が抱きついた時にはほとんど消えかけていて、かろうじて抱きついた感触と肩を抱かれた感触がわかったくらいだった。そんな私たちに、今度は消えかけのおじいちゃんが手を伸ばしてきて、頭を撫でた。

「ケイ爺……」

「おじいちゃん……」

おじいちゃんに頭を撫でられたのは一体何年……いや、何十年ぶりだろうかというところだったけど、その力強くて優しい感触は、忘れることができないものだった。

そのまま二人は、懐かしい笑みを浮かべたまま消えて……その後には、先ほど二人が使っていた大太刀と朱槍が残されていた。

「アムール、行くわよ！」

「おう！　二人が作ったチャンス、無駄にしない！」

私は大太刀を、アムールは朱槍を握り、ふらついている赤い龍へと走り出した。

二人が現れるまで、もう歩くことすらできないと思うくらいに疲弊していたけれど、今は不思議と体が動く。それこそ、体調が万全の時かそれ以上だと思えるくらいに。

赤い龍は、私たちのどこにそんな体力が残されていたのかと驚いているような顔をしていたが、おじいちゃんから受けたダメージはまだ抜けていないらしく、全ての脚が震えていた。それでも私たちを迎撃しようと四肢に力を入れて踏ん張っていたけれど……

「とっ……か――――ん！」

アムールが朱槍を構えてすさまじい速さで赤い龍へと迫り、その眉間に槍を突き立てた。

骨の中でも一番といってもいいくらいに分厚く硬い頭蓋骨なのに、アムールの一撃は明らかに脳に達していると確信できるくらいの深さまで刺さっていた。しかし、それだけで龍が即死するとは限らない。

現に、普通なら即死してもおかしくない一撃を受けたというのに、赤い龍はまだ動きを止めず、眉間に刺さった朱槍をまだ握っているアムールを叩き潰そうと、前足を動かしていた。だけど、

「もう、逝きなさい！」

今度は私が、赤い龍の首へとお父さんの大太刀を上段から振り下ろした。

そのひと振りは、数人が抱えないと手が届かないというくらいの太さのある赤い龍の首を簡単に斬り落とし、振るった前足はアムールに当たることなく空振った。

あまりの斬れ味に、首を斬られたというのに赤い龍の体はまるで首がないことに気がついていないかのように一〇秒ほど動き続け……大きな音を立てて地面に崩れ落ちた。

「終わった……の？　……アムール！」

すぐには目の前に広がる光景が信じられず、少しの間呆けてしまったけれど、龍の首と一緒に落ちたアムールを思い出してあたりを見回した。すると、

「ん……ぐぬぅ……」

苦しそうなアムールの声が聞こえ、慌ててその声のする所へと走った。しかし、

「アムール……何やっているの？」

「ん？　ケイ爺の槍が抜けなくて困ってる。お母さんも手伝って！」

そこには、赤い龍の眉間に突き刺さったままのおじいちゃんの朱槍を引き抜こうと悪戦苦闘しているアムールがいた。それはもう、怪我したのではないかと心配したのが馬鹿みたいに思えるくらい、いつものアムールだった。

「わかったわよ。少しずれなさい。せ〜の……ふぬぬぬぬ……」

あれほど簡単に刺さった朱槍は、あの鋭さが幻だったのではないかと思えるくらい、私とアムールがどれだけ力を入れても抜ける気配がなかった。

「お〜い……義姉さ〜ん、アムール〜……」

そこに、ブランカをはじめとした南部子爵軍の生き残りたちが集まり始めた。最初は赤い龍が本当に死んだのか半信半疑という感じでびくびくしながらだったのが、次第に怪我のことも忘れて騒ぎながら集まり、無事に生き残ったことを大きな声で喜び始めた。なお、皆が喜んでいる間のあの人はというと、気絶していたので誰かに平らな地面の所に運ばれて横になっていた。それはもう、皆が大騒ぎしているというのに全く起き上がる気配を見せなかったので、死んでいるのではないかと思うくらいの静かさだった。

念の為呼吸と心臓の音を確かめると反応があったので、一応生きているのだとわかったのだけれど、

「気が向いたら、お花の一輪でも飾ってあげよう」

「お前秘蔵の酒は俺がちゃんと飲んでやるから、安心しろ」

「祭りの面倒事を引き受ける奴がいなくなったな……」

などと、生きているのがわかったとたんにアムールを筆頭に数名がふざけだしたので、とりあえ

ず全員ぶん殴っておいた。

「ブランカ、すぐに動ける者と安静にしなければならない者、そして死者を数えるように通達しなさい。責任者がいなくなった部隊は、一番年嵩（としかさ）の者が音頭を取るように」

明らかに南部を出発した時の面影は残っていない南部子爵軍だけど、本来ならば本番はこれからなのだ。私たちの役割は、西側から攻めてくるであろうダラーム公爵率いる反乱軍を牽制、もしくは鎮圧、いや壊滅させることだ。

その為には現状の戦力を詳しく知る必要があり、それによっては大幅な作戦変更が求められる。

「わかった。少し時間をくれ」

動ける人数が少ないから、命令を出した私も働く必要があるけれど、一番大変なのは誰が生きているかより、誰が死んだのかだ。

幸い、私に直接関係のある者（あの人にアムールにブランカ）はすでに生きているのが確認できているけれど、他の兵たちにも、私と同じように大切な者がいる、もしくはいたのだ。最低限のことをしないままほったらかしにしてしまえば、後々大きなしこりになりかねない。

「とりあえず、生き残っている者は六〇〇〇人ほど。そのうち怪我はしているもののすぐにでも動けそうなのが三〇〇〇で、重傷者は二〇〇〇ちょっと、残りは動けないことはないものの、もう少し様子を見た方がいいという感じだ」

「そう……こう言ってはあれだけど、よく六〇〇〇近くも生き残ったわね」

不謹慎な言い方かもしれないけれど、あんな化け物に不意を突かれたというのに軍として動けるほどの人数が残ったのは、奇跡と言っていいかもしれない。

「隠れ里の者だが、三人が死んだ。生き残りのうち、今すぐにでも動けるのは四人で、残りの三人は眠らせてやってくれ……」

隠れ里の代表のような虎の顔をした男……長の側近がそう報告してきた。残りの三人というのは、おそらく今はまだ生きてはいるが、助かる見込みがない者ということなのだろう。

「この薬を使いなさい。痛みが幾分和らぐはずよ。それと、南部子爵家は、あなたたちの助力にとても感謝していると伝えて」

「わかった。必ず伝えよう」

本当は一部の兵を贔屓するようなことは避けるべきなのだろうけど、彼らはこれまで表には一切出ることとなく隠れ住んでいたというのに、南部子爵軍と王国の危機に隠れることをやめて助太刀に来てくれたのだ。一〇人ではあるものの、ある意味同盟軍のような彼らに、これくらいの感謝の意を示すことは間違いではないはずだ。それに薬とは言ったものの、その正体は麻薬にも悪用されることのある劇薬の類だ。その正体とその使用目的からすれば、文句が出ることはないと思う。

「ブランカ、今日はここで野営をするわ。そして、王都の到着は明日の昼頃を目指す。半日と少しか休めないけれど、出発までに重傷者の治療を……そうね、テンマからもらった薬を使い切ってもいいから、できる限りのことをしてちょうだい。それと並行して、部隊の再編制の指示を全員に伝えて。そして部隊は二つに分けて、一つはすぐに動ける者を集めた王都へ向かう部隊で、もう一つはそれ以外の者でここに残る部隊よ。ここに残る部隊は重傷者とそれを治療し護衛する者たちで、ついでに戦利品の見張りね」

今残っている生存者を全てまとめて王都に向かい反乱軍と戦うよりも、戦える者たちだけで反乱軍にぶつかった方が勝率は高いはず。それに、今の私たちはボロボロで、たとえ反乱軍の一〇分の一以下の人数だったとしても、赤い龍を倒したということで士気はこれ以上ないくらいに高い。そして、王都付近であれば、王族派の援軍も見込める。

「ああ、わかった義姉さん。それで、薬は全部使うとして、他の荷物はどうする？」

「水と食料は王都へ行くまでの最低限を各自で持って、残りは全てここに置いていく。武器も使用する分とその予備くらいを各々が持っていればいいわ」

王都まで行けば、たとえ水や食料、それに薬がなくなっても、それらはオオトリ家を頼ればいいでしょう。それにしても、

「ヤバいわね……」

「何がヤバいんだ、義姉さん？」

思わず呟（つぶや）いてしまった言葉は、ブランカの耳に届いてしまったようだ。

あまり軍のトップはこういうことを言わない方がいいとは思うけれど、

「いえ、このまま王都に行って反乱軍と戦うとなると、明らかに私たちが不利なはずなのに……何故か負ける未来が考えられないのよね。というか、勝って高笑いしているところしか想像できないわ」

などと、隊を率いる者としては失格と言われても仕方がないようなことばかりが頭に浮かぶのだ。しかし、

「義姉さん、それは俺も同じだ。あの龍に勝った俺たちが、反乱軍程度に負けるなどあり得ない」

ブランカも、同じように負けることはあり得ないと考えているようだ。

部隊の上に位置する二人がこんな様子では危険なのかもしれないけれど、周りの様子を見る限りでは、勝つことを疑っている者はいないように見える。そしてさらにそこに、

「アムール、ライデンに何したの？」

「うむ、私なりにライデンの修理をしてみた！　さすがに壊れた所を完全に直すのは無理だったから、テンマに借りてきた戦車と合体させた！」

　ライデンの壊れた後ろ脚を馬車のようなものに乗せる形で胴体に括りつけているだけだったけれど、ライデンは問題なく歩くことができているようだ。ただ、歩くのには問題なくても、走った瞬間にライデンの走力に耐えることができなくなると思う。

「ブランカ！　すぐに無事な者の中で手先が器用な者か馬具の製作経験がある者を集めて、アムールが修理した部分の改良をさせて！」

　ライデンがいるのといないのとでは、相手に与える損害は段違いになるでしょう。少なくとも、南部軍の士気はさらに上がるはず。

　そう思って、ブランカに人を集めさせて修理をさせたのだけど……

「勝ったわね」

「ああ、勝ったな」

「負ける要素が全く見当たらない！」

　万全な状態のライデンには遠く及ばないだろうけど、思った以上に修理した者たちの腕が良く、アムールの思いつきに改良を加えた馬車の繋ぎ目は軽く走ったくらいではびくともせず、その出来にはライデンも満足しているようだ。

その様子を見ていた者たちから、今すぐにでも王都に向かおうなどという声が上がったが……

「んおっ⁉ 何だ？ 飯か？ 俺のも頼む！」

歓声に驚いて起き、寝ぼけたことを言い出したあの人のおかげ？ で、皆冷静さを取り戻したのだった。

◆ジャンヌＳＩＤＥ

背後から聞こえた音で冷静になった誰かが敵に挟まれた可能性を叫び、私たちはすぐにこの場から離れることにした。ただ、未だにソロモンはバッグに入ることができていないし、背後の敵がこちらに向かってきた場合のことも考えると、離れている騎士たちを待って戻った方がいいということで、ギリギリまでこの場に留まることにしたが……背後から敵が現れなかったので、ソロモンをバッグに入れて騎士たちを待つ時間は十分にあった。そして、合流した私たちは音のした所から離れている城壁の出入口へと向かったのだけど、城壁に近づいた所で先頭を走っていた近衛の騎士が急に止まり、後続の私たちにも止まるように指示を出してきた。

「ジャンヌ様、ライル様が呼んでいるとのことです。緊急事態のようですので、少し急ぎましょう！」

緊急事態の内容はわからなかったけど、そこで私とケリーさんは中立派の騎士たちと別れてライル様の所へと向かった。

私たちは背後に新たな敵が現れたのだと思っていたけれど、どうやらそれは勘違いだったらしい。何の音だったのか迎えに来た騎士に訊こうとしたけれど、よほど焦っているのか緊急事態の内容を話さないまま私たちの前を馬で走っていたので、何故私が呼ばれたのかを知ることができたのは、ライル様のいる近くまで来た時だった。

「ボンちゃん?」

ベヒモスの赤ちゃんであるボンちゃん(正式な名前は知らない)は、前に見た時よりも成長していて大きくなっていたけど、姿形は変わっていないのですぐにわかった。そんなボンちゃんのそばには、緊張気味の近衛兵と、険しい顔をしたライル様がいた。

ボンちゃんが私の呼ばれた理由だったのかと理解はできたものの、ボンちゃんのことはライル様も知っているはずだ。だから、他に別の理由があるのかもと思っていると、

「ジャンヌ、オオトリ家宛の手紙だ。俺のもあったのだが……」

ライル様は言葉を濁しながら、私にオオトリ家宛だという手紙とライル様宛の手紙を渡してきた。

ライル様の手紙には差出人が書かれていなかったけど、『助けに来たから気をつけてや』と書かれていたので、誰からの手紙かすぐにわかった。そしてもう一通の手紙は……オオトリ家宛のものを私が勝手に開けるのは良くないかもしれないけれど、今ここにいるオオトリ家の関係者は私だけなので代理ということでこの場で中身を確かめた。その中を見た私は、

「ライル様、すぐに前線の軍を下げてください! あ、えっ~っと……と、とんでもないものが来ます!」

手紙を読んだ私は少し焦ってしまい、一瞬適切な言葉が出てこなくてライル様も首をかしげていたけれど、手紙を見せるとライル様も慌てて周囲に命令を出していた。その手紙の内容は簡単に言

うと、

「まさか、ナミタロウがベヒモスを連れてくるとはな……」

だった。正確に言うと、『敵のど真ん中にひーちゃんが突っ込むから、怪我せんように味方を下げさせてや』だ。

どこからどうやってベヒモスが敵のど真ん中に突っ込むのかわからなかったけれど、古代龍の中でも一番大きいと言われるベヒモスが動けば、大抵の生き物にとってはそれだけで攻撃されているのと変わらないかもしれない。

なのでライル様は、どこからどうやってという部分は無視して、前線の部隊を全部下げさせるように命令を出し、詳しい話をボンちゃんに訊こうとしたが……ナミタロウやスラリンと違い、ボンちゃんとの意思疎通は無理だったので、早々に諦めていた。

「ジャンヌ、ベヒモスはどこから来ると思う？」

「わかりません。もし仮にこの手紙の主がナミタロウを騙る偽者だったとしたら、ここにボンちゃんがいるはずがありませんけど、巨大な体を持つというベヒモスが来るのなら、すでにその姿が見えているはずですし……でも、いくらナミタロウが冗談好きでも、こんな状況で嘘をつくとは思えません」

ナミタロウもディメンションバッグを持っているはずだけど、とてもじゃないけどベヒモスのような生き物が入る大きさではないはず。

私がバッグに入っているソロモンに薬を与えながらライル様と話していると、ボンちゃんにせがまれておやつをあげていたケリーさんが、

「ライル様、発言よろしいでしょうか？」

「いいぞ。それと、君はこの場におけるオオトリ家の責任者代理の一人であるから、今後はいちいち許可を取らずとも好きな時に発言するといい」

と、ケリーさんにというよりは、周囲の人たちに知らせるような大きな声で発言の許可を出した。

「ありがとうございます。それで、ナミタロウですが、ベヒモスと一緒に空から来るとは考えられませんでしょうか？」

「どういうことだ？」

ケリーさんの発言は私やライル様だけでなく、周囲で聞き耳を立てていた人たちも驚かせるものだった。

「魚が空を飛ぶのはあり得ないことでしょうが、テンマのように『飛空魔法』を使うことができれば空から来ることも考えられます。そして、ベヒモスをどうやって運ぶのかに関してですが……相手は不思議生物の代表とも言えるナミタロウのことです。私たちの想像の斜め上をさらに超える方法を使っていても、おかしくはありません」

最初はさすがにあり得ないだろうという感じだったこの場の空気は、ケリーさんの最後の言葉で一気に現実味を帯び、ライル様は撤退中の部隊をさらに急がせるようにとの命令を出したが、周囲はライル様の命令を最後まで聞く前に走り出していた。その間も、古代龍はゆっくりと王都へと近づいてきている。

「あり得る。相手はテンマ以上の理不尽の塊だ。もし仮に、ベヒモスが空から降ってくるとしたら……城壁の上にいる者たちは、衝撃で城壁から落ちないようにすぐにどこかに摑まれ！　大きな衝撃で倒壊の恐れがある所にいる者は、すぐにその場を離れて広い場所へ移動しろ！」

ライル様がそう叫んだ数秒後、まだ多くの人が衝撃に備える準備もその場から逃げることもできていない中で、

「きゃあああぁぁぁ――――！」

「ぬぉおおお！」

体感でボンちゃんが落ちてきた時の数十倍……いや、数百倍はありそうな音と衝撃が、迫り来る古代龍の方角で発生した。

「ジャンヌ、無事かい？」

「ええ、大丈夫です。ありがとうございますケリーさん。ボンちゃんも、ありがとう」

衝撃があった瞬間、ライル様は近くにいた騎士たちが、私にはケリーさんが守るように覆い被さった。ボンちゃんは、そんな私たちの少し前に移動して、飛んできた土や石を防いでくれていた。

幸いなことに、私たちの周りには倒壊しそうなものはなかったけれど、近くにそういったものがあったり建物の中に入っていたりして怪我をした人は、かなりの数いたようだ。

「早く周辺の状況を確かめろ！　それと、怪我をした者のうち、重傷を負った者は無事な者も手伝って手当させ、軽傷の者には自分でやらせるんだ！」

ライル様は命令を出して、自身も音と衝撃が来た方向……古代龍のいる方向へと視線を向けていたけれど、そちらは遠い上に土煙がひどくてどうなっているのか見ることができなかった。

「ジャンヌ、無事ならすぐに屋敷の方に戻るよ！　これ以上ここにいるのは危険だ！」

ケリーさんがそう言うと、

「まあ、大丈夫やと思うで。あのデカ物はひーちゃんに任しとけば問題ないし、雑魚がこっちに向かってきとるけど、それはどうとでもなるやろ。まあ、ちょっとばかり態度のデカい奴が交じっとるけどな」

どこかから聞き慣れた声が聞こえてきた。

「えっ！　ナミタロウ⁉」

「ジャンヌ、おひさ～……んで、ライルはん、あのどでかい赤トカゲは、ひーちゃんに任せとったら問題ないから、早く態勢を立て直すんやで。いかにひーちゃんが強くても、赤トカゲの相手をしながら足元をウロチョロするチビどもを殲滅するんは無理やからな。チビどもの大半はこっちに来ると思っとった方がええで」

「いや、まあ、それは当然だが……さっき言ってた、『ちょっとばかり態度のデカい奴』とは何のことだ？」

いきなり話を振られたライル様は、少し顔を引きつらせながら気になった所を質問していると、

「ライル様、地龍が一体こちらに向かっているとのことです！　このままでは、撤退中の部隊に被害が出ます！」

テンマといると、地龍ぐらいならと思ってしまうけれど、一般的に地龍の討伐は歴史に残る偉業とも言えることだったはず。いくら王族派と中立派の精鋭が集まっているとはいえ、今の状況では追い返すことすら難しいはず……だけど、

「ナミタロウなら……」

テンマに並ぶ強さを持つ（らしい）ナミタロウなら、地龍の一頭くらいはどうにでもなる……と

思ったら、

「悪いけど、わいはパスや。あっちの空から、トカゲ二号がこっちに来ようとしとるわ」

「「あっち？」」

ライル様と同時に、ナミタロウが示した方角に目を向けると、

「緑色の龍……」

「少し前に通過した赤い奴と同じくらいの大きさだぞ……」

大きな緑色の龍が、土煙の中から姿を現した。

「わいはあいつの相手をせないかんから、地龍の方は任せた。大変かもしれんけど、きっとうまくいくはずや」

そう言うとナミタロウは私たちから離れていき、周囲に誰もいない所まで進むと、

「ほな、変身！　どゅあっ！」

変な掛け声と共にジャンプしたかと思うと、突然光に包まれて……

「へっ？」

「えっ？」

「はあっ？」

大きなヘビのような姿になって、空へと飛んでいった。

そんなナミタロウに呆然（ぼうぜん）とする私たちだったけど、すぐにライル様の所に地龍の報告が来て我に返ることができた。

「今すぐに動ける者をまとめて、地龍にぶつけるんだ！　倒すことよりも、時間を稼ぐことを念頭

に置け！　ナミタロウは大丈夫だと言ったが、情けない話ではあるが最終的にはナミタロウに頼ることになるかもしれない。それまで、粘るんだ！」

ライル様がそう叫ぶと、

「了解した！」

真っ先にマスタング子爵が応え、中立派の貴族を引き連れてライル様の前に集まった。

マスタング子爵をはじめとした中立派の貴族たちは、ほとんどが怪我の治療中だったらしく、動いたせいで体に巻いた包帯が血で滲（にじ）んでいる人もいた。

「我々中立派が先陣を切るぞ！　皆の者、続け！」

そんな子爵たちの姿を見て、私は思わず手を組んで無事を祈ると……子爵たちの前に多くの光の塊が現れた。

最初こそ、新たな敵がいきなり現れたと混乱が起こったのだけれども、すぐに一番近くにいたマスタング子爵たち中立派の貴族が周りを制して落ち着かせた。そしてマスタング子爵はこちらを振り向いて私を見つけると、その場から少し横にずれた。すると、

「お父さん？」

私の視線の先には、鎧（よろい）姿で馬にまたがるお父さんがいた。

鎧を着ている姿なんて全くと言っていいくらい記憶にないけれど、柔和な笑みを浮かべたその顔は、間違いなく私のお父さんだ。

お父さんは微笑（ほほえ）みを浮かべたまま頷くと、細身の剣を抜いて空に掲げて……地龍のいる方角に向けて振り下ろした。すると、お父さんと一緒に現れた光の塊は騎士の姿に変わり、一斉に地龍へと

突撃していった。

その速さは、光の騎士たちの後に続いたマスタング子爵たちを数秒で大きく引き離すほどで、彼ら（もしくは彼女ら）はその勢いのまま地龍やその背後にいたゾンビに突撃していった。不思議なことに光の騎士たちは、地龍の前を走っていた味方とぶつかっても何事もなかったかのようにすり抜けていったのに、地龍やゾンビには少し触れただけでも相手にダメージを与えていたのだ。

ただ、その光の騎士たちは地龍に対し大きなダメージを与えはしたものの倒すことはできず、一度敵に触れるごとに少しずつ光が薄くなっていき、最後には風景に溶けるようにして消えていった。そしてお父さんも、騎士が一人消えるごとに体が薄れていき、最後の騎士が消えると同時に持っていた細身の剣を残して消えてしまった。

お父さんたちが消えた直後、マスタング子爵たちは騎士たちの突進で弱っている地龍の所にたどり着き、

「押しているな。相手が地龍とは思えないくらいの勢いだ」

子爵たちの猛攻で地龍の脚は完全に止まり、それから間もなくして動かなくなったのだった。

ライル様は遠くで倒れた地龍を眺めながらお父さんのいた所まで歩き、そこに落ちていた細い剣を拾うと自分のマントで汚れを拭き取り私に渡してきた。

「ジャンヌ。状況的にあの光の男性たちが地龍討伐に大きな貢献を果たしたのは間違いないが、公式的には実際に倒したマスタング子爵たちの功績になるかもしれない。できる限りのことは報告書に記すが、それ以上のことはできない可能性があると思っていてくれ」

何故死んだはずのお父さんがここに現れたのか不明だし、何よりこんなことは王国の歴史上初め

てのことと思われるので、ライル様の一存では地龍討伐をお父さんの功績と認めることは難しいそうだ。

「わかっています。私はお父さん……父の姿をもう一度見ることができただけで満足です」

それは間違いではなく、心からお父さんともう一度会えたことに満足している。ただ少しだけ、地龍の討伐にお父さんの名前が残らないのが残念だと思ったのだ。

◆ナミタロウSIDE

「うん、ジャンヌの方は思った通り大丈夫やったな。まあ、当人たちは面食らっとるやろうけど」

あの地龍を倒してからこっちに向かってきとる緑のボケの相手をしても良かったんやけど、それをすると地龍の相手をしとる間に緑のボケナスがジャンヌたちを襲わんとも限らんからな。何となくやけど、わいがおらんでも何とかなりそうな気配がしとったし、最悪わいの勘違いでライルたちが地龍をどうにかできんかったとしても、ジャンヌが逃げる時間を稼ぐ肉壁くらいにはなるやろう。それくらいの時間があれば、あの緑のボケナストカゲを倒すくらいは簡単なことやろうからな。

「なんてこと考えとる間に、すぐ目の前まで来とるな」

ボケナストカゲはわいを警戒しとるのか、明らかに速度を落として様子を見とるようやった。まあ、そこで逃げ出すという選択肢ができんかった時点で、ボケナストカゲがミンチになることは決定的になったんやけどな！　……まあ、まずそうやけど。

「『風の龍王』やな。先手取らせてやるから、チョイっとやってみい」

挑発するように首を見せてやると、馬鹿にされていることに気がついたボケナストカゲは大声を出しながら噛みついてきたんやけど……

「やっぱりこんなもんか。さすが、一〇〇〇年近く生きとるのに『古代龍』になれんかった落第生やな。無防備に攻撃を受けてやったんやから、せめて血を流さすくらいはしてみいや！」

多少痛いくらいで怪我すら負わすことのできない『緑の龍王』を、わいは身震い一つで振り飛ばした。しかし、

「ん？　何や、傷つけることはできとったんか。ちょっとだけやけど、血も流れとるやん。悪かったなぁ……まあ、すぐに血が止まる程度の傷やったけど」

よく見てみると、噛まれた所からほんの少しだけ血が流れているのに気がついて、ボケナストカゲまで下げた評価をボケトカゲくらいに戻してやろうかと思いながら睨みつけると、あいつはまだ戦う気があるらしくわいを無駄に威嚇しとった。

「いい度胸や！　仮にも『緑の龍王』なんやから、それくらいの気概はないとな！　わいを食い殺すことができれば、もしかすると古代龍になれるかもしれへんで！　ほら、もういっちょ、かかってこんかい！」

奴の威嚇にわいも咆え返すと、それが合図となってわいと奴は体をぶつけ合った。長さではわいの方が勝っとるけど奴の方が太くて大きいせいで、単純な体当たりではわいの方がちょっと不利かもと思ったんやけど……自分で思っとった以上に『古代龍』と『龍王』の差は大きかったらしく、最初の体当たりの後は完全にわいのペースやった。

「ほらほら、もっと気張らんと古代龍には到底なれんで～」

わいの頭突きやひっかき、尻尾による殴打を浴びせられた『緑の龍王』ことボケトカゲは、徐々に戦意を失っていっとるというのに、逃げるという選択肢を取ることはできんようや。中途半端なプライドが邪魔をしとるようやけど……

「『赤の古代龍』の助けを期待するくらいなら、初めからわいの前に出てくんなや！」

わいから逃げるという恥ではなく、後ろの方でひーちゃんと戦っとる『赤の古代龍』に助けてもらうという恥の方を選んだらしく、ボケトカゲは時折背後を気にする素振りを見せ始めた。

そんな様子がわいは無性に腹が立ってしまい……

「もういい……お前はもう消えろ！」

わいの長い胴体で奴の体を締めつけて骨を砕き……そして、

「グエッ！　……ゴポッ」

ボケトカゲの首に食らいついて、その肉を骨ごと嚙み千切った。

「まっずぅ……やっぱ思った通りの味やな。テンマでもこいつをおいしく調理するのは無理や。絶対に無理や」

口に残ったボケトカゲの肉を少し咀嚼してみたんやけど、わいやないと嚙み切れないくらいの硬さに加え、口に広がるのは何とも言えない臭みとえぐみ……正直言って、一〇〇〇年以上生きてきて色々なもんを食ってきたわいでも、これ以上のまずいものを口にしたことがないと胸を張って言えるほどのもんやった。こんなんやったら、カッコつけて嚙み殺さんと、あのまま絞め殺しておけばよかったと後悔してもうたくらいや。

「最後の最後でわいを苦しめるとは……なかなかやるやんけ」

ぺっぺと口に残る肉片を吐き捨て、ひーちゃんの方に目を向けると……

「あっちもそろそろ終わる頃やな……さすが、モノホンの古代龍同士の戦いや。わいとボケトカゲとは規模が違うわ」

あちらもそろそろ終わるというところやった。

◆ライルＳＩＤＥ

「これは……夢じゃないよな？」

ナミタロウが飛んでいってしばらくすると、ベヒモスが落ちたあたりの土煙が晴れてきて、巨大な二頭の龍が戦っている姿が見えるようになってきた。するとそこには、俺たちに絶望を与えに来たと思われた赤い古代龍が、ベヒモスの頭突きを食らってひっくり返っている様子が見えた。

「もう少し近くで見るぞ！」

かなり遠くにいるとはいえ、二頭はかなりの大きさなので城壁の近くからでも見ることができているのだが、俺は二頭の戦いがもっとよく見える位置まで移動することにした。幸いなことに、ナミタロウやアルメリア子爵にマスタング子爵たちの活躍もあり、城壁からかなり離れた所でも安全はほぼ確保された状態だ。

そのことを部下に伝えるとかなりの勢いで反対されたのだが、こんな機会は二度とないだろうし、何よりも詳しい情報をまとめて陛下に提出する必要があると言うと、最終的には部下たちも好奇心に負けて俺と一緒についてくることになった。しかしそこに、

「ライル様！　ワイバーンがこちらに向かってきています！」

一頭のワイバーンがすごい速さで迫ってきていた。おそらくは土煙に巻かれて姿の見えなくなっていた個体なのだろうが、発見が早かったこともありこちらも十分に迎撃態勢を取る時間があった。

だが、

「キュオ――――！」

武器を構えた俺たちの背後から、すごい勢いで飛んでいった白と黒の翼を持つ龍の体当たりによって、ワイバーンはあっけなく首の骨を折られて墜落していった。

「あれはソロモンか？　それにしては翼が……」

ソロモンは瀕死とも言えるダメージを負っていたはずだし、何よりも片方の翼の色が黒だったので見間違えかと思ったが、振り返ってみたところジャンヌがバッグを開いたままの状態で呆然としていたので、ソロモンで間違いないようだ。

「ジャンヌ、何があった⁉」

「よくわかりませんが、突然バッグの中から光が溢れたかと思うと……片方の翼の色が変わったソロモンが、バッグから勢いよく飛び出していきました」

ジャンヌもバッグの中に入るのがやっとだったソロモンが急に元気になり、おまけに片方の翼が黒くなった理由はわからないそうだが、ここは元気になったことを喜ぶべきなのだろう。それに、死者がいきなり現れて加勢してくれたことに比べれば、ソロモンの回復と翼の色の変化などは些細なものだと言えそうだしな。

そんな感じで俺たちが呆然としている間に、ソロモンはワイバーンを咥えて戻ってきて……って、よく見たらバッグに入る前よりも少し大きくなっている気もするが、きっと成長期がいきなり来たのだろう。多分。

「あ、えっと……お帰りソロモン。元気になったんだね」

「キュイ！」

元気になったソロモンに視線を奪われていたが、また大きな音がしてベヒモスの方に目をやると、赤い古代龍が地面に倒れていた。

「何が起きた！」

何があったのかを周囲の誰かに訊こうとしたところ、

「あ～あれはな、ひーちゃんが赤トカゲの尻尾に噛みついて、地面に叩きつけたんや。よく見てみい。赤トカゲの尻尾の先が千切れとるやろ？」

いきなり背後からナミタロウの声が聞こえてきた。さっきまで上空にいたはずではないのか？と周囲に確認を取ろうとすると、

「ちょっと驚かそ思って、こっそり下りてきたんや！」

と、俺に気がつかれないように下りてきたことを白状した。

とっさに後ろの方に目をやると、ジャンヌやその近くにいた者たちがバツの悪そうな顔をしているのが見えた。

「そんなことより、そろそろ決着がつきそうやで」

ナミタロウの言葉にハッとなってベヒモスの方に目をやると、ベヒモスは地面に倒れて動けないでいる赤の古代龍に近づき、ゆっくりと前足を上げて……踏みつけた。それも、何度も。

「まあ、こうなるんは当たり前やろうな。同じ古代龍でも、ひーちゃんとでは格が違うわ。しかも、あれでもひーちゃんは体調が万全でないんやからな。ひーちゃんが来た時点で奴の命運は終わり、ゲームセット、来世に乞うご期待っちゅうわけや」

あの強さで万全ではないのかと、ナミタロウの言葉に驚きながらベヒモスの方を見ると、ベヒモスは動かなくなった赤い古代龍の首を咥えて……噛み砕いた。

「うわっ！　ひーちゃん、えっぐぅ！　……まあ、昔倒したと思って油断したら逃げられたことがあるそうやから、念には念を入れたんやろうな。もし仮にあいつが生きとって同じように逃げられたら、次はボンが狙われるかもしれんからな」

「だから、絶対に変なことを考えんようにせんといけんよ」とナミタロウは言うが、本当にその通りだと思う。もしどこかの馬鹿が変な真似をすれば、あんな存在が敵となるのだ。あの赤い古代龍ですら俺たちにとっては絶望的な存在だったのだから、本気のベヒモスを敵に回したら王国はあっという間に滅ぶだろう。

「万全のひーちゃんに勝てる可能性があるとすれば……テンマくらいかもしれんな。色々な条件付きでの話やけど」

「ベヒモスを敵に回す気などこれっぽっちもないが、一応その条件とやらを訊いてもいいか？」

ほんの少しの（ベヒモスの敗北条件とテンマの化け物っぷりを知りたいという）好奇心と、俺の精神安定の為にナミタロウに話しかけると、

「まあ、ひーちゃんにとってテンマは相性の悪い相手やからな。考えてみい。ハエのような大きさなのに、自分にダメージを負わせる術（すべ）を持っているんが相手になるんやで。しかもその相手は、自

分よりすばしっこい上に知能も高いんや。体力や耐久力に差があるにしろひーちゃんにも弱点はあるんやから、そこを攻撃されれば危ないやろ？　ちなみに、弱点いうんは脳みそと心臓のことな」

ほとんどの人間には、ベヒモスの討伐どころか善戦ですら無理だということが理解できた。

「怒らせないことが、王国が生き延びる道ということか……」

「ひーちゃんは大人しい方やから、人がやられて嫌なことをせんかったらいいだけの話や！　予測のできん災害よりは、対処しやすくて楽やろ？　何か行き違いがあっても、テンマ経由でわいが間に入ることもできるやろうし」

それだと、テンマがいなくなった後はどうなるかわからないということだが……その頃は俺も死んでいるだろうし、数十数百年後のことは子孫に任せるしかないな……とりあえず、今の話は報告書に絶対書いておいて後で兄上たちと相談し、正式な書物として後世に残すかどうかを決めるとするか。

「ん？　なんかこっちに古代龍の死骸を引っ張ってきていないか？」

「みたいやな……どないしたんやろ？　ちょっと訊いてくるわ……でゅわっ！」

ナミタロウは、またヘビのような姿になって空を飛んでいき、ベヒモスと何か話してからこちらに戻ってきた。その途中、まだ残っていたゾンビを潰しながら来ていたので、王城の東側はほぼ確実に王国側の勝利と言っても過言ではないだろう。

「何かひーちゃん、ボンに古代龍を食べさせたいんやて。強いのを食べればその分成長が早まるらしいから、この機会は逃したくないそうや」

「理由はわかったが、あんな死骸が王都にあったら混乱しか起こらないから、近くまで持ってくるのは勘弁してくれないかと伝えてくれないか？」

「そう言うと思って、わいがボンを連れていくからあの場所で待つように言っといたで。それと、鱗や骨の一部をオオトリ家と王家に分けてくれるらしいわ」

それはとても嬉しい話だ。今回のことで王家はかなりの資金を使っているので、この戦争に参加した貴族たちに出す報酬金をどこにどれだけ出すかという問題があったのだ。しかし、古代龍の素材がいくらかでも手に入るのであれば、王家の財政はかなり楽になるだろう。

「ベヒモスに礼を言っておいてくれ。俺にできることがあればできる限りのことをするとも」

何ができるかわからないが、これだけのことをしてもらっておいて何の恩も返さないということはできない。

「ほな、そう伝えとくわ」

そう言うとナミタロウは、ボンをディメンションバッグに入れてベヒモスの方へと飛んでいった。

「よし、お前ら！　すぐに軍の再編制をして、最低限の守りを残して北側と西側に部隊を送れ！」

「「「はっ！」」」

「ライル様、私たちは屋敷に戻ります」

周囲に軍の再編制を急ぐように檄を飛ばしていると、俺の連れてきた騎士に先導されたジャンヌが遠慮がちにそう言った。

「ジャンヌ、オオトリ家には助けられた。礼を言う。オオトリ家がいなければ、今頃王都は古代龍とゾンビたちに蹂躙されていただろう。また後ほど、王家から正式な場を設けさせてもらうが、ここにいる全ての者が感謝していたとオオトリ家の皆に伝えてくれ」

オオトリ家が存在したからこそ、ナミタロウとベヒモスが動いたのだ。この戦場にいるいないに関わらず、その活躍に嫉妬する者は少なからず現れるだろうが、オオトリ家をどう思っていたとしても命を助けられた以上感謝するのは当然だし、少なくとも俺の周りにいる者たちはオオトリ家が王都にいたことを心からありがたく思っているはずだ。

そうしてジャンヌはケリーと共にソロモンに乗って屋敷に戻っていったのだが……

「ナミタロウはどうするんだろうか？」

未だベヒモスの所から戻ってこないナミタロウの方に目を向けたが……

「まあ、ベヒモスのこともあるし、ここに残ってもらった方が俺としては安心だな。おい！　ここに残る予定の部隊には、ソロモンが倒したワイバーンとナミタロウが倒した緑の龍の管理、そして不用意にベヒモスの方に近づかないよう徹底させろ！」

ナミタロウやベヒモスの戦いを見て馬鹿なことを考える者はいないと思うが、お宝を目の前にして少し魔が差してしまったということもあり得るかもしれない。

「いいか！　絶対にオオトリ家とナミタロウ、そしてベヒモスに不義理な真似をするな、させるな、許すな！」

一つ間違えれば、赤の古代龍ではなくベヒモスに王国が滅ぼされることもあり得るのだ。目を光らせすぎたとしても、しないよりはいい。

「あとは、元ダラーム公爵軍を中心とした反乱軍だけか……」

ナミタロウたちがいれば、反乱軍が何十万いたとしても問題はないだろうが……それを頼りにしたら王国が存在する意味がない。ここから先は、王国の人間が解決しなければいけないのだ。

「ライル様、今動ける者の再編が終わりました！」

「これより、西への部隊は俺が率いる！　皆の者、続け！」

馬を全力で走らせたいところだが王都の中を突っ切る為あまり速度は出せない上、徒歩の兵士を置いていくわけにもいかず、思っていた以上に行軍速度は遅かったが、

「西には叔父(おじ)上が率いる警備隊もいる。王都に侵入される前にたどり着けるはずだ」

そう自身に言い聞かせることで、苛立(いらだ)つ心を静めるのだった。

第六幕

（さすがに今のはきつかったわね）

（俺もこの体じゃなかったら、今ので消し飛んでいたな……まあ、それも時間の問題みたいだがな）

あの女の自爆とも思えるような爆発をとっさに風魔法で上空へと逸らしたまではいいが、俺一人では完全に防ぎきれず、母さんと父さんの協力があって何とか無傷でやり過ごすことができた。しかし、俺たちがいた周辺や後方に被害は出ていないが、それ以外の方角はかなりの範囲で建物の崩壊が起こっている。もしこれが魔法で爆風を軽減させることに失敗していたのなら、今の倍以上に広い範囲に被害が出ていたかもしれない。

しかし、俺にとって最も大きな被害は……

（テンマ、私たちは力を使いすぎたみたい）

（もう少しテンマと一緒にいたかったが、どうやらここまでのようだ）

母さんと父さんの限界が来たことだった。先ほどの爆風を防いだことで力の大部分を使い果たし、これ以上は一緒に戦うことができないらしく、先ほどよりも体が透けてきているのだ。

（最後まで見届けることができないのは残念だが、これ以上は足手まといになりそうだからな。俺とシーリアは元いた所に戻るとしよう）

（テンマ、これが本当のお別れね。悲しいし寂しいけれど、あなたともう一度会えて一緒に戦えて、あの時はできなかった別れをやり直すことができただけでも、私たちは幸せよ）

「父さん、母さん……」

薄情かもしれないが、俺は涙を流すことができなかった。しかし、父さんはそんな俺を見て、

（それでいい。お前にはまだ仕事が残っているんだ。悲しむのはそれが終わった後でもできる）

（そうね。ただ、全てが終わった後でいいから、お菓子のお供えを忘れないでね。心残りがあるとすれば、テンマの作ったお菓子が食べられないことと、孫の世話ができなかったことかしらね）

（そうだな。まあ、そこはマーリンに俺たちの分も可愛がってもらうとするか！　それでテンマ。あの女の逃げ込む先はわかっているな？）

「間違いなく、『大老の森』だろうね」

（そうだ。獣が自分の巣穴に逃げ込むようなものだ。かなり先まで逃げているだろうが、今のテンマなら森の中に逃げ込まれる前に追いつくことも可能だろう）

（それに、完全回復するまでの時間を考えたら、途中で寄り道することも考えられるしね）

あいつのことだから、逃げる途中でできる限りゾンビの力を回収するだろう。そういったことが原因でこのような状況になっているのだから、普通ならまっすぐ逃げ帰りそうなものだが……今のあいつは冷静な状態ではないだろうし、俺たちを出し抜いたと思っているのならありそうな話だ。

それに、あいつの目的の達成に必要な肉体を持つ人間が次いつ現れるかわからない以上、少しでも早く回復しようと考えても不思議ではない。

「名残惜しいけど、行ってくるよ」

（行ってらっしゃい）

（おう！　頑張れよ！）

俺がもし死んだとしても、次にあの世で二人に会うことはできないかもしれないし、そもそも俺が死後に普通の人と同じ道をたどることはできないという話だ。

本音を言えば、ここで父さんと母さんが消えるまで一緒にいたいが、それを二人は許さないだろう。それなら二人の言う通り、俺は俺のやるべきことをやるだけだ。それが今俺にできる、最大の親孝行になると信じて。

「ククリ村はこっちの方角だな……ん？　あいつ、やっぱり寄り道したみたいだな。少し進路がずれている」

『探索』を最大限まで広げると、驚くことにセイゲンから『大老の森』の半分あたりまでの距離を感じ取ることができた。しかも、標的にした女が今どの位置にいるかまでわかるおまけ付きでだ。

「まあ、神たちすら誤魔化した奴だから、本格的に隠れられたら見失う可能性もあるな。急ぐに越したことはない」

そう呟きながら『飛空魔法』を使うと、普段の数十倍の速度で飛ぶことができた。これも亜神となったことが影響しているのだろう。

「これが亜神の力か……あいつがいつの間にか現れたり逃げ出したりしていたのも納得できる力だな」

ただ、同じ亜神とはいえ俺とあいつの能力値が一緒ということはあり得ないし、亜神としての経験値で言えば圧倒的な差があるわけだが、勢いは俺が勝（まさ）っている。

「頼むぞ、『相棒』！」

その勢いを作っているものの一つである小烏丸を握り、俺は元死神を追いかけるのだった。

◆シーリアＳＩＤＥ

「行ったわね……」

「そうだな。それじゃあ、俺たちも行くとしようか。幸い、まだ時間は残されているみたいだしな」

リカルドはそう言うとあたりを見回し、叔父さんを見つけて私の手を引いて近づいた。

「よっ！　マーリンにディン。テンマがかなり世話になったみたいだな……って、やっぱり聞こえないか」

昔と同じようにリカルドは軽く手を挙げて話しかけたけれど、二人にはリカルドの声が聞こえていなかった。これは、私たちが亜神であるテンマの眷属として存在していることが関係しているのだろう。まあ、私たちには二人の声が聞こえるし、二人も完全ではないけれど読唇術が使えるので、完全に意思疎通ができていないわけではないのだけど。

「シロウマルは大きくなったわね。スラリンは変わっていないようだけど……って、冗談よ。無理に大きくならなくても、ちゃんとわかっているから」

二匹は私の口の動きではなく表情や態度から感じ取っているようで、ある程度私が何を言っているのか理解しているみたいだ。そのせいで、スラリンが体力をかなり消耗しているのに無理をして大きくなろうとしたので、慌てて止める羽目になった。

シロウマルに話しかけて気になったのは、ここにシロウマルの両親の姿が見えないことだ。どうやら私たちよりも先に力を使い果たしたらしく、一足先に戻ったようだ。

「それで、お前がジンか。テンマが迷惑をかけているみたいだし、一度一緒に酒でも酌み交わしたかったな」

ジンの方は読唇術ができないようで困っていたけれど、叔父さんが代わりに伝えたところ、恐縮した様子を見せながら何度も頭を下げていた。

「叔父さん。私たちの代わりにマークやマーサ、それにテンマがお世話になった人たちにお礼を言っておいてね」

「ああ……わかっておる」

叔父さんは、目に涙を浮かべながら約束してくれた。

「それじゃあ悪いけど、俺たちはまだ行く所があるから、これでさよならだな」

リカルドがそう言うと、二人は引き留めるような仕草をしたけど、すぐに手を引っ込めた。

「うむ。行ってこい。今のお主らなら、王都までアッという間なのじゃろ？」

「最後に会えて嬉しかったです。シーリアさん、リカルドさん」

三人に別れを済ませ、スラリンとシロウマルの頭を撫でた私たちは、王都のある方角へと飛び上がった。

王都までかなりの距離があるけれど、精霊と呼ばれる存在となった私たちには大した距離ではなく、力を使い果たす前に王都に……マリアとアレックス様の所へ到着することができた。時間にすると、数十秒といったところだろう。すごい速さだけどその分力を使うので、私たちがここにいられるのはあとわずかな時間だろう。

「アレックスはあそこか」

「マリアはあっちね」

目的の二人は別々の場所にいた。アレックス様はシーザー様たちのような国の重要人物で集まって話し合いをしていて、マリアは別の部屋でシーザー様たちの奥さんと一緒だ。

「それじゃあ、行くか」

「ええ、アレックス様の方はお願いね」

そう言ってリカルドと別れた私は、マリアのそばに近づいてそっと肩に手を乗せた。すると、

「あら？　ここは……」

「マリアか？」

「あなた！」

二人の意識だけを、別の場所に連れていくことができた。どうやらここは、神に近い存在が目的の相手と話をする為の空間だそうで、テンマも何度か来たことのある場所と同じものだということだ。

「アレックス！」

「マリア！」

混乱している二人に声をかけると、二人は同時に私たちの方へと振り向き、驚きのあまり声を失っている。まあ、それは当然でしょう。もし私も逆の立場だったら、同じように驚いて何を言っていいかわからずに固まるか、リカルドの頭を叩いて現実かどうか確かめているかもしれない。

そんな二人に私たちは近づき……というか、リカルドはアレックス様の目の前まで走り込み、

「ふんっ！」

「ぐふっ！」

何故かお腹に一撃入れていた。不意打ちを食らって苦しむアレックス様だったけど、そんなアレックス様を見たマリアは、

「本物のシーリアなのね！　リカルドも！」

私たちが本物だと確信し、苦しむアレックス様をほったらかしにして私の所に駆け寄ってきた。

「いや、気がついてくれたのは嬉しいけれど……アレックス様を放っておいていいの？」

「いつものことだし、いいに決まっているわよ！　それに、リカルドがあんなことをしなかったら、二人は偽者じゃないかって疑って近づかなかったわ！」

などと言って、私に抱きついてきた。

「う……ま、まあ、確かに、この一撃はリカルドのものだが……そいやっ！」

「ぐっ！　ふふ……老いたな、アレックス。昔ほどの威力がないぞ」

抱きついて喜んでいるマリアをよそに、二人は二人で友情を確かめ合っていた。

「まあ、アレックス様の方が肉体的には一〇年近く年上になったわけだから、老いるのも当然だけど……もっと他にやりようはないのかしら？」

「あの二人に言っても無駄よ。昔からああなんだから。むしろ、今更頭を下げ合って挨拶しているところを見たら、私は絶対に気持ちが悪くなるわ」

「そうかもね」

リカルドとアレックス様と同じように、私たちも久々の友情を確かめ合った後は、それぞれの話を思い思いにした。

くだらない話や学生時代の話、ククリ村での話や私たちが知らないテンマの話など、話のタネは尽きることがなく、このまま一日中途切れることなく話せる自信があったけれど、私とリカルドにはそんな時間は残されていない。

「この空間はマリアたちがいた空間よりも時間が引き延ばされているんだけど、それでも私とリカルドに残された時間は少ないの。だから、大事なことを先に話すわね」

それまで、ふざけた話で笑っていたマリアとアレックス様だったけれど、私の言葉に一瞬寂しそうな顔をした後で、すぐに真剣な表情に切り替えた。

「まずテンマのことだ。気がついているかもしれないが、テンマは複数の神の加護を持っている。おそらく、歴史上最多と言っていいくらいの数だ。その恩恵で、俺とシーリアはテンマの手助けの為に戻ってくることができた。ただ、戦っている最中に敵の悪あがきにあったせいで戦うほどの力を使いすぎてしまい、テンマと別れてここに来た。まあ、あの世に戻る前の、最後の挨拶だな」

ふざけた口調で言うリカルドだったけど、二人はにこりとも笑うことなく、逆に泣き出しそうな顔になってしまった。

「それで敵の親玉だけど、今テンマが追い詰めているところよ。まだ決着はついていないだろうけど、負けることは絶対にないわ。王都までの距離を考えて、数日中には勝ったという報告がもたらされるはずよ」

テンマとあの女。総合的に見れば互角であり、経験などを加味すればテンマの方が少々分は悪いとは思う。でも、テンマにも皆に隠している力……前世での経験がある。その中には、おそらく格上との戦闘経験も含まれていることでしょう。

全盛期よりも力は落ちていたとはいえ、この世界で最強の一角である黒い古代龍を倒したというテンマの経験は、あの女には絶対にないものだ。もしあの女にそんな経験があったのなら、敵を目の前にして何度も油断するという愚かなことは絶対にしない。そのことからも、あの女は本来戦闘に向いている能力や性格をしていないと見ていいと思う。

言い切った私に驚いた顔をするマリアだったけれど、テンマの前世のことも含めて詳しく話すことはできないので、

「我が子に対する母親の勘がそう告げているわ」

それで納得してもらうことにした。もし本当のことを話す機会があるとすれば、マリアが死んだ後で私と再会することができた時でしょうね。そんな未来があるのかわからないけれど、テンマの正体を知った時のマリアがどんな顔をするのか楽しみで仕方がない。

リカルドとアレックス様のじゃれ合いを見ながらたわいもない話を続けていると、

「あ……ごめんなさい。そろそろ時間のようだわ」

ついに限界が近づいてきているようだ。何となくだけど、あと少しでこの世界から消えてしまうというのがわかった。

ただ、一度目の時よりも不思議と恐怖というものは感じなかった。それは、消えるのが今回で二度目ということもあるのだろうけど、今回は例外中の例外で奇跡のようなものだったし、何よりも一度目とは違ってテンマにちゃんと別れを告げることができたからだろう。

もしそれをマリアに知られたら、「私のことはおまけなの？」と問い詰められそうだから言わないけれど。

「本当は最後の最後まで一緒にいたいけれど、あと一か所だけ行かないといけない所があるから」

一目見る時間があるかどうかというところかもしれないけれど、最後にテンマのお嫁さんを見てみたい。できれば孫の姿も見たり抱いたりしたかったけれど、それは無理だから我慢しましょう。

「リカルド、時間よ！　早く行かないと間に合わないわ！」

「おう！　わかっている！　じゃあなアレックス、マリア！」

「バイバイ、マリア！」

最後は慌ただしくなったけれど、私たちはマリアとアレックス様に別れを告げてこの空間から抜け出した。

あの二人も、私たちが抜け出したすぐ後に元の世界で意識を取り戻すことでしょう。

◆マリアSIDE

「お義母様、どうなさいましたか⁉」

「あれ、イザベラ、ミザリア……そんなに慌てて、どうしたのですか？」

「どうしたもこうしたも、意識を失ったのかのように動かなくなったんですよ！」

「そう……だったのね……」

何か懐かしくて嬉しいような夢を見ていた気がするけれど、頭に靄でもかかっているかのように思考がまとまらない。

「それに、動かなくなったかと思ったら急に涙を流し始めて……お義姉様が体を揺さぶっても、なかなか反応しなかったんですよ！」

「涙……あっ！」

そう言われて頬に手を当てると、イザベラの言う通り涙の流れた跡があった。そしてその涙の跡に手を当てた瞬間、頭の中の靄が一気に晴れた。

何もかも思い出した私は椅子を倒さんばかりの勢いで立ち上がり、廊下へと飛び出した。

「待ってくださいお義母様！　どちらに行かれるのですか⁉」

廊下に飛び出す直前にイザベラが驚いて声を出したけれど、私は足を止めずに「あの人の所に行ってきます！」とだけ叫んで走り続けた。ただ、途中でヒールを脱ぎ捨てて裸足で走ったり、年を取って衰えた肉体を嘆いたり、護衛の騎士に追いつかれたりしたけれど、私は走ることをやめずにあの人がいる会議室へと向かった。

しかし、それでも会議室の直前で扉の所にいた警護の騎士に止められてしまったけれど、

「すぐに戻ってくる！　急いで確認することができただけだ！」

私が止められたすぐ後で扉が中から乱暴に開かれ、あの人がシーザーとザインを半ば引きずりながら現れた。

「あなた！」

「マリアか！　ということは、やはりあれはただの夢ではなかったのだな！」

皆の見ている前だというのに、アレックス様は構わずに私に抱きついてきた。まあ、私も同じように抱き返したのでおあいこではあるけれど……少し冷静になって考えてみると、置いてけぼり状態のシーザーたちは何が起こっているのかわからないだろうし、この年で周りが見えずに抱き合っ

ているのはかなり恥ずかしい。

「う、うむ、取り乱してすまなかった。皆の者、実は先ほど余が気を失っている少しの間に、あるお告げのようなものを聞いたのだ。皆と話し合っている最中、急に余の目の前の風景が突然切り替わったかと思うと、この世とは思えない何とも不思議な空間に立っており、そこには同じように呼ばれたというマリアがいた。余とマリアは何故こんな所にいるのかと首を捻っていると、そこで我らの親友でありテンマの両親であるリカルドとシーリアに再会したのだ。その場で余とマリアは、テンマが無事に敵の親玉の拘束から逃れ、逆に追い詰めていると二人から聞かされた。さらにテンマはその場から逃げ出した親玉を追いかけており、勝利はすぐ目の前であろうとのことだった」

お告げと聞かされたシーザーたちは驚いたような顔をすると同時に怪しんでいるような目を向けていた。

「だが、皆が見ていた通り、余はほんの数秒だけであったらしいが寝ているのと同じ状態であった為、もしかすると余の願望が無意識のうちに夢の中で親友に知らされるという形になったという可能性もあった。そこで、もしマリアも同じような夢を見ていたのだとしたら、それは余の願望が見せたお告げもどきの夢ではなく、何か超常的な存在が見せた本物のお告げだったのではないかと思い、マリアの所に確認しに行こうとしていたのだ」

そう言うとアレックス様は私の方に視線を向けたので、

「陛下の言う通り、私も同じような夢を見た為、陛下に確認する為にここまで走ってきました」

一斉に皆の視線が裸足になっている私の足に向き、背後でアレックス様の登場で膝をついていた護衛の騎士が、慌てて私の前に脱ぎ捨てたヒールを揃えて置いた。

「母上、今の話について確認したいと思いますので、少しの間外でお待ちください」

まだ半信半疑といった様子の皆を代表するようにシーザーが口を挟み、有無を言わせず私を部屋の外へと追い出した。まあ、シーザーの立場ならこんな大切なことを確認しないわけにはいかないのは当たり前だし、まさかあの人の方を外に追い出すわけにはいかないので私の方が出されるのは当然のことだとは思うけれど……隣の部屋で待っていてくれくらいは言ってほしかったわね。シーザーも珍しく混乱しているのかしら？

そう思いながら廊下に立っていると、すぐにザインが慌てて出てきて隣の部屋に案内してくれたので、廊下で待たなくてよかったのはありがたかった。

「母上、こちらへ」

しばらくして私はザインに呼ばれて先ほどの部屋に戻り、夢の中で聞いたことを皆の前で話した。ただ、その話の合間にシーザーとザインが何故か急に昔話を挟んだり、しかもその話が所々間違っていたり、さらにそこを指摘してしまったせいで私の知る限りの話をさせられたりで、思った以上に時間がかかってしまった。

「細かいニュアンスの違いはあるものの、陛下の話とほぼ一致するか……それに、私たち王族にしか知らないようなことまで合っているとなると……」

「二人は本物の父上と母上で、夢の中で聞いたという話も本当のことだと判断してもいいと思います」

などとシーザーとザインが言い出した。つまり、私とアレックス様は、偽者ではないかと疑われていたということだ。

「だから言ったであろう。余とマリアは本物だと」

あの人が不貞腐れた感じでシーザーとザインに抗議するけれど、

「そう言いますが、いきなりお告げを聞いたなどと言い出したら、普通は気が狂ったか偽者なのかと疑ってしまうのは当然のことかと。陛下でなければ、即投獄もあり得る話ですよ」

「このような時に内部で混乱を引き起こされては王国が滅びかねますから、相手が陛下であったとしても慎重になるのは仕方がないことかと思われます」

二人は当たり前のことだと、悪びれることもなく言い放った。

「まあ、これでわかったであろう。不利であった状況はひっくり返り、我々が優勢だということに」

「リカルド殿とシーリア殿の言うことが本当であるのなら、確かに有利な状況となっているのでしょうが、まだ確定したわけではありません。現に王都の東側では戦闘がまだ続いているのですから」

状況が有利になったと聞いた貴族たちが少し浮かれ始めたように見えたが、シーザーが油断するのにはまだ早いと釘を刺した。そこに、

「報告します！　王都の東側に、赤い古代龍が現れました！　陛下はすぐに避難の準備を！」

絶望的な知らせがもたらされた。

これにより会議室は騒然となり、急いで陛下と私を含む王族の避難の準備が進められた。その最中、最低限の責任者は必要だとザインが言い出しシーザーが残ろうとしたが、ザインは言い出した本人が残ると言い張った。

それで二人のどちらが残った方がいいのかで揉めたがそこにまた、

「報告します！　東側に現れた赤い古代龍は、オオトリ家の援軍として参戦したベヒモスにより打ち倒されました！　その際、同じく参戦したナミタロウ殿により、龍王と思われる存在も撃破されております！」

などという、短時間に二度目となる斜め上をいく報告がもたらされた。

これこそ疑われるべき知らせではあるが、報告書にはライルの名が記されており、さらには王族しか使えない判を押された封蠟があったので、口頭のみの一度目の報告よりも信頼度が高い。

「ライルは今どこにおる！」

「ライル様はできうる限りの数で部隊を組み直し、二つに分けて北側と西側に向かっております」

ライルは東側を中立派の騎士たちに任せ、自分は西側への部隊を率いているそうだ。

「王城からも援軍を出しますか？」

「いや、ならぬ。ここで王城を手薄にすれば、王都に潜んでいる敵が一斉に向かってくるであろう。それよりは万が一の時の為に守りを固め、いつでも籠城できるようにするのだ。ベヒモスとナミタロウがこちらについたとなれば、時間がかかって困るのは敵側の方だ！」

こうして私たちは、さらに守りを固めて改革派……ダラーム率いる反乱軍に備えることになった。

「あとはテンマが勝つだけだな」

そう私のそばに来たアレックス様が言うけれど、

「テンマが勝つのは決まっているのよ。何せ、シーリアの母親としての勘がそう告げていたらしいから」

私にしてみれば、赤い古代龍が倒されたという知らせが入った時点で、この戦争は王国の勝ちで終わることが決まったも同然だった。

◆シーリアSIDE

「テンマの屋敷はあそこね」

「何とか間に合ったな……はは、マークやらマーサやら、懐かしい顔が揃っているな」

マリアたちと別れた私とリカルドは、いつ消えてもおかしくない状態でテンマの屋敷まで飛んできた。近づくと屋敷の庭に大勢の人がいるのが見え、そこにマーサやマークたちククリ村の人々が交じっていることに気がついた。しかし、私たちにはマーサたちに挨拶する時間は残されていない。

できる限り皆の顔が見えるようにククリ村の人たちの間を進むと、屋敷の近くにマーサとマークがいた。

「二人とも、私たちの代わりにテンマを守ってくれてありがとう」

「あの世でまた会えたらいいな」

すれ違いざまにそう呟くと、二人は何かに驚いたように振り返ったけれど、私たちの声が聞こえたわけではないだろう。

「あの女性がテンマのお嫁さんね」

「俺たちの義娘だな」

その姿を一目見ることができて満足したからか、私とリカルドの体はわずかに輪郭が見える程度にまで薄れていた。

「このお腹の中に俺たちの孫がいるんだな」

「そうね……あら？　これは……」

孫を抱けない代わりに義娘のお腹に手を当てたところ、予想していなかったことがわかった。多分、テンマも気がついていないのかもしれないことでしょう。

「驚くでしょうね」

「そうだろうな。まあ、めでたいことには違いない」

「そうね。私たちの子たちに、幸多からんことを……」

◆

「これはひどいな……」

女を追っていると女の方も追われていると気がついたようで、寄り道先からすぐに離れていった。しかし、その寄り道のせいで俺との距離はかなり縮まっており、この調子で進めるのなら『大老の森』のかなり手前で追いつけるはずだったが、女が寄り道した場所が問題だった。

女が寄り道をしていたのはグンジョー市で、俺にとってククリ村の次に所縁のある街と言っていいくらいの場所だ。

「あの女がやったのか、それとも配下のゾンビがやったのかはわからないけど、かなりの広範囲に被害が及んでいるな。おやじさんたちが犠牲になっていないのは幸いだったけれど……」

そのせいで上空を通った際にグンジョー市の惨状を目の当たりにし、知らないうちに速度を緩めてしまった。

幸いなことに『探索』で調べた結果、おやじさんとおかみさんをはじめとした仲のいい知り合いは誰一人として犠牲になってはいないが、もしかしたらそれは『今のところ』のことかもしれない。だが、もし死にかけの状態であったとしても、俺はあいつの方を優先しなければいけないのだ。

すぐに意識を切り替えて速度を上げたが、上手くすれば『大老の森』に逃げ込まれる直前で捕まえることができるかどうかという可能性が出てきた。しかし、

「意地でも捕まえてやる……そして、少しでも早く倒す……いや、殺さないと……」

もう二度とこんなことを起こさせない為にもあの女の存在は確実に消して、少しでも早くここに戻ってきておやじさんたちの無事を確認し王都に戻る。

そう改めて決心し、さらに速度を上げて女を追いかけた。

第七幕

「追いつけた……かっ！」

速度を上げたおかげか、『大老の森』の目前というところで俺は女に追いついた……いや、追いつかされたようだ。

女は俺が目視で確認できるまであと少しというところで急に岩陰に隠れ、近づいてきた俺に魔法を放ってきたのだ。もっとも、俺は『探索』を使いながら追いかけていたのですぐに隠れたのに気がつき、さらに隠れた場所も知っていたので不意打ちのつもりで放ったであろう魔法は簡単にかわすことができた。

「あいつは俺が『探索』が使えることを知らないのか？　それとも知った上で、もう一つの不意打ち・・・・・・・ちで倒せるとでも思ったのかな？」

そう呟きながら、俺は上から落ちてくるように突っ込んでくるワイバーンの首を、体をひねってかわしながら斬り飛ばした。

「驚いたようには見えないから、不意打ちが効かないことは予想していたというところか」

二段階の不意打ちが失敗に終わったというのに、女は驚いたような顔は一切見せなかった。

「そんなに計画を邪魔した俺が憎いか？　まあ、俺もお前と同じような顔をしているかもしれないけどな！」

俺はお返しに『エアブリット』を放つが、女は格段に威力が上がっているはずの俺の魔法を片手

であっさりとかき消した。

「本気の魔法じゃなかったけれど、まさか片手でとはな……やっぱり、能力的には互角か向こうがやや上ってところか」

厄介ではあるけれど、負ける気はしなかった。

それは同じ亜神になったということもあるけれど、それ以上に一人で戦うわけではないと知っているからだ。

「少し形は違うけど、昔殺し合いをした奴が相棒になって一緒に戦うとか、何番煎じのストーリーかよと思うけど……実際に体験してみると、これほど心強いものはないな」

それに時間が経てば経つほど、あの女の力は落ちていくはずだ。

「ああ、そうか。それがあるから森の中に逃げ込むよりも、自分の力が俺を上回っているうちに戦うことを選んだのか」

だとしたら少し厄介かもしれない。

これまでのあいつは逃げることを念頭に置いての戦闘が多く、俺を捕まえた時も自分に圧倒的に有利な状況にならないと姿を現さなかった。

それが逃げることをやめて正面から戦うと決めた以上、どちらかの命が尽きるまで戦うことになる。手負いの獣が背を向けて逃げることを第一にしているのなら怖くはないが、背水の陣の覚悟で牙を剝いているのだ。あいつが万全の状態だった時以上の危険な存在になったと考えるべきだろう。

「ガァアアアッ！」

女は空気が震えるほどの唸り声を出しながら突っ込んできた。その手には前と同じく大鎌を構えている。ただ、あいつの大鎌も俺の『小烏丸』と同じ特殊な武器のようで、前よりも禍々しさは段違いに増していた。

「だけど、小烏丸の方が強い」

いかにあいつの武器が特殊であろうとも、小烏丸が力負けするはずがない……そう思いながらも俺は後退しつつ距離を保とうとするが、俺が下がるよりも女が突っ込んでくる速度の方が上だった為、距離は見る見るうちに縮まっていた。

後退と前進による体勢の違いがあるにしろ、亜神になりたての俺と亜神に堕ちたとはいえ元神のあいつでは、身体能力に差があるのは仕方がない。

どうにかして形勢を互角以上に持ち込みたいところだが、追いかけられている今の状況では、たとえ小烏丸の方が武器としての格が上だったとしても女に勢いで押し負けてしまうのは確実なので、このまま下がりながら魔法であいつの勢いを少しでも削ごうとするが……

「負けているのは数もだったな！」

またしてもワイバーンが上空から襲いかかってきたせいで、女への魔法を中断して回避に専念するしかなかった。

「戦闘中も『探索』を使わないとまずいな……だけど！」

回避行動をしたせいで攻撃の機会を奪われ、さらに距離を先ほどよりも詰められてしまったが、いいように考えれば何もない空中に障害物が現れたようなものだ。『探索』を使いながら女から逃げ、おまけに死角から襲ってくるワイバーンを回避するのは骨が折れそうだが、『探索』のおかげでワイバーンが接近してくるタイミングはわかる……なのでこの状況を利用して、

「『ファイヤーボール』！」

襲ってくるワイバーンを紙一重でかわしつつ、ワイバーンを盾にするような形で俺と女の間に配置した。

女は邪魔なワイバーンを真っ二つにし、返す刀で俺に向かって大鎌を振るったが、俺は女の動きが鈍った一瞬の隙を突いて急上昇し、攻撃をかわすと同時に魔法で攻撃を仕掛けた。俺の魔法はまたしても女が手を振っただけでかき消されてしまったが、そのおかげで女の勢いは完全に止まり、こちらから接近することができるようになった。

「小烏丸の方が上でも、一刀両断まではいかない、か……なら！」

小烏丸の一撃は女の大鎌に防がれてしまったが、その大鎌には小烏丸によってできた傷がはっきりと残っている。つまり、一撃では大鎌を破壊できなかったが、数回繰り返せば破壊は可能だということだ。

ただ厄介なことに大鎌には回復能力があるらしく、先ほどまではっきりと見えていた傷や新たにつけた傷は徐々に小さくなっている上に、女は俺の作戦に気がついたみたいで、すぐに同じ箇所で攻撃を受けないような立ち回りを始めた。

「グ、ググゥ……」

しかし、小烏丸（かたな）と大鎌では攻撃の速度が違うし、何よりも武器の取り扱い技術と経験に関しては俺の方が上のようで、時間はかかっているが俺の思惑通りに事は進んでいた。

「これだけ近いと、ワイバーンの横槍も入らない、な！」

女は押されている状況を打破しようとワイバーンに俺を攻撃させたいようだが、俺が常に小烏丸での間合いを保ちつつ戦っているので、介入させる隙を見いだせないでいた。

（もし俺があいつの立場なら、それでもワイバーンに突撃させるけどな）

押し込まれて手が出せない状況に追い込まれているのなら、自分もろとも弾き飛ばすつもりでワイバーンを突っ込ませるだろう。そうすれば、自分もダメージを受けるだろうが、それでも相手からは離れることができるかもしれないし、うまくやれば俺がしたように無傷でワイバーンを盾にして体勢を整えることも可能なのだ。

（そうしないのは、やる度胸か技術がないからか、もしくはその両方か……）

やはり、この女の身体能力は俺より上でも、戦闘技術は大したことないみたいだ。

女がいくら大鎌を破壊されないように立ち回ろうとも、俺の攻撃を受け続けていれば大鎌の限界はいずれ訪れるし、それを回避する技術が俺を上回るものでない以上、女にはその『いずれ』を待つしかできない。

「よし、いける！」

そしてその『いずれ』は思ったよりも早く訪れた。

途中から攻撃の合間合間に小烏丸だけでなく、拳や脚を使った打撃やフェイントを交ぜたことにより、女は棒立ちに近い状態になった。

その隙を突いて脆くなっていそうな部分を集中的に狙い、

「ふっ！」

ついに大鎌の柄を破壊することに成功した。

そしてそのままの勢いで、

「しっ！」

女の胴体を切りつけた……が、

「な、に？」

同時に俺のわき腹も、女に切りつけられていた。

幸いなことに、振りぬいた小烏丸が女の動きを邪魔したらしく、わき腹の傷は内臓までは届いていないようだ。だが、今は致命的ではないというだけでダメージはかなり大きく、わき腹から大量の血がズボンを伝って地面に流れ落ちている。このままでは失血のせいで動けなくなるだろうし、相手が相手だけに毒や菌に対する処置も行わなければならない。

「内臓までは届いていないけれど、ギリギリの所まで切られているみたいだな……」

片手で小烏丸を振るって牽制しつつ、反対の手で傷の治療を行うが、女の方もこの状況を見逃すほど馬鹿ではないので、ここぞとばかりに距離を詰めて攻勢に転じてきた。

（女の方から近寄ってきているおかげでワイバーンは襲ってこないが、一転して不利な状況になったな。それに、大鎌の二刀流か……使いこなせていないようだが厄介だ）

俺に傷を負わせたものの正体……それは、破壊したはずの大鎌の柄だった。

正確には、二つに分かれた鎌の先から生えてきた刃に切りつけられたのだが、急に生えてきた割には元からあった刃と同等程度の強度があるらしく、小烏丸の攻撃を受けても軽く傷がつく程度だった。

（片手じゃ大した傷はつけることができないか……しかも、再生能力まで備わっている）

大鎌は長さが半分ほどになったせいで至近距離でも振り回しやすくなったらしく、攻撃の回転速度が段違いに上がっている。しかも、女は大鎌を片手で振り回すだけの力を持っている上に、それを両方の腕で行うことができるのだ。

技術と経験不足のおかげで、威力はあるものの鋭い振りとは言えないが、カマキリのように左右から振るわれる鎌を片手で防ぐのは難しく、わき腹の傷ほどではないにしろ俺の腕や脚には小さな傷がいくつもつけられていた。

（くそ！　何が原因かは知らないが、いつもより傷の治りが遅い！　こうなったら……）

「ぐっ……」

内臓に近い部分だけ集中的に治療し、表面に近い部分は火魔法で焼いて塞ぐことにした。かなりの痛みで一瞬だけ意識が飛びそうになり、その隙を突かれて女の攻撃を食らいそうになったが、何とかギリギリのところで攻撃を防ぐことができた。

「さすがに素手で掴むのは危なかったけど、やろうと思えばできるもんだな」

鎌の刃の付け根近くの柄を掴んだつもりだったが少しだけずれてしまい、親指の根元に刃が食い込んでしまったが、わき腹の痛みに比べれば大したことではない。これくらいなら、魔法ですぐに治る。

女は俺の対応が予想外だったらしく、驚いた様子を見せながら鎌を引いて俺の手を振りほどこうとした。

女とは密着と言っていいくらいの距離なので、鎌を引いただけでは簡単に手が離れることはないだろうが、女の身体能力で力任せに振り回されるとさすがに長くはもたないので、逆にこちらから女が鎌を引いたタイミングで手を放してバランスを崩させた。そしてもう片方の鎌とつばぜり合い

状態だった小烏丸の角度を変え、柄を滑らすように振り下ろし、

「グァッ！」

女の左手の四本の指と左脚の太ももから下を斬り落とした。

「普通ならこれで勝負ありになりそうなものだけど……化け物相手だと、そうはいかないよな」

女は痛覚が鈍いのか、指と脚が切り落とされたのに大して痛がっている様子を見せなかった。それに、指を落としたというのに、大鎌はまるで吸いついているかのように女の手の中にある。

「いや……吸いついているんじゃなくて、一体化しているのか⁉」

中途半端に残っていた四本の指は傷口から根のようなものを生やし、大鎌はそれによって手のひらに固定されていたのだ。

それだけでも奇妙な光景だというのに女の変化は指だけにとどまらず、指から生えた根の次は腕までもが大鎌の柄に巻きついていった。それと同時に、女の腕はそれまでの人の形から、

「鎌を振りやすい形に変えた……というわけか」

まるでカマキリのような形状へと変化した。ただ、本物のカマキリとは違い刃に棘がないので捕獲能力は落ちているみたいだが、手首が回る上に鎌が両刃になっているので殺傷能力はかなり上がっていそうだ。

「相変わらず振り回すばかりのくせに、腕力が並外れているせいで洒落にならない鋭さだな」

反対の右腕はまだ人間と同じ形だが、それが逆に厄介に感じた。

もし両腕が大鎌と融合していれば、二本あるとはいえ同じような対策を採れて隙も見つけやすかったと思うが、女は左のカマキリ腕を主武器として俺に向け、右腕は人間の腕のままで大鎌を持

ち、いつでも魔法を放てる構えを取っている。

俺が女との戦いで亜神としての力に慣れつつあるように、女も俺との戦いの中で一対一の戦法を覚えつつあるということのようだ。

「これは少し想定外だ……」

長引けばそれだけ俺に有利になると思っていたのが、ここに来て女にも成長の兆しが表れ始めている。女にはこれ以上の能力的な伸びしろはほぼないとは思うが、今の能力の全てを活かされると少し……いや、かなり危険だ。

今のところ、まだ女は戦い方を覚え始めたという段階なので、技術面で俺が押されることはない。だが、女が牽制のやり方を少し覚えただけで、難易度が上がっているのも事実だった。

「どちらにしろ、至近距離で戦うしかないか」

ただ、戦いにくくなったというだけで、至近距離では俺に分があるままだ。ここで離れてしまうと、ワイバーンの介入を許してしまうし、魔法では互角にすら持っていけるかどうかわからない。それに、わき腹の傷のこともあるので、離れてじわじわと体力を削られるのはまずい。

(わき腹の回復まで、あと少し……)

わき腹の痛みもあと数分すればなくなるはずだ。それまでは、至近距離で女の攻撃をさばきながら反撃の時を待つ。

そう思いながら戦い続けるが、わき腹が回復しても決定的な隙は見つけられなかった。

元々戦いを長引かせて俺の有利な状況に持ち込むつもりだったのに、その状況はなかなか訪れない。今の戦い方に間違いはないと思うが、しっくりきていないのも確かだ。

ここで一気に攻勢に出るか、それとも現状維持で弱るまで待つか……一瞬だけだったが、拮抗している戦闘中に迷いが出てしまったのがまずかった。

「なにっ！」

女とは至近距離で戦っていたというのに、急に背後からワイバーンが接近してきたのだ。

今の距離だとワイバーンを倒すことは簡単だが、ワイバーンを倒すにしろかわすにしろどうしても女に向けていた意識を割かなければならない。最悪なのは、中途半端な対応をしてワイバーンの体当たりを食らい、なおかつ女に対して大きな隙を見せてしまうことだ。

「くそっ！」

どちらにしても、今の距離にこだわると女に致命的な隙を見せてしまうかもしれないのなら、今まで保ってきた距離を捨て、ワイバーンをどうにかしつつ女に備えるしかない。

そう判断した俺は、背後から迫るワイバーンをかわしながら切りつけ、同時に女から大きく距離を取った。そして、迫ってくるであろう女を迎え撃とうとしたのだが……

「こない？」

女は全くと言っていいほど動いておらず、それどころか勢いを殺しきれずに迫ってくるワイバーンを避けようとすらしなかった。

(何を考えているのか知らないが、もう一度距離を詰めて、できれば攻撃まで持っていければ！)

ワイバーンとぶつかる寸前の女に対し、俺は『エアブリット』を放ちつつ小烏丸を構え、もう一度至近距離まで接近しようとした……が、

「うわっ！　ぐっ！」

女とワイバーンがぶつかった瞬間、ワイバーンの尾の先から女の大鎌と一体化した左腕が現れ、俺に向かって伸びてきた。

完全に予想外な不意打ちだったが、先に放っていた『エアブリット』のおかげでわずかに鎌の速度が落ち、何とか小烏丸で防ぐことに成功した。

しかし、中途半端な体勢で防御してしまった俺は、大鎌の勢いに負けて大きく弾き飛ばされてしまった。そのせいで女から五〇メートル近く離されることになってしまったのだが、そのおかげで何が起こったのか確認することができたのだ。

「ワイバーンを吸収しているのか⁉」

女の左腕は、自分とぶつかったはずのワイバーンの鼻っ面のあたりに肘までめり込んでいて、腕の先にあったはずの鎌がワイバーンの尾の先から生えていたのだ。しかも、尾の先から現れた鎌は触手のようなもので延長されていて、ワイバーンの体と合わせた腕の長さは二〇メートル近くにまでなっていた。

(それで物理攻撃の射程を伸ばしたつもりか？　でも、これなら！)

奇襲のつもりだったのだろうけど、それをかわしてしまえば重量が増えた分だけ動きは当然鈍くなる。だから俺は、もう一度魔法を放ちつつ接近戦に持ち込もうとしたが、

「嘘だろ！」

女の新たな腕の動きは鈍ることはなく、俺を迎え撃とうと鞭（むち）のようにしなりながら迫ってきた。

しかし、その攻撃さえかわせば、そんな速度で振るわれた重い腕は遠心力のせいで次の攻撃はまともにならないだろうと思ったのだが、大鎌は速度を落とすことなく何度も俺に襲いかかってきた。

「本当に化け物だな……」

想定外の出来事に、俺はまた女から距離を取るしかなかった。そしてわかったのは、またしても女が急速に姿を変えていたということだ。

女の腕と一体化していたはずのワイバーンの形はなくなり、腕全体が尾の先から生えていた触手のようなものに変わっていた。さらに周辺……女のいる場所の下あたりをよく見てみると、ワイバーンのものと思われる残骸が散らばっている。

「ワイバーンの体から使える部分だけを吸収して腕の形を変え、残りの不要部分は捨てたということなのか？」

あの女はこれまで人間の体をいじくり回し、魔核を埋め込んだり四つ腕にしたりと色々なことをやっているのだ。それと同じことを、自分の体で行ったのかもしれない。

（さすがに一瞬で自分の体を改造するのは馬鹿げた話だけど、それも元神の成せる業というわけか……この化け物が！）

上下左右から襲いかかってくる大鎌付きの触手（腕）に攻めあぐねていると、この方法が俺に有効だと判断したのか、女は次々と俺に向けてワイバーンを突撃させてきた。

「あいつの攻撃に加えてワイバーンの突撃か……厄介だが、避けられないこともな、いっ⁉」

ワイバーンの突撃は体当たりの他に、頭から突っ込んできてすれ違いざまに嚙みつく、足の爪でひっかく、尾を振るうくらいだったので、女の攻撃と同時でも回避は特に難しいものではなかった。攻撃をしないのは、下手に切りつけて致命傷を与えれば、今は攻撃に専念している女がいつワイバーンを吸収する戦法を取る方へと切り替えるかわからないからだ。それは対策が見つかるまで、できる限り引き延ばしたかった。

しかしそんな中で、いきなりそのパターン以外の攻撃……いや、攻撃とは言えないものが組み込まれたのだ。

それは、ワイバーンによる包囲網……背後に上下左右から、翼を広げたワイバーンが抱きつこうとするかのように逃げ道を狭めながら迫ってきたのだ。

正面からは女が迫り、残りはワイバーンが塞いでいるとなると、抜けられるかわからない女よりも、確実に抜け出せるワイバーンを選ぶしかなかった。ただし、抜け出すにはわずかに空いたワイバーンの隙間をすり抜けるか、力任せに突破するしかない。

「ちっ！」

ダメージを受けないように突破することを選んだ俺は、牙を向けてきた正面から迫るワイバーンの首を刎ね、邪魔だった翼を斬り飛ばして逃げる隙間を広げたが……案の定女は、死体となったワイバーンの首と胴体に鎌を突き刺して回収した。

そしてその首を右腕で掴み、胴体はそのまま左の大鎌に突き刺したまま吸収していき……右腕は長さが倍、太さは四倍ほどとなり、左腕は肘（のように見える部分）のあたりからもう一本の触手が生えるという変化を起こした。

それだけでなく、女はその変化に不満があったらしく、今度は自分の手でワイバーンを殺し、その死体を吸収し始めた。

ワイバーンたちは、仲間が殺されようが大鎌が自分に向かってこようが気にした様子は全く見せず、自分が吸収されかけても逃げ出す素振りは一切見せなかった。俺もこれ以上女が強くなる前に攻撃を仕掛けてみたものの、ワイバーンが自分を犠牲にするように……いや、させる為に自分の体で盾になるし、その後ろから盾(ワイバーン)を貫通して大鎌の攻撃が来るので、女にダメージを与えることができなかった。

そうして三〇頭近いワイバーンを吸収し、新たな変化をした女は……

「それが、お前の考える最強の姿か……」

右腕は変化していないものの左腕は大鎌付きの触手が一〇に増え、胴体は腰のあたりから伸び、さらにその下にはワイバーンに……いや、ソロモンのような四肢を持つ中級以上の龍に似た胴体が付いた、とても奇妙で見ようによっては滑稽で、とてつもなく不気味な姿だった。

そんな見た目も完全に化け物となった女は、変化した自分の体の調子を見る為なのか、軽く肩を回した後で一〇に枝分かれした左腕を上から下に振るった。

見た感じ、女の左腕は肩から一番長い腕の先端まで大体二〇メートルと少しというくらいで、弛(たる)みなどを加味しても二五メートルまではない。

それに対して俺は女から五〇メートル以上離れているので、目算通りなら鎌のほとんどが俺と女の中間あたりで空を切るはずなのだが……

「伸びた！」

全ての腕が倍以上に伸びて、俺のいる所まで届いた。

距離が離れていたおかげで、俺は女の攻撃をかわすことができたのだが、空振った一〇本の鎌にえぐられた地面には、長さ一〇メートル以上はあろうかという穴が一瞬でできていた。

（何て威力だ！　俺が王都で作った堀よりも、深さと幅があるぞ！）

あんなものがまともに当たれば、俺の体は一瞬でひき肉にされてしまう。掠（かす）ったただけでも致命傷になるはずだ。

（ワイバーンなんて今の俺なら一〇〇匹いようが敵じゃないけど、使える部分だけを抽出して一つにまとめれば、これほど凶悪なものになるのか）

もちろん、それを行ったのが化け物だから厄介なことになっているというのもあるだろうが、左腕だけであれなのだ。太くなった右腕にも何か隠されているかもしれないし、女の下半身の下にある龍を模した胴体など、明らかに怪しさ満点だ。

女の下半身……むしろ、龍の首の先に女の上半身がくっついているように見えるが、その龍の部分は鱗に覆われて見るからに硬そうな、一般的に思い浮かべる龍の体とは違い、全体的に細い……いや、細すぎる。

まるで、芯となる骨に筋肉や筋を巻きつけたかのようなその肉体は、不要なものなど存在していないとでもいうかのようだ。その様子は、腹部に一番現れている。

胴体部分の胸部はある程度の厚みがあり、肋骨（ろっこつ）の形が見て取れるのだが、その下にあるはずの腹部は完全に潰れている。もしかしたらあるのかもしれないが、あの様子ではたとえ内臓が存在したとしても、それらしい形のものが入っているだけで、その役目などは果たせないだろう。それよりも、

（もしあの胴体の全てが左腕と同じものでできていたとしたら……）

全身が左腕と同じような伸縮性を持つとしたら、そこから生み出される破壊力は悪夢としか言いようがないだろう。まともに正面から当たれば、大きさと重さで負ける俺に勝ち目どころか善戦す

らできないはずだ。おまけに、あの女の変化は細かな所まで起こっていた。

(大鎌に刃が生えたか……下手に小烏丸で受けたら絡め取られるな)

よく目を凝らしてみると、女の大鎌にノコギリの刃のようなものが生えているのがわかる。あれのせいで、小烏丸で大鎌を受けることができないのだ。

(腕を一本一本切っていくか？ それとも、女の首を狙うか？)

しかし、一本目の腕を斬り落としたとしても、二本目に取りかかっている間に再生しないとは限らないし、首に関しても同じだ。女の首を斬り飛ばしたとしても、それだけで女が死ぬとは思えない。

それに、魔物の弱点の一つである魔核を破壊しようにも、女の頭部、胸部、龍の胸部と、パッと見ただけで魔核がありそうな場所は複数あるし魔核の大きさも不明なので、それ以外の場所に移動させている可能性もある。

様子見の為に、さらに距離を取ろうとするが……

「グァァァアアア！」

女が後ろに一歩下がったかと思うと、いきなり雄たけびを上げた。そして爆発音が聞こえ……次の瞬間には大鎌が俺の目の前まで迫っていた。

雄たけびに気を取られたとはいえ、その時間は一秒にも満たないはずだ。それに、俺は女の雄たけびを聞き、体が反射的に反応して後ろに下がり始めていた。それなのに鎌が目の前に迫ってきているということは、単純に女の方が速かったということだ。

女は、俺が雄たけびに反応して動いた距離と、元からあった一〇〇メートル近い距離を一瞬で詰めて腕を振るっていたということになる。

だから、俺が女の攻撃をかわせたのは奇跡かもしれない。たまたま俺に直撃するはずだった腕が他の腕よりも遅れていて、その遅れた分の余裕が紙一重となってかわすことができたのだ。ただ、大鎌自体はかわせたが、大鎌が起こした真空の刃までは完全にかわすことはできず、俺の胸を切り裂いた。

(大丈夫、切られたのは肉だけ……魔力の込められた攻撃じゃないから、わき腹の傷よりも治りは早い)

胸の傷は骨に届くか届かないかという所まで達していたが、その傷はすぐに回復魔法を使ったので塞がりかけている。

(くそっ！　せっかく能力が互角近くまで上がっていたのに、あいつが無理やり肉体を強化したせいで差を広げられた！)

俺が亜神の能力に慣れればあいつとの力の差は逆転できるはずだったのに、その目前であいつの反則技ともいえる能力のせいで差はまた開き、俺が力を完全に使いこなせたとしても勝てるかわからないくらいまで強くなってしまった。

(今は回避を優先しないと。最低でも、俺が力に慣れるまでは……それでも勝てる可能性は低く、今のままでは絶対に勝てない)

俺は少しでも勝率を上げる為に、女に背を向けて逃げ出した。もしこれで女が俺を無視してどこかへ行ってしまえば、これまでしてきたことの全てが無駄になってしまうが、今のあいつはそれを選ばないという確信があった。

これまでそれであいつは何度も痛い目に遭ってきているが、戦い方を覚え始めた上に俺よりも格段に強い状態となった今、この絶対的に有利な状況にある中で俺を逃がすはずはないと考えた。そして、それは当たりだった。

女は逃げる俺に向けて腕を振るい、届かないと見るとまた大地を爆発させながら追いかけてきた。最初の爆発音は、女が地面を蹴った時の音だったのだ。女は龍を模した脚で馬のように走るのではなく、カエルのように力をためて地面を蹴っていたので、あっという間に俺との距離を詰めることができたということだ。

確かにあの速度は驚異的で、一瞬でも目を逸らしてしまうとその次の攻撃の餌食となってしまうだろうが、その動きは直線的で力をためる時は予備動作があるので、それさえ気をつければかわすことは可能だ。

ただ、その後に続く腕による攻撃に関してはタイミングの予測が難しいので、フェイントを仕掛けながら攻撃範囲を予想して、それ以外の場所に全力で逃げるくらいしかできなかった。

そんな賭け事のような回避方法だったが、今のところはそれがうまくいっている。もっとも、いつ女がフェイントに慣れるかわからないので、何度も使うことはできないが、三回目の攻撃をかわしたところで俺は『大老の森』に逃げ込むことができた。

森の中だと障害物のせいで逃げる速度は落ちるものの、『隠蔽』のおかげで女は俺の気配を察知できないので攻撃は勘か目視に頼るしかなく、その分だけ女の方も速度を落とさざるを得なかった。

（亜神の力にも慣れてきたけど……やっぱり足りない）

森の中を逃げるうちに亜神の力の使い方にも慣れてきたが、それでもあの女を倒すにはまだ足りない。もしあの女が最初の状態のままだったなら、今の力でも倒すことは可能だったのに……

俺が力不足に苛立ちを覚えているように、女の方も俺に攻撃を当てられないことに苛立ちを覚えているみたいで、次第に左手の大鎌の攻撃だけでなく、右手でも魔法を放つようになってきた。

女の攻撃は苛立っているからか、少しでも怪しいと思った所にめちゃくちゃな攻撃を仕掛けているといった感じのもので、左の大鎌を何度も振るって木々を粉々に砕いたかと思えば、右手から魔法を放って木を燃やしたり地面を爆発させたり、整地でもするかのように地団駄を踏みながら走ったりと攻撃の法則がまるで読めず、何度か魔法を食らいそうになってしまった。

しかし、攻撃がめちゃくちゃになった分だけ隙も大きくなり、少なくとも大鎌による攻撃は届かないだろうという所まで差を広げることができた。

これで少しでも態勢を……と思ったところで、いきなり目の前の風景が変わった。

「ここは……ドラゴンゾンビと戦った所か？」

かなりの年月が経っているのにすぐに気がつけた理由は、地面に刻まれた渦状の跡のおかげだった。

（木どころか、雑草もほとんど生えてない……それだけドラゴンゾンビが穢れていたということなのか？）

森の中で何の手入れもされない空き地が一〇年近く放置されていたというのに、特に生命力の強い雑草を除けば、若木どころか苗木と呼べるサイズの木すら生えていなかった。

他のゾンビや防衛の為に俺たちが荒らした場所は、元通りかそれ以上に木や草が生えているので、この場所がいかに異様であり、それだけドラゴンゾンビが特異な存在だったのかがわかる。

「まずい！」

この場所への懐かしさや異常さに、逃げていたことを一瞬忘れて足を止めてしまった。そんな隙を狙われて、上空から俺の進路を塞ぐように女の魔法が降り注いだ。

あまりのタイミングの良さに、女は苛立った振りをして俺をここに追い込んだのではないかという疑問が湧いた。もしもここで足を止めていなかったら、あの魔法はもう前に少し進んでいたはずの俺に直撃したかもしれないのだ。

そういった意味では、俺に運があるという証拠でもあるが……もしかしたら、あの魔法の方が逃げ切る可能性が高かったかもしれないので、あるのは幸運ではなく悪運の方かもしれない。

「逃げるのはここまでか……やるしかない！」

振り向くと同時に、俺のいる場所へ一〇本の大鎌が襲いかかってきた。力に慣れた分だけかわすのは容易くなってはいるが、力は上がったとしてもこの体の耐久力はあまり変わっていないので、掠っただけでも致命傷になるのは間違いない。

いつも頼りにしている小烏丸も、あの女の武器とは相性が悪い。少なくとも、あの大鎌をどうにかするまでは、小烏丸ではなく魔法で戦う方がいいはずだ。

(肝心の魔法が、あいつに効果的かは微妙なところだけどな)

一応、一本の大鎌に対して魔法を数発当てれば破壊することができている。しかし、次の大鎌を標的にしている間に、破壊したはずの大鎌は半分以上再生してしまう。まるでイタチごっこだ。しかも最悪なことに、それはうまくいっている状態での話なのだ。

実際には一本目を破壊しようにも残りの九本が邪魔をするので、連続で同じ腕に魔法を当てることすら困難であるし、女には一〇本の左腕の他にも、魔法を使う為に残している右腕もある。よくてイタチごっこ、普通でジリ貧、悪くて一方的になぶられるような状況だ。

今のところは女の詰めの甘さもあって、一方的な展開になりかけても何とか抜け出せているが、女も成長していることを考えればその詰めの甘さがいつ消えてしまってもおかしくはない。

(戦い方を変えるしかないか?)

「『ストーンブリット』!」

女の龍の胴体に向かって石の弾を飛ばしてみたが、当たった場所に小さな傷がついたぐらいで、全くと言っていいほどダメージを与えることができなかった。

(一応、ワイバーン程度なら数匹まとめて貫通するぐらいの威力はあるはずだったんだけどな……まあ、予想の範囲内か)

あれくらいの威力で傷つくということは、胴体の方が左腕よりも強度が低いということだ。まあ、低いとはいってもあまり差はないが……細い腕よりも胴体の方がはるかに当てやすいので、やはり的を変えた方がいいようだ。

できるだけ大きなダメージを与える為にも、俺はわざと威力を抑えた魔法を女に当て続けた。女からすればそれは、これまで通り腕を破壊する為の攻撃か、女の攻撃から逃れる為の牽制のように見えるのだろう。それまでと違う動きを見せる様子はなかった。

「今だ!」

適当に放った魔法が女の顔に当たり、視界を少し奪ったタイミングで、俺は腕にある神からもらったマジックバッグから武器を取り出し、魔力を込めて投げつけた。

回転しながら女に向かって飛んでいく六つのそれは狙い通り龍の胴体部分に命中し、四つが完全にめり込み……残りの二つは貫通した。

「ギャァアアア――――！」

俺の持っている武器の中で、タニカゼの体から作った手裏剣ならある程度のダメージを与えることができるだろうとは思っていたが、投げた全てが想像以上の威力を発揮したことに驚いた。

（何にせよ、嬉しい誤算だ）

貫通してどこかに飛んでいった手裏剣を手元に呼び戻し、追加を三枚取り出して再度女に投げつけた。そして、今回の手裏剣も全てがめり込むか貫通したので、最初の攻撃はまぐれでも何でもないというのが確認できた。

通用した理由ははっきりとわからないけれど、魔鋼以上の素材を使った武器だから通用した可能性が高い。ただ、魔鋼以上の素材でできている武器はいくつも持っているものの、投擲に適した武器はこの手裏剣以外持っていないので、しばらくは手裏剣を中心に戦うことになるだろう。

（十数枚しか持ってきていないけど、サモンス侯爵の魔法のおかげで破壊されるまでは手元に戻すことができるのが救いだな）

女の大きさに対して手裏剣はとても小さな武器ではあるが、それでも回数を重ねればある程度のダメージは期待できるだろう。

（攻撃した端から回復されるだろうけど、末端と中心部付近では痛みの質が違うだろうし、単純に攻撃手段が増えたと考えれば、さっきまでよりは状況は良くなっているはずだ）

女の方も、まさかこんな小さな武器が自分にこれほどのダメージを与えるとは思っていなかったようで、大鎌の攻撃の速度と正確さがかなり落ちていた。

鎌の攻撃が雑になった分だけ楽になると思ったのだが……女はまたも苛立ちからか、もしくはそれが一番効果的だと判断したのかはわからないが、その場で回転しながら左腕を振り回し、右手で魔法を乱射し始めた。これにより、飛んでくる手裏剣と逃げ回る俺を同時に排除するつもりのようだ。

(めちゃくちゃなくせに、それが効果的だから厄介だ)

力が桁違いに優る相手が力押しできているだけでも厄介なのに、回転による遠心力も加わって破壊力はさらに増している。

(それに、時々速度に変化をつけるせいで、飛び出すタイミングが取りづらい……)

ここで隠れて女の攻撃をやり過ごせるのならそれが一番かもしれないが、いつ俺の方に進路を変えるかわからないのでもう少し離れたい……のだが、たまに俺へと向かってくる魔法のせいで動くタイミングが掴めずにいた。

(魔法を食らわせるにしても、生半可なものだと効き目はないだろうし、かといって大技だと魔力を込めている間に鎌が飛んでくるはずだ)

何にせよ隠れたままでは状況は改善されないので、半ば賭けになるが危険を承知でここから飛び出すしかない。よほど運が悪くない限りは闇雲に放たれた魔法の直撃はないだろうし、俺の姿を見れば女も回転をやめるだろう。そう考えたちょうどその時、俺の隠れている所目がけていくつもの岩が降り注いできた。

それはたまたま女の大鎌が地面をえぐった時に巻き込まれたもので、隠れている俺を狙ったものではないだろうが、その岩を避ける為に隠れていた場所から飛び出さざるを得なくなってしまった。

女に対し、無防備とも言える体勢で……

「しまっ……『ギガント』！」

飛び出したすぐ後で今の状況に気がついた俺だったが、その時にはすでに女の腕は俺に向けて振るわれようとしていた。

とっさに『ガーディアン・ギガント』を呼び出して盾にしたが……リッチとの戦いで酷使されたギガントでは勢いの乗った一〇本の大鎌を防ぐことはできず、俺は粉砕されたギガントの破片と共に吹き飛ばされた。

「ぐっ……がっ！」

ギガントは粉砕されたとはいえ盾の役割はしっかりと果たし、俺は大鎌の直撃だけは免れた。しかし俺は勢いのついたまま、一〇〇メートル以上も全身を打ちつけながら森に突っ込んだのだった。

もしも亜神になっていなかったら、ギガントを破壊されるか森に突っ込んだ時点で死んでいただろう。しかし、亜神の体であっても今受けたダメージはすぐに動けるものではなく、女の追撃を受ければ死は免れない……はずだった。

（何であいつは俺に回復させる間を与えたんだ？）

俺としては一か八かのつもりで自身に回復魔法をかけたのだが、その場から動けるようになるどころか戦えるくらいにまで回復魔法を使っても、女は攻撃を仕掛けてこなかった。

（何か企(たくら)んでいるのか？　そうだとしても、回復するまで待つ意味がわからない）

俺が動けるまで、時間にして一分も経っていない。そこから回復魔法を使って、さらに二分……どんな企みがあるのか知らないが、俺を殺せる絶好の機会に二分もほったらかしにする意味があるとは思えなかった。

「ダメージを受けてさらに不利になったけど……腹を括るしかないか」

これ以上機会を窺う為に逃げ隠れしても、それは俺が不利になるだけだと判断し、覚悟を決めて森から飛び出した俺が見たものは……

「何を……しているんだ？」

身もだえるようにしてたたらを踏む女の姿だった。

第八幕

「何だ？　何を嫌がっているんだ？」

女は足元にある何かを踏まないようにしながら、自分の周りを飛んでいる虫でも追い払うかのような仕草をしている感じにも見える。

（何が起こっているのかは知らないけれど、今が仕掛け時か！）

俺は不可思議な行動をする女の龍の胴体目がけて手裏剣を投げつけた。

手裏剣は歪みも出ている上にかなり切れ味も落ちてしまったが、どういうわけかさほど変わらない威力と速度で龍の胴体に刺さり、貫通せずに体内で止まったようだ。

ここまで女に対して効果のある手裏剣だが、先ほどまで女が暴れていたせいで今投げた三枚しか残っていないのが悔やまれる。

（さすがに気がつくか……だけど姿を見られた以上、今から隠れるのは無理だな）

女は俺を見つけると、中途半端な体勢ながら左腕を振るってきた。

この攻撃は距離があるので届きはしないだろうが、次からは間を詰めてくるだろうからギリギリになるはずだ。そう予想しながら後ろ向きに飛び、その間にできるだけ女に向かって魔法を放った。

女は、先ほどたたらを踏んでいた場所から離れるにつれて変な行動を取らなくなり、三度目の攻撃で俺を射程圏内に収めた。ギリギリかわせるとは思うが、念の為壊れて半分以下の大きさになった『ギガント』を盾代わりに前面に出して攻撃に備えると……またも不可思議なことが起こった。

「腕が俺を避けた？」

向かってきていた一〇本の鎌は俺がギガントを前に出すと、振るわれている途中にもかかわらず急に進路を変え、俺を避けるような動きをしたのだ。

そのせいで腕同士がぶつかり合い、半数以上の鎌がボロボロになっている。

（今のは明らかに『ギガント』が原因だ。俺だけを標的にしていた時は変な動きをしなかったのに、俺と腕の間に『ギガント』が現れたせいで女の腕が変則的な動きをした……もしかして、女がたたらを踏んだり虫を払ったりするような仕草をしていたのは、砕かれたギガントの破片を避けようとしていたからなのか？　そうだとすれば……）

俺は不可思議な女の動きはギガントに原因があると睨んで、これまであえて出さなかった小烏丸を取り出した。すると、

「うわっ！」

柄をしっかりと握った瞬間に手のひらから肘のあたりまで、電流のような痛みが走った。まるでそれは、

（古代龍が……いや、小烏丸はバッグの中でずっと怒っていたのかもな。もっと早くに我を出さぬか！　……って）

「悪かったな」と呟くと、今度は電流の代わりに手のひらがじんわりと温かくなった。どうやら謝ったことで機嫌が少し直ったようだ。

小烏丸を握り直して女に切先を向けると、ワイバーンで作った肉体の部分が震えていた。それで女も何が原因で自分の体が意味不明な動きをしていたのかがわかったみたいだった。

「ガァアッ！」

女はワイバーンで作った肉体部分を奮い立たす為かあるいは脅す為なのか、大きな声で咆えた後で左腕を俺に向けて振るってきた。

先ほどは勝手に俺を避けた腕だったが、今度は女の咆哮が効いているのかまっすぐ俺へと向かってきたが……

「ふっ！」

小烏丸により、俺に命中しそうだった五本の腕を斬り飛ばされていた。小烏丸は、元になった古代龍と会話して以降、性能がぐんと上がったようだ。それに、一定以上の魔力を込めると薄っすらと黒っぽい光を放ち、切れ味がさらに上がる。

（小烏丸と会話してから、俺の知らなかった能力が何となく理解できるようになったな）

切り飛ばした女の腕はすぐに回収されて元に戻っていたが、今のままでは俺と小烏丸に通用しないということを理解したようで、あの状態になって初めて女の方から距離を取った。

女は距離を取った後、右腕で魔法を放つ振りをしながら俺を牽制し、元に戻した左腕を振り回し始めた。

最初は回転させることで勢いをつけて威力を出すのかと思ったのだが、回転させていた一〇本の腕は次第に絡まるかのように一つにまとまり、一本の太く長い腕へと変化した。大鎌の方も腕の太さに合わせてさらに大きくなり、俺の身長を軽く超える長さになっている。

そんなさらに巨大化した腕を、女は回転の勢いを殺さずに俺へと振るうが……それでも、巨大化した大鎌ですら小烏丸に傷の一つもつけることはできず、逆に刃が砕ける結果となっていた。

ただ、武器対武器では小烏丸の圧勝だったものの、勢いと質量では俺の完敗だった為、大鎌の刃を砕くと同時に後ろに大きく弾き飛ばされることになってしまった。

しかし、肉体の一部となっている大鎌が砕けた女に比べて、俺には大きな衝撃はあったものの怪我はしていないので、明らかに勢いはこちらに来ている。

（この流れを逃すわけにはいかない！）

砕けた大鎌は見る見るうちに元に戻りつつあるが、形が出来上がるよりも早く俺は女に接近し、左前脚に一太刀食らわせ、その勢いのまま胴体を切りつけながら脚の間をくぐり抜けて右後ろ脚を斬り飛ばした。

「さすがに危なかったな。だけど、それだけの危険を冒した甲斐はあったな」

本当は左前脚も斬り飛ばすつもりだったが、接近を開始した際に女の右側から魔法が放たれ、魔法を避けると今度は再生途中の左腕を上から叩きつけられそうになったのだ。そのせいで前足への攻撃が浅くなってしまった。もっとも、左腕の攻撃を避けたおかげで女の体勢が崩れて足の間に潜り込むことができたので、結果的には想定以上のダメージを与えることができたというところだ。

（あの状態の女に一番効果的なのは小烏丸ということで間違いなさそうだな。いくらワイバーンを寄せ集めても、古代龍の魂が宿っている武器には勝てないということか）

ドラゴンゾンビの素材から作った小烏丸に黒い古代龍の魂が宿っているように、女がワイバーンで作った部分にはワイバーンの魂のようなものが残されているのだろう。それが古代龍と同じ立場となり相対したことで格の違いを間近で感じ、小烏丸と同じくドラゴンゾンビの素材を使ったギガントからも逃げたいという本能が、結果的に俺を避けるという形で現れたのだと思う。そのように仮定すれば、ワイバーンから作った部分が不可解な動きをした理由も納得がいく。タニカゼの外装部分を使った手裏剣に関しても、古代龍の魔力の影響が未だに残っていて、女に対していつも以上の威力を発揮したのだろう。

（そうなると、女はどう動く？）

このままワイバーンから作った肉体を使っていれば、肝心な時にその部分が役に立たなくなるかもしれないが、かといってワイバーンの部分を捨てて元に戻ったとしても、不安要素のある部分はなくなるがその代わりに戦闘能力はかなり落ちる。

（まあ、そう簡単にいらない部分だけを分離できるとするなら、もっと早くにワイバーンを使っていたと思うけどな）

それこそ段階的にワイバーンで肉体を強化せずに、最初の左腕の時と同時に全身を今のようにしていたとしたら、急激に上がった戦闘力に対応できずに殺されていた可能性が高い。

（分離するにしろしないにしろ、俺の方が有利な気がするけどな）

今のままなら小烏丸のおかげでダメージを与えやすく、元に戻ったとしても亜神の力に慣れた俺の方が能力は上だろう。

今の俺は、小烏丸のおかげで戦力的にも精神的にも余裕を持って女の出方を見ることができている。

そしてそんな俺とは反対に、女は自分が優勢だった状況がひっくり返されつつあることに焦っているように見える。

（焦りからか、傷の治りも遅くなっている……いや、底が見えてきたのか？）

いくら元死神とはいえ、数えきれないほどのゾンビを操りながら戦いを繰り返し、即席でワイバーンを使って自分の肉体を改造などしたのだ。おまけに、あと少しで勝てるというところから状況をひっくり返されるというのを短期間で二度も繰り返している。肉体的にも精神的にも、限界が近づいてきていてもおかしくはない。

(多分、あいつはこれまで戦闘で追い詰められるということを経験したことがないはずだ。だからこそ、自分の体の異変に気がつけない)

女はこれまで黒い古代龍をゾンビに変える時も弱っているところを狙い、俺を捕獲する時も先に手下のリッチを仕掛けて弱らせるなど、自分が動く時はいかに効率よく安全に事を進めるかを重視してきたように思える。作戦を実行するにあたり、効率や安全を重視することはよくある話ではあるが、違う見方をすればこれまで女は多くの場面でより楽で危険の少ない方法を選んできたともいえる。

だから、自分を限界まで追い込んだことも追い込まれたこともなく、自分の限界が近づくとどういった変化が現れるかを知らない。仮に頭では理解していたとしても、限界というものは徐々に近づく場合もあれば、それまでかけらほどにも感じなかったとしてもそれは気がついていないだけで、何らかの拍子に一気に表面化することもある。今回はそういった、一気に現れたパターンだろう。

(集中力が途切れて、疲労が一気に来たか……一番きついパターンだな)

一度途切れた集中力はそう簡単に戻らないし、疲労のせいもあって思うように体も動かせないのだろう。

その証拠に、

「子供だましのようなフェイントに、面白いくらいに引っかかるな！」

体を揺らしながらゆっくりと接近し、途中で一気に速度を上げるふりをするだけのフェイントに女は簡単に引っかかり、腕を振るって迎撃しようとした。だが、実際にはふりだけでその場からほとんど動いていないので、女の鎌は中途半端な場所に振るわれ、おまけに速度もかなり落ちていたので攻撃をかわして切りつけるのは簡単なことだった。もっとも、欲張って首を狙った一撃は右腕に阻止されてしまったが、それでもその腕にはあと数センチメートルで切り離せたというくらいの傷を負わせた。

その腕の傷を皮切りに、女は次々に俺の攻撃を受けて全身に傷を増やしていった。女は致命傷こそ避けてはいるものの、たまに来る反撃は苦し紛れのものばかりであり、簡単に回避することができている。

初めの方こそ俺は女にとって格下で、肉体を損傷させることなく捕獲することが可能な相手であり、実際に捕まり絶体絶命の状況に追い詰められもしたがそこからいくつもの要因が重なり、俺は……俺と小烏丸は、立場を逆転させて女を追い詰め始めていた。

「ギッ！」

今も右後ろ脚を切りつけ、女に膝をつかせたところだ。

流れは俺に来ているが力で上回っているとは言い切れず、何らかの拍子に俺の方が致命傷を負う可能性はあるものの、その可能性も一撃食らわせるごとに低くなっている。

「何かおかしい？　……手ごたえが悪くなっている？」

女に膝をつかせてから一〇以上の傷を負わせたが、何故か回数を重ねるごとに小烏丸でつける傷が浅くなっている。

それに気がついた時、俺は小烏丸の切れ味が女の血油で落ちたのかと思ったが、刀身を服で拭った後でも変わらず、それどころかますますつける傷は浅くなった。

「小烏丸じゃなくて、女の硬さが変わったのか」

女の変化はこれまでは主に攻撃力を上げるばかりだったのが、今度は俺の攻撃に耐える為に防御力に特化することにしたようだ。

「それにしても、今度は小さくなりすぎじゃないか？」

それまで龍を模していた女の巨大な体は硬くなるにつれて小さくなっていき、最終的に三メートルほどの球のような形状へと変化した。

「どういうつもりでそんな形になったのかはわからないけど、かなり硬くはなったな」

その形状へと変化した女の体は、小烏丸で切りつけても一〇センチメートルくらいしか傷がつかず、おまけに緩やかにではあるものの再生能力も健在なので攻撃の手を緩めると、この程度くらいの傷ならものの数秒で塞がってしまいそうだ。

「でも、切り飛ばした部分は元通りには再生しないみたいだな」

一撃目と同じような所に二撃目を当てた時、数センチメートルほどの肉片が飛んでいったが、しばらくしても飛ばされた先に転がったままで本体に吸収される様子はなく、本体の斬り飛ばされた場所は治りが遅い上に、塞がっても他の場所より色が薄くなっている。

（念の為、斬り飛ばした所を燃やすなりして吸収できないようにすれば、いずれは魔核まで削ることができるな）

女からの反撃は怖いが勝率が一番高い方法がそれである以上、危険ではあるが最低限小烏丸が届く位置まで近づき、少しずつでも確実に削っていくしかないだろう。

あるかわからずその方法すら予測できない女の反撃を警戒しながら、俺は確実に攻撃を与え、少しずつ肉を削いでいった。

（ようやく一〇分の一くらいは削ったか？　しかし、ここまでやられているのに、女からの反撃がないのは怪しいが……ん？）

何度目かになるかわからない攻撃で切り飛ばした女の肉片を燃やした時、女の本体の上側につけた覚えのない十字の線が入っているのに気がついた。

念の為少し距離を取ると、その傷はすぐに大きくなっていき、一メートルほどの大きさになったところで裂け始め、中から女の上半身が出てきた。その顔は虚無といった様子で、俺の方に顔を向けてはいるが俺を見ていないようにも思える。少なくとも追い詰められている奴のする顔ではなく、何を考えているのかがわからず不気味だ。

（女がようやく姿を現す気になったのは、何かしらの準備が整ったということなのか？　それとも……）

女の両腕は元の人間と同じ大きさと形に戻っているので、消えた鎌の部分はどこかに隠している可能性が高い。

小手調べといった感じで女の周りを旋回しながら魔法を放つが、女もその場から動かずに体の向きを変えて、俺の放った魔法に魔法をぶつけて相殺していった。ただ、空中を移動している俺とは違い女の方はその場から移動していない分、相殺し損ねた魔法でダメージを食らっていたが、女の耐久力と回復力からすればそんなのは微々たるものだろう。

（このまま魔法戦を続けて隙を窺うか、それともあいつが何を隠しているかわからない以上、できるだけ早めに勝負を仕掛けるべきか？）

このまま魔法を打ち続け、隙を見て『タケミカヅチ』を当てるという手もあるけれど……『タケミカヅチ』はすでに二度も見せているし、おまけに二度目は完全なものではなかったとはいえ破られている。それからすると、全力の『タケミカヅチ』でも今の女に通用するかわからない。わからない以上、大量の魔力を無駄にする可能性がある行為は避けなければならない。

（やっぱり、今一番有効なのは小烏丸での接近戦か）

近づけば何が起こるかわからないが、魔法ではほとんどダメージを望めない以上、これまでで一番ダメージを与えている小烏丸で攻撃するしかない。

小烏丸が届く位置まで確実に近づく為に、魔法を放ちながら少しずつ距離を詰め……

「ふっ！」

脳天へと小烏丸を振るった。そして、

「なにっ！」

小烏丸は女の頭部を簡単に左右に切り裂いた。

いくら小烏丸が女に対して効果的だったとしても、ここまで手ごたえがないのはおかしい。そう思った時、女の下半身に当たる塊から、無数の触手……いや、小さな腕が俺を捕まえようと伸びてきた。

その腕は、指二本分ほどの太さしかなく、先端についている手もおもちゃのような大きさだが、その一つ一つの手のひらにはいくつもの棘がついていて、掴まれたらそう簡単には引き剝がすことはできないだろう。

俺は迫り来る腕を小烏丸で切り払いながら後ろへと逃げた。腕は細くなったからか、塊を切りつけた時のような硬さはなく簡単に切り飛ばすことができ、切られた腕はすぐに再生はできないようだったが……一〇〇メートル近く離れても伸びて追いかけてきた。

（細くした分だけ伸びるのか。だけど……）

さすがに一〇〇メートル近くも伸びると俺を追いかけてくる速度は落ちていき、落ち始めてからすぐに限界が来たようで伸びなくなった。

「せっかく至近距離まで近づいたのに、やり直しか……」

だけど、細くなった分腕の強度はかなり落ちているので、捕まらないように気をつけさえすれば、小烏丸で簡単に切り裂くことができるはずだ。

そう思い、体勢を立て直してもう一度接近しようとした時、

「しまった！」

真下から二本の腕が襲いかかってきた。不意を突かれた俺は、一本は何とかかわしたもののもう片方に左脚を掴まれてしまい、その後で右脚も掴まれてしまった。

すぐに脱出しようと、片方の腕に小烏丸を叩きつけるが体勢が悪いせいでうまく力が入らず、あまり深くは傷つけることができない。

それでも何度も叩きつけているうちに傷はどんどん深くなり、もう少しで切り離せるというところまで来たのだが、その間にも腕は本体の方へと戻り始め、途中で届かなくなった細い腕と融合し、

さらには二本だった腕も一本となり強度も増して太くなったので、小烏丸を叩きつけたくらいではびくともしなくなってしまった。

「くそ、くそっ！」

それでも何度も小烏丸を叩きつけ、同時に俺を捕まえている腕と本体に向けて魔法を放つが、あまり効果があるようには見えない。

攻撃しながら腕とは逆の方向に逃げようとするものの、女が俺を引っ張る力の方が強いので少しずつ女との距離は縮まっていき、あと少しで残り五〇メートルという所で何故か女は引っ張るのをやめた。

ただ、引っ張るのはやめたみたいだが代わりに腕の硬度を上げて、俺が逃げられないようにしているようだ。もし掴まれているのがひざ下あたりなら、自分の足を斬り捨てて逃げるという選択肢もあったが、引っ張られている途中で腕が腰のあたりにまで巻きついてきたのでそういうわけにもいかなかった。

（やっぱり『タケミカヅチ』を……いや、あいつに効くかどうかわからないし、そもそも掴まれている状況で使えば俺までダメージを受けてしまう）

相打ちならまだいいが、もしも女が耐えて俺だけ被害を受けてしまった場合、その後は確実に俺を殺して回復するまでどこかに身を隠す可能性が高い。

（そうなると、あいつが回復して真っ先に狙うのは俺の知り合いだろう）

それだけは避けないといけないが、俺の持つ魔法の中で『タケミカヅチ』以外では女を倒すことはできそうにない。

他に打つ手がないのなら、自爆覚悟で『タケミカヅチ』に賭けてみるかと思い、魔法の準備をしようとしたが……

（そもそも、あいつは何で俺を捕まえたのに何もしないんだ？）

ふと、そんな考えが頭をよぎった。

それで少しだけ冷静さを取り戻した俺は、女を改めて観察した。すると、

（あいつ、小烏丸で切られた所が完全に回復していない？）

無数の腕に襲われる前に切りつけた傷が、まだ残っていることに気がついた。

一見すると、左右に切り裂いた顔は元に戻っているように見えるのだが、切り裂いた傷がまだはっきりと残っている上に、わずかにずれてくっついているのだ。

いくらこれまでのダメージで回復力が落ちていたとしても、少し前までならとっくに元通りになっていてもおかしくないはずなのに、治すとしてもあんな中途半端に回復させるのはおかしく、仮に俺を油断させる為の演技だったとしても、俺がそれを気づけない所に離れている時までする必要はないはずだし、ずれたままにしておけばそこが弱点にならないとは限らないのだ。

（だとすると、女は俺が思っていた以上に追い詰められているということか？　それこそ、回復に力を回す余裕がないほどに……いや、もしかすると、今更回復しても無駄なのかもしれない）

だから、こんな中途半端な位置で俺を固定したのは、攻撃する為の力をためる時間を稼ぐと同時に、俺に攻撃されても対応する為でもあり、おそらくはあいつが想定している攻撃が届く範囲だからという可能性がある。

（どの道、『タケミカヅチ』の準備をしておいた方がいいかもしれない）

どういった攻撃を準備しているのかわからないが、それに対抗する為にも一撃の威力が高い『タケミカヅチ』をいつでも放てるようにする必要がある。

（ギリギリかもしれないけど、やらないよりは……え？）

発動の準備を始めようとして、周辺の雰囲気が一気に変化し始めたのに気がついた。それも悪い方にだ。

（周辺の魔力が、女に集まり始めている！　これじゃあ、『タケミカヅチ』に回す魔力が足りない！）

女が周辺の魔力を集めるということは、同じように周辺の魔力を利用する『タケミカヅチ』の分が足りなくなるということだ。

ただでさえ一度攻略されたことがあるというのに、その時よりも威力が落ちる『タケミカヅチ』では、絶対にあいつを倒すことはできない。

（おまけにこの感じ……あいつ、自爆する気か！）

セイゲンで戦った時に起こした爆発と同じ気配を感じた。あの時は、父さんと母さんが前に出てくれたおかげで怪我はなかったが、その代わり二人は限界を迎えてそれ以上戦うことができなかったし、俺たちがいた方角以外の場所はかなりの被害が出ていた。それも、女が逃げることを前提とした、全力ではない爆発でだ。

自分に次がないと悟った女は、今度は正真正銘、全ての力を使った自爆を仕掛けるつもりのようだ。

（無理だ……俺にはあの時以上の爆発を相殺、もしくは防ぐ術がない……）

あれをどうにかするには、あれ以上の威力を持つ魔法をぶつけるか、発動する前に無効化するしかない。

だけど、俺の持つ一番威力の高い魔法……『タケミカヅチ』では、あいつの魔法が発動する前に放つことは無理だしそもそも威力が足りない。それに、もし間に合ったとしても『タケミカヅチ』の性質上、あの女の上からぶち当てる形となるので、円形に広がる爆発の被害を抑えることはできない。むしろ下手すると、『タケミカヅチ』の威力があいつの自爆の威力に上乗せされる可能性もある。

次に威力があるのは『テンペスト』で、こちらは俺と女の間に壁を作る、もしくはあの女を包み込む形で威力を抑えることができるかもしれないが……壁になるくらいの威力を持たせるには、俺と女の場所が近すぎる。今の距離ではあいつごと『テンペスト』の中に入ってしまうので爆発が逃げ場を失い、こちらも威力が増す可能性の方が高い。

（あれを防ぐには、前面に魔力で分厚い壁を作るのが一番可能性はある……か？）

防ぐことができるかどうかは別として、魔力で壁を作るくらいはできるはずだ。だが、それを女が許すとは思えない。何せ今の俺は、女に摑まれているのと同じ状態だからだ。回復するのが無駄なくらいの限界を超えた状態だとしても、爆発するまでは意地でも俺を離さないだろう。

だからこんな状態で壁を作ったとしても、爆発の直前で何かしらの妨害を行ってくるだろう。

（何か他の手は……）

色々と考えてはみたものの、俺が使える魔法やできないかと考えた魔法の中には、あの爆発に対抗できそうなものが思いつかなかった。

（他に知っている魔法で……あった！　あれなら！）

俺が使いたいのは、前方に放出するタイプの魔法で、あの爆発を貫通、もしくは消し去るほどの威力があるものだ。そして土壇場で、その可能性がある魔法……のようなものを思い出した。

（ソロモンの『ブレス』やナミタロウの『はどーほー』なら、威力はともかくとして、俺の求める条件に当てはまる！　……でも、やり方がわからない……）

ソロモンの『ブレス』やナミタロウの『はどーほー』は、魔力を使うものの俺が普段使っている魔法とは違うものだろうし、時間があれば同じようなものを再現できるかもしれないが、今の状況でそんな暇はない。

（万事休すか……）

諦めて、魔力の壁に全てを賭けるしかないか……それしか方法がないと思った時、右の手のひらに、これまで感じたことがない類の熱がこもっていることに気がついた。

（熱いって感じじゃない。むしろ心地いい……小烏丸から？）

小烏丸から伝わる熱は、金属であるはずの小烏丸が文字通り俺の手足となり、今にも血管が繋がって脈を打ち始めそうな錯覚を覚えてしまうような、どこか落ち着くような感じの温かさだった。

（小烏丸……もしかして！）

熱の発生源に気がついた俺は、俺が今求めているもの……ソロモンとナミタロウ以上に、俺が理想とする魔法を放った存在がいたことを思い出した。

その魔法は当時の俺から大切なものを奪って絶望に追い込み、自分の命すら捨ててもいいと思えるほどの怒りを覚えさせた存在が放ったもので、俺が知る魔法の中でも最高クラスの威力を誇るも

のだ。つまり、

（ドラゴンゾンビの『ブレス』……）

俺が出会った中でも、最悪と言っていいくらいの災害であるドラゴンゾンビ。しかもあの時に放ったブレスは、女に意識を奪われてゾンビと化し、最盛期よりもかなり力の落ちた状態でのブレスだったのだ。

（俺と今の小烏丸だったら、黒い古代龍の最盛期とまではいかないものの、あの時のドラゴンゾンビのブレスくらいなら超えられるはず……いや、絶対に超えてやる！）

俺と一体化した小烏丸に魔力を流せば、頭では理解できない龍のブレスも放てるという確信があった。何故だかはわからないけれど、確実にできると思えるのだ。それだけでなく、どのタイミングや角度で放つのが一番いいのかもわかる。もしかすると、小烏丸と一体化している感覚がそうさせているのかもしれない。

（俺の持つ全魔力……だけじゃなく、周囲の魔力も使ってやる）

やることが決まった以上、ただ指を咥えて周辺にある魔力をあいつにくれてやる必要はない。

どこまでの範囲の魔力を集めることができるかはわからないが、同じ亜神である以上、あいつにできて俺にできないわけがない。

（あいつほどではないみたいだけど、思ったよりは集めることができているというところか？）

俺が魔力を集め始めたことはすぐに女も気がついたようで、女が魔力を集める速度が一気に上がった。その為、俺が集める速度と量は女と比べて数分の一というところではあるが、元々増える予定ではなかったものがわずかとはいえ増えて、逆に相手は減っているのだ。

そういった意味ではやる意味はあったというところだろう。

（集めた魔力と俺の魔力を、限界まで押し込むようにして小烏丸に集めて……）

小烏丸に魔力を集め出した俺を見て女は危機感を覚えたのか、さらに魔力を集める速度が上がった。その結果、俺が周囲から集める魔力はほとんどなくなってしまった。だが、ここまで俺とあいつで派手に集めまくったのだ。周囲の魔力も、あと少しで尽きるだろう。

（つまり、集めるものがなくなれば、あいつの自爆の準備も整うというわけだ）

どちらの準備が先に終わるのかわからないが、ここまで来て中途半端な状態で撃つよりは最大の威力で放てる時を待ち、確実にあいつの息の根を止める。

その考えはあいつも同じようで、俺を拘束する力はかなり弱っていた。それは、俺が拘束から逃れることを優先すれば、即座に女は自爆する気もあるからだろう。だが、この状況で少しでも気を逸らせば致命的な隙になり、取り返しのつかないことにもなりかねない。

互いに睨み合ったままの状態が続き……最初に動きを見せたのは女の方だった。

（締めつけがまた強くなった……来るか？）

弱くなっていた拘束が一瞬だけ強くなり、それと同時に強く女の方へと引っ張られた。そのせいで太もものあたりの骨が折れたようで激しい痛みが走り、おまけにバランスを崩して女に対し背中を向けてしまう。そしてその次の瞬間、女から膨れ上がる莫大（ばくだい）な魔力を感じた。

この感じでは、もしかすると魔力の量はあいつの方が多いかもしれないが、俺は不利な体勢でも落ち着いていた。何故なら、勝てるという確信があったからだ。

たとえあいつの魔力量の方が上だったとしても、向こうの攻撃は全方向なのに対し、こちらは一点集中型の攻撃なので、魔力がぶつかる箇所の密度ではこちらが上だ。

それに何よりも、小烏丸からはこの状況でも勝てるという思いしか伝わってこない。百戦錬磨の黒い古代龍の魂を受け継ぐ小烏丸がそうなのだ。今の俺にはあいつを恐れる理由はない。

（タイミングは小烏丸が教えてくれる。俺はそれに合わせて、黒い古代龍の『ブレス』を放つだけだ！）

俺は大きく息を吸い込み、小烏丸の合図に合わせて切先が女の方へと向いたタイミングで、

「くらえ……『カタストロフィ』！」

全力で『ブレス』を放った。

俺にとっては相手を『倒す』という意味を持ち、相手にとっては『破滅』を意味するこの名は、黒い古代龍の『ブレス』に相応しいものだった。当然、その威力も。

女は俺よりも早く爆発を起こしたものの、俺に到達するかなり手前で『カタストロフィ』はその衝撃とぶつかり一瞬だけ拮抗し……

「いけ！」

あっさりと突き破って女に直撃した。そして『カタストロフィ』は、女で止まらずにそのままの勢いで地面を深く大きくえぐりながら突き進んだ。おまけに、それに女の爆発の威力も加わり、『カタストロフィ』が収まるまでに、一〇〇メートル以上の深さと半径一〇〇〇メートル以上のクレーターを『大老の森』に造り出した。

「倒した……いや、姿は見えないけど、まだいるな」

薄っすらと、亜神になっていなければ気がつけなかっただろうくらい希薄な女の気配を感じ、俺は土煙を風魔法で散らしながらクレーターの一番深い場所へと下りた。

かなり体力と魔力を消耗してしまい今の風魔法もかなりつらかったが、女は俺以上に消耗しているので危険はないだろう。

「前の時も、それで神たちの目を欺いたのか」

肉体は『カタストロフィ』によって消滅しているが、女は幽霊のような姿の見えない状態でまだ存在していた。

近くにいてようやく気がつく程度の気配なら、創生神たちのように違う次元にいると見落としてしまうのは仕方がない。

「ウゥ……アァ……」

もしここで俺も見落としてしまっていたら、この女は時間をかけて復活し、数百年後にまた同じことを繰り返すのだろう。

しかし俺に見つかった以上、女は前回のようなことはできず、今後も今回のような事件を起こすこともできない。

「お前は亜神としてゾンビを生み出し操る能力を持っているが、俺も亜神になった時に特殊な能力を得たんだ……まあ、戦闘中に役立つ能力じゃないし、生活に役立つような能力でもない、とても限定された能力だけどな」

そう言いながら小烏丸を女の気配のする所へと向けると、薄っすらとした女の姿が現れた。女の胸には男性のものと思われる頭蓋骨が抱かれている。あれはおそらく、女が神でなくなる原因となった転生者のものだろう。

もしかすると恋人関係にあったのかもしれないが、もし恋人の為だったからといっても、同情はこれっぽっちもできないしする必要もない。

俺は、未来永劫この女によって今回のようなことを起こさせないようにする為に、

「今ここで、お前の存在を確実に消す！」

そう女に向けて啖呵を切った。だが、女は怒りを向けるだけで俺の話は聞いていないようで、まだどこか余裕があるような感じがした。しかし、

「俺の神としての名は、『輪廻転生の神』。命の生まれ変わりを司る神……今はその見習いだがな」

その言葉を聞いた女は、ようやく焦りの表情を浮かべた。

「その神の力で、お前を生まれ変わらせる。お前の魂から、記憶と死神の力を失わせてな」

その性質上、俺の神としての能力は戦闘には全くと言っていいほど役に立たず、人が……生ある者が命を失わないと発揮されない力だが、女にとってはとても恐ろしい能力だろう。もっとも、未熟な俺には女を今すぐに転生させることは無理だが、死神の加護を持つ亜神の俺なら、死を司る現死神の下へ送るくらいならできる。

送りさえすれば、俺が正式な神になるまで神たちが見張ってくれるだろう。神たちのいる空間なら、亜神でしかない女は手も足も出ないはずだ。

「ヤ、ヤメ……」

「お前を転生させるのが何十年、何百年後になるかわからないが、それまで死神たちに囲まれながら反省しろ」

そう言って小烏丸を振り下ろすと、女の気配は完全に消えた。

手下だったゾンビや反乱軍はまだ残っているが、元凶であり一番の脅威でもあったあの女はいなくなったのだ。これで俺の亜神としての戦いは終わったと言えるだろう。

「あとはみんなの所に戻るだけか……」

『カタストロフィ』を使ったことで魔力と体力の大半を使い、女にとどめを刺す際に残りの力を使ってしまったのでほとんど動くことができないが、亜神になったことで回復力がかなり上がっているので、すぐにでも動けるようになるだろう。

「それまで少し休憩するか……って、うん？」

立っているのもきついので、近くにあった手ごろな岩に腰かけようとしたところ……地面が湿り出して、そこらへんにいくつもの水たまりができ始めているのに気がついた。女を貫いた『カタストロフィ』は、どうやらこの周辺にあった地下水脈にまで影響を及ぼしたようだ。

「さすがにこのクレーターを満たすほどの水量はないよな？」

ククリ村に住んでいた頃、このあたりに巨大な水脈があるとか聞いたことはないが……『大老の森』の中を正確に調べたことがあるはずはないだろうし、セイゲンのダンジョンの中の湖の例もある。

「その水脈がダンジョン化していたら……せっかく勝ったのに、溺れ死になんて嫌だぞ！　まじで！」

疲れた体に鞭打ち、俺は少しでも高い所を目指して必死に足を動かした……が、クレーターが大きすぎる上に水の湧き出す勢いが時間の経過と共に増していったせいで避難することができず、諦めた俺は覚悟を決めて、水に浮いて魔力と体力の回復を待つことにした。

「そろそろ行けそうだな。それにしても……こんな短時間で、よくここまで増えたな……」

クレーターからの脱出に三〇分かけ、岸に上がってからさらに三〇分休んだ俺は、ようやく王都まで飛んでいけるくらいの魔力と体力を回復させることができた。

前にリッチと戦った時とは比べものにならないくらい速い回復速度ではあるが、疲労や傷の治りは以前とあまり変わりないようだ。

今からセイゲンを目指すとなると、ほぼ休みなく飛び続けたとしてもおそらく夜中の到着となってしまうだろうが、俺は構わずに向かうことにした。だが、飛び始めて一時間もしないうちに、我慢できないくらいの眠気がいきなり襲ってきた。

さすがにこのままでは危険なので急遽(きゅうきょ)予定を変更し、土魔法で安全地帯を作って一度睡眠をとることにしたのだった。

第九幕

「ん？　……ここは」

寝る前に見た風景とは違うが、見覚えのある場所だなと思っていると、

「テンマ君が起きた――――！」

案の定うるさいのが騒ぎ出し、あっという間に騒がしくなった。

「それで今回は……って、あの女のことだよな？」

そう訊くと、

「そうだね。先にその話の方からしようか」

目の前で騒いでいた創生神たちは急に真顔になって姿勢を正し、

「テンマ君のおかげで、最悪の事態にならなくて済んだ。あの世界を救ってくれてありがとう」

と、神たち全員で頭を下げてきた。

「いや、まあ、色々と苦労はしたけど、あいつを倒さないと俺にとっても不都合がありすぎたしな」

「それでもだよ。もしテンマ君が負けていたら、僕たちの中の誰かが介入してあいつを滅ぼさなければならなかった。そうしたら、介入した神はあいつと共に存在が消えていただろうし、あの世界のダメージはかなりのものになっただろう」

どういったことが起こるかまではわからないらしいが、もしかすると人が住めない環境になるか、そこまでいかなくても何らかの影響で人が減り、文明が数百年から数千年レベルで退化する可能性

もあるし、最悪世界そのものが滅ぶことも考えられたそうだ。

「それで申し訳ないんだけど、テンマ君から『亜神の力』と『権限』を取り上げないといけない」

もしかすると何らかのはずみで俺の持つ亜神の力が世界に悪い影響を与えたり、可能性は低いが俺が力に溺れて狂い、第二の元死神になってしまったりということもあり得るらしい。

俺としては力に溺れるつもりはないと断言したいが、亜神となった影響で将来的に人とは違う思考回路に陥ってしまう可能性があるし、何よりも元死神が狂ってしまった前例があると言われると、完全に否定することはできなかった。まあ力を取り上げられたとしても、亜神になった際に得た力の全てが取り上げられるわけではないそうだ（魂と一体化してしまった力に関しては、さすがの神たちでもどうしようもないらしい）。

一応、今よりは弱くなるものの人間として見れば規格外どころではないらしく、わかりやすく言うと『古代龍』と同等に近い力……創生神たちに言わせると、『古代龍を頑張ったら何とか倒せるかも』くらいになるらしい。ただ、その『古代龍』の基準がベヒモス（ひーちゃん）らしいので、亜神でなくなったとしても、（創生神たちを除いて）この世界で一番強い生き物から一番か二番に強い生き物になる程度の違いしかないそうだ。しかも、これまでよりも緩やかにはなるが成長はするので、頑張れば単独世界一も狙えるとのことだ。

「ひーちゃんと争う気はないから、別に世界一でなくてもいいや」

あの女との戦いで何度か死にかけたし、俺の人生の中で一番の脅威になりそうだった女は倒したので、自分と周りの人たちを守れるくらいの力さえあれば、そこまで強さにこだわりはない。まあ、体が鈍らないように自己鍛錬はこれからも続けるだろうけど、積極的に強くなろうと鍛えることはないだろう……多分。

「まあ、それがいいだろうね。ただでさえあいつを倒したことで、テンマ君の力がどれほどのものか世界中に知れ渡ることになるのに、ベヒモスまでどうにかしてしまったら、色々と世界のバランスが崩れることになるよ。だから、テンマ君個人がベヒモスを倒して世界一になるよりも、ベヒモスを味方につけたオオトリ家が世界一だと思われた方が、何かと都合がいいよ」

創生神の言うバランスは、俺にとっていい方に傾くこともあるだろうけど、それ以上に悪い方に崩れる可能性の方が高いような気がするので、これ以上話題にしない方がいいだろう。別にひーちゃんと敵対しているわけでもなく、むしろナミタロウやボンとの関係を考えたら友好的な方だと思える。

「それで、亜神の力はどうやったら取り除くことができるんだ？　あまり痛い方法はやめてくれよ」

そう言うと創生神は、

「ああ、大丈夫、痛みとかって全くないから……ただちょっと寝ていてくれれば、その間に済むよ。具体的に言うと、二～三年くらい」

「断る！」

そんな長い間拘束されたら、間違いなく死亡判定を受けるし、何よりも我が子の誕生の瞬間に立ち会えない。

「大丈夫だから！　この空間はテンマ君の住んでいる世界とは時間の流れが違うし、その中でも特別な部屋を用意しているから、テンマ君がその空間で二～三年寝ていたとしても、実際には二～三時間くらいしか過ぎないから！　……多少の誤差はあるけど」

最後の方に不吉なフラグを立てた創生神だが、その誤差も長くてせいぜい一日くらい（すでに神たちで実験済みらしく、この場にいる男性神全員でやった結果らしい）なものだそうだ。

「ならいいけど……何かの手違いで長くなりそうなら、一度起こせよ！　絶対にだぞ！」

そう言いながら、創生神の言う特別な部屋に案内してもらおうとすると、

「それと、テンマ君が次に起きた時は、元いた場所で目覚めるからね。そして次に僕たちが会うのは、テンマ君が僕たちの仲間になる時だから」

などと、重要なことをさらりと言われた。

「は？」

いきなりそんなことを言われてもわけがわからないので、詳しい話を聞こうと振り返った瞬間、創生神は「へぶっ！」という声を出して目の前から消えた。

「重要なことなんだから、最初から順を追って説明しようって決めていただろうが！」

創生神をぶっ飛ばしたのは武神だった。今の一撃は、あの女ですら体に穴が開くのではないかという威力があったように思えるが、創生神のことだからしばらくすれば何事もなかったかのように戻ってくるだろう。

「テンマちゃん、そのことについての話をするから、一度座って」

愛の女神に案内され用意されていた席に着くと、次々に創生神を除いた神たちが席に着いた。

「それで創生神の言った『力を取り上げる』っていうのは、これ以上私たちが干渉するのは危険かもしれないからなのよ」

「人間のままならこれまで通りで大丈夫なはずだったのだけど～……転生者が短い時間とはいえ、

亜神になったという前例がないのよ～」

「だから、万全を期した方がいいと多数決で決まってな。私としては貴重な実験体を逃がす……もといい、これまで通りに接していた方が、テンマの異変にすぐ気がつけると主張したのだがな」

愛の女神と大地の女神の説明の後で魔法神がとても残念そうに言うと、両脇に座っていた獣神と破壊神が左右からきつめのツッコミを入れて黙らせていた。

「まあ、あれは無視していいさ。私としてもテンマの異変にすぐ気がつけるというのは利点だとは思うが、このままにしておくと何が起こるかわからないというのならば、世界が壊れるかもしれないリスクは避けるべきだからな」

破壊神は魔法神の言いたいことも多少は理解できるが、同様に取り返しのつかなくなる可能性があるのなら避けるべきという理由から、多数派に回ったとのことだった……というか、魔法神以外が多数派なのだそうだ。

「テンマちゃんと会えなくなるのは残念だけどね……私たちのわがままで世界を危険にさらすのは、可能性であったとしても避けるべきなのよ」

「まあ、人族の寿命は約八〇年……テンマなら、あと一〇〇年くらいかね？　それくらいなら、あたしたちにとってはさして苦にするほどの時間ではないからね」

武神も魔法神とは違う意味で残念そうにしていたが、反対に生命の女神はあっけらかんとしていた。というか……俺、これから一〇〇年近くは生きられるのか……下手するというか、高確率で今度生まれてくる子供を看取ることになるのか……

俺の寿命に関してポロリとこぼしたのが、よりにもよって生命の女神だった為、俺はかなり落ち込んでしまったが……

「多分、テンマはそこまで寿命は長くはないと思う。テンマの肉体を作った時に参考にしたのは前世の肉体だったから、いくら強化したとはいえ、元の肉体の倍以上にはなっていないはず」

と死神が言ってくれたので、ひとまずは安心した……が、

「って、前世の俺の寿命は六〇くらいしかなかったのか⁉」

今度は違う意味で驚く情報が出てきてしまった。

「前世のテンマは、運の値がかなり低かったから……それが肉体にも影響していた。どんまい」

まあ、所詮は前世での寿命の話だから、今の俺には関係ないと割り切るしかないけれど……それでも、自分の寿命の話をするのは少し変な気持ちになってしまう。

「そういうわけだからテンマ君の寿命は、生命の女神が言うほど長くはないと思うよ。生まれ変わる際に肉体を強化した分や、魔力で延びた分を足したとしても、平均的な人の寿命よりは長いけれど、少なくとも人の範疇から大きく外れるほどではないはずだよ。それに、転生者の子供は親の影響で寿命が長くなる傾向があるから、病気や事故がなければ順番通りになると思うよ」

いくら生命の女神とはいえ、正確な寿命がわかるわけではないらしい。

一応、大まかにどれくらいだとかは何となくわかるらしいが、それはあくまでも生命の女神の経験から来る勘でしかない上、生命の女神は割と大雑把な性格をしているので、同じように命に関わる役目を持つ死神の方が信頼できるそうだ。

「というか、さらりと戻ってきたな。創生神……」

思っていた通り、あれだけの威力で殴られたにもかかわらず創生神は何事もなく戻ってきて、

しっかりと自分の椅子を用意してから話の輪に加わってきた。

「テンマ君の能力値は人のレベルから大きく外れはするけど、肉体は人のままだから、よほどのことがない限り寿命は人の範疇から外れることはないよ」

よほどのこととは、肉体を細胞レベルで改造したり、薬物などで無理やり寿命を延ばしたりといったことらしい。それと、

「テンマ君に限ってはないと思うけど……あいつと同じように、リッチになっても寿命は延びるね」

などと洒落にならないことを創生神はさらっと言うが、他の神たちの気配は剣呑なものになっていた。それは、創生神に対してなのか、それとも俺の反応を見る為なのかはわからないが、もし神たちがその気になれば、亜神でしかない俺は塵も残さずに消されてしまう……だろうが、

「戻ってきて早々に、ふざけたことを言うんじゃない！」

「げふっ！」

「言っていいことと悪いことがあるだろ！」

「ぐへっ！」

「悪ふざけが過ぎるな」

「がふっ！」

「……ふんっ！」

「ぶひっ！」

『リッチ』と言う単語が出た瞬間に動き出した武神、破壊神、技能神、獣神の連続攻撃により、またしても創生神はどこかへ吹っ飛んでいった。今度の連続攻撃は、亜神となった俺でも耐えること

はできずに粉微塵になってしまうかもしれない。

今度こそはさしもの創生神でも戻ってくることはできないだろうと思ったのだが……先ほどと同じくらいの時間で、創生神は戻ってきたのだった。もっとも、さすがに受けたダメージは大きかったらしく、足取りはかなり怪しかったが。

その後はたわいもない話から、軽いものから割と重めの神たちの暴露話、それをきっかけに始まる乱闘騒ぎといったいつも以上に騒がしい時間が過ぎていった。

「そ、そろそろ、テンマ君を特別製の部屋に連れていかないと！」

調子に乗って余計なことを色々と言ってしまった為に、代わる代わる他の神たちにボコられていた創生神が、慌てた様子で叫んで俺のそばへとやってきた。

それは他の神たちから逃げる為の口実でもあっただろうが、実際に予定していた時間よりも長引いていたようで、他の神たちは俺を引っ張っていく創生神を捕まえようとはせずに黙っていた。そのことを確認した創生神は、俺の腕を引っ張りながらいつもの部屋を出て、突き当たりが見えないほどの長い廊下を歩き出した。

他の神たちは俺と創生神についてきたので、その特別製の部屋に着くまでの間に、俺は個別に別れの挨拶をすることができた。そして別れの挨拶が済んだ神から順に、歩みを止めない程度の威力で創生神を小突いている。

（こんな騒ぎも、しばらく見納めか……いや、死んだ後はずっと付き合うことになるんだから、定期的な休みが欲しいな）

などと考えていると急に創生神が止まったので、背中にぶつかりそうになってしまった。

「ここが例の特別製の部屋だよ。この部屋は一度入ると出られなくなっているから、テンマ君一人で入ってね。部屋に入ると中央にベッドがあるから、そこに横になれば次に目が覚めた時には元いた場所で横になっているよ」

そう言って創生神は部屋のドアを開けたが、外から見た限りでは中央にベッドが一つあるだけの殺風景な部屋だった。特に変わった所は見当たらないが、創生神以外の神たちの様子からすると、ここが特別製だという部屋で間違いないようだ。

「それじゃあ……って、躊躇せずにあっさりと入ったね」

この部屋がそうだというのでとりあえず入ってみたが、入ってみても普通の部屋と変わりがないように思えた。ただ、

「本当に出られないんだな」

試しに一度外に出てみようとしたが、ドアは開いたままなのにまるで見えない壁のようなものに阻まれて、指の先すら部屋の外へと出すことができなかった。

「このドアを閉めたら声すらも届かなくなるけど、何か訊いておくことはない？」

「特には……ああ、そうだ。ナミタロウはどうなるんだ？」

「ナミタロウは前世でも神格を持っていたから、これまで通りの付き合いをしても大丈夫だとは思うんだけど、念を入れてテンマ君が死ぬまでは会わないようにしておこうってことになったよ」

俺のせいで、ナミタロウにも迷惑をかけたな……と思ったら、

「あいつ、『その間はわいがテンマを独り占めやな！』……とか言っていたから、次に会う時は覚えとけ！　……って伝えといてね」

特に気にしてはいないようなので、安心して会うことができそうだ。

「それじゃあ、テンマ君。また会う時まで、良い人生を」

「ああ……皆、この世界で生きる機会をくれて、ありがとうな」

そう言うと俺は、すぐにドアを閉めた。あれ以上神たちの顔を見ていると、間違いなく泣いてしまっていただろう。もっとも、創生神と武神の号泣をはじめ、他にも泣きそうになっていた神がいたから恥ずかしい状況にはならなかっただろうけど。

とりあえず他にやることもないのですぐにベッドに横になってみたものの、気持ちが高ぶっているのでしばらくは眠れないだろうなと思いながら目を瞑(つむ)ってみると……

次に目を開けた瞬間には、俺が作った岩の壁が目の前にあった。

「まじか……」

寝る前に感じていた眠気やだるさがきれいさっぱり消えていたので安全地帯から出てみると、ちょうど朝日が昇るところだった。

感覚的には、あの特別製の部屋で寝ようと思ってから一度瞬きをしたくらいの時間しか経っていない。創生神の話では、誤差は長くても一日程度とのことだったがそれは神たちで試した結果なので、俺だとどうなるのかはっきりわからないはずだ。もしかすると、俺の時だけ大幅に狂う可能性もあったわけだし。

とりあえず周辺の状況の変化からは、こちらの世界で寝てから少なくとも半日くらいは経っており、最悪の場合だと数日経過しているかもしれないので、急いでセイゲンに向かわないといけない。

幸い、神たちの所で数年分の時間を寝ていたおかげか、体調は回復している。それに、亜神となってあの女と戦った時よりは力が弱くなっているようだが、亜神となる前と比べるとかなり強くなっているみたいだ。それこそ、今ならあの女とやり合う前に戦ったリッチを相手にしても、余裕で勝てそうなほどだ。

（これだったら、思ったよりも早くセイゲンに着きそうだな）

軽く動いて体の状態を確かめた俺は、改めてセイゲンの方へ向かって飛んだ。

亜神になる前と同じような感覚で飛んだが、明らかに飛ぶ速度が違った。具体的に言うと、亜神になる前の倍近い速度が出ている。

さすがに亜神の時のような速度は出なかったが、それでも三時間ほどでセイゲンの近くまで来ることができた。

ここまで来る間、見つけたゾンビは全て魔法で倒してきたが、大きな群れというほど集まっているゾンビはおらず、多くてもせいぜい四～五体といった群れを二つ三つ見つけたくらいだった。

ここまでの道中で、あれだけいたゾンビをあまり見かけなくなったのは、おそらく女が『大老の森』方面のゾンビを片っ端から吸収したおかげでもあるのだろう。

あとはセイゲンの中に敵がどれだけいるかというところだが、ワイバーンは女との戦いの中でついでに倒していたし、何より女の自爆攻撃に巻き込まれているので全部いなくなっているだろう。スケルトンや腐肉のゴーレムにしても、あいつらの行進速度だとダンジョンの最下層から地上に出てくるまでは何十年もかかるはずだ。他にもどこからか集まってきていた魔物やゾンビがいたが、シロウマルの両親が倒して回っていたし、こいつらも女の自爆攻撃に巻き込まれているはずなので、生き残っていたとしてもかなり数は減っているだろう。

もし残っていたとしても、その中で危険度が一番高そうなのはオーガくらいなので、よほどの数がいなければセイゲンの残存兵力でも対応可能なはずだ。もし厳しかったとしても、王都がどうなっているのかわからない状況なので、自分たちだけで何とか粘ってほしい。

そう思いながらセイゲンに乗り込んだが……すでに戦闘行為は終わっているようで、生き残った冒険者を中心に、魔物の解体が始まっていた。中にはかなりの大怪我を負っている冒険者や一般人も交じっていたので、早い者勝ちになっているのかもしれない。

そんな感じで、戦争中とは思えないある種の活気が満ちている街中を飛んでじいちゃんたちと別れた場所を目指していると……何故か素材が山積みにされているのが見えた。しかもその山は二つもある。

「あそこにいるのはじいちゃんたち……と、ガンツ親方にギルド長？」

じいちゃんたちは何やら真剣な表情で話しているが、その間にもガンツ親方の弟子たちによって魔物の素材が積まれている。よく見てみると、何故か冒険者が列をなして親方の弟子たちに素材を渡していた。

「じいちゃん！」

余裕があるのなら、今ここでこの状況を説明してほしいところだが、そんな暇はないので後回しにしていいだろう。

「わしらの準備はできておる！　悪いがテンマ、運んでもらうぞ！」

それはじいちゃんもわかっているようで、じいちゃんはそう言うとすぐにディメンションバッグの中に入っていった。

俺はじいちゃんたちが入ったディメンションバッグを掴むと、今度は王都を目指して全力で飛んだ。そんな俺を見ていた親方たちや何人かの冒険者が手を振っていたので、まだ王国は戦争中とはいえ、セイゲンでの戦争行為はほぼ終わったというところなのだろう。

「じいちゃん、王都が見えた！　王都が戦場になっていないようには見えるけど、このままの速度で屋敷まで突っ込む！」

王都まではおよそ半日で到着した。もしも途中で休憩しなかったら（休憩とはいっても、代わりにシロウマルが走ったりしたが）もう少し早かったかもしれないが、王都に着いてそのまま戦闘に入るということも考えられるので、話し合う必要があったのだ。

その話し合いの中で、女を確実に倒したこと（亜神や神たちに関係することはごまかした）やじいちゃんたちの怪我の状態（じいちゃんとジンの怪我はほぼ完全に治っているが、ディンさんの目は少し視力が落ちているそうだ）を確認し、王都で戦闘になった場合の動き方を決めた。その後でセイゲンで見た素材の山の話も聞いたのだが……あれはオオトリ家と王家に渡される予定のものだそうだ。

セイゲンは王家の直轄地となっているので、王家に倒した魔物の数に応じた量の素材を引き渡さないといけないというのはわかるが、何故オオトリ家の分もあったのかというと、セイゲンに転がっている魔物の死体は俺が女と戦っている時についでに倒されたり、シロウマルの両親たちが倒したりした（俺と一緒に飛び出してきたので、俺の眷属扱いとするそうだ）ものが大半であり、それ以外に関してもじいちゃんたちや俺のゴーレムが倒した魔物が多くいたらしく、ギルドとしてはオオトリ家の取り分を無視することはできないとのことからだった。ついでに言うと、あんな化け物と互角以上の戦いをしていた俺が倒した素材をネコババして、もし報復でもされたら目も当てられないという考えもあるそうだ（ちなみに、俺は報復する気はないのだが、冒険者の間では自分の倒した獲物をネコババされたからと報復することはよくあることで、その場合は基本的にネコババした方が悪いとされることも関係している）。

ならば、何故一般人と思われる者まで解体作業をしていたのかというと、解体した魔物の一部を納めれば残りは持っていっていいということにしたらしい。こうすることで、街中に溢れている魔物の死体が腐ることが原因で起きる疫病を防止すると同時に、被害に遭った人たちを少しでも救済する目的があるそうだ。

そしてガンツ親方の弟子たちに素材を渡していたのは、納める為の素材を持ってきていた冒険者だったらしい。冒険者に対しては、そのほとんどがセイゲンで活動している者たちだったそうなので、『誰がどれだけ素材を持ってきた』というのをギルド職員が記録しているとのことだ。

かなり大雑把なやり方なので不正はやりたい放題になるだろうが、そこはあえて目を瞑るらしい。ただ、あまりやりすぎるとどこかでボロが出るだろうし、何より近くで作業している他の冒険者たちが気づかないはずがない。それは一般人に対しても同じことだ。なので、あまりにも目に余るようならば口を出すつもりらしいが、今回はこんな状況なのである程度は見逃すということでギルド側とは話をつけているそうだ。

あと、今回オオトリ家が得る素材に関しては、一度王家に話を通した後で、セイゲンに寄付するということになっているとのことだった。

そのことを勝手に決めたとじいちゃんは俺に謝っていたが、あの状況でオオトリ家が素材を持っていけば、こちらに非はなくても悪感情を抱く者はいるだろうし、俺は元々倒した魔物の素材のことは考えていなかったので、じいちゃんの決定は俺としても納得のいくものだった……が、さり気なくワイバーンの素材だけは王家のものとして、絶対に回収するようにさせているあたりはさすがと言うべきだろう。

王都に突入してすぐに、通ってきた場所が一度も戦場になっていないことがわかったので安心したが……屋敷が見えてきた所で、その光景に違和感を覚えた。庭がごつい奴らで溢れているのだ。

まあ、すぐに南部の兵だと気がついたが、南部の兵にしては数が少ないし、怪我人が多いのも気になった。それに、何故か南部の兵だけでなく、避難している知り合いたちの間にも変な緊張感が走っていることも。

もしかすると、いつ戦闘が再開するかわからない南部の兵たちに釣られて気が張っているのかもしれないと思いながら屋敷の庭に下り立つと……空から庭に下りた俺に最初は皆身構え、それが誰だか気がつくと一斉に寄ってきた。しかし、

「テンマ！」

皆をかき分けるようにしてハナさんが近づいてきて……俺を担ぎ上げた。そのはずみでディメンションバッグが飛ばされて、中から出てこようとしていたじいちゃんが地面に転がった。

「ちょ！　ハナさん⁉」

ハナさんの意味不明な行動に抗議しようとした俺だったが、

「テンマ、プリメラが産気づいた！　すぐに行くよ！」

と言われたので驚いて黙っていると、俺はそのままハナさんによって屋敷の中に運ばれたのだった。

第一〇幕

「「ふぅ～……ぅ～ん……」」

「テンマ、うるさい」

「マーリン様、落ち着いてください」

プリメラが頑張っている部屋の前で俺はアムールに怒られ、じいちゃんはハナさんに注意されていた。

ハナさんにプリメラが産気づいていると言われてこの部屋まで連れてこられたのだが、中に入ろうとしたところ産婆さんに「汚れた格好で入ってくるな！」と追い払われ、そのまま風呂場へと直行することになった。

そして、手早く身ぎれいにした（何故かハナさんに連れていかれ、風呂に投げ込まれた）後で、再度この部屋へと戻ってきたのだが、今のところ人手は足りていると産婆さんに入室を断られ、俺と同じように風呂に入ってきたじいちゃんたちと合流してこの場で待っていたのだが、どうしても落ち着くことができず、じいちゃんと部屋の前の廊下をうろうろしていたところだったのだ。

ちなみに、ジンは極度の疲労から空き部屋で泥のように眠っており、ディンさんは俺の代わりに王城へ報告に向かってくれた。

「テンマ様、プリメラ様に何か異変があれば、部屋の中がもっと慌ただしくなるはずです。その様子がないということは、順調ということでしょう。それに、何か手伝いが必要ならば声をかけると言われていますから、今は大人しく待ちましょう。その間に、情報交換をしておいた方が良いと思われます」

「それもそうか……ところで、ハナさんとアムールは、いつ王都に来たんですか？」

アイナに言われてやることに気がついた俺は、先ほどよりも少し落ち着くことができた。そうすると、何故ここにハナさんとアムールがいるのかという疑問が湧いた。すると、

「テンマ……今更それを言う？」

アムールに呆れられた。ハナさんも、口には出さなかったが、アムールと同じように呆れているみたいだ。

「私たちは、今日の昼前には王都に到着していたわよ」

「到着ついでに、王都の西側に入り込んでいた反乱軍を蹴散らしてきた！」

「どういうことだ？　反乱軍に侵入されていたのか？」

アムールの説明を聞いた俺は、王都の西側に反乱軍が侵入し、それを南部子爵軍が追い払ったと思ったのだが、実際には少し違うそうだ。

「私も終わってから聞いたのだけど、西の門を突破されたのは事実らしいけど、侵入されたというほどじゃないみたいよ。何でも、ジャンヌたちが侵入者を力ずくで追い出したんですって。私たちはちょうどそのすぐ後に戦場に到着し、反乱軍に横から襲いかかった感じね。三万くらいいたらしいけど、油断しまくっていたから楽に蹴散らすことができたわ」

などと、ハナさんは笑っていたが……

「ジャンヌが力ずくで追い払った？　……ジャンヌ！　ちょっと詳しい説明をしてくれ！」

俺たちから少し離れた所で、アイナの手伝いをしていたジャンヌを見つけて呼び寄せると、アムールが「それはもう、ジャンヌが敵を千切っては投げ、千切っては投げの大活躍だった！」などと笑っていたが、寄ってきたジャンヌは慌てながら否定していた。

ジャンヌの説明によると、屋敷で待機していると西側の偵察に行っていたテッドが慌てた様子で、西の方から反乱軍が現れて、警備隊とぶつかりそうだと知らせに戻ってきたらしい。しかも間の悪いことに、その少し前に北側の方で反乱軍との戦闘が始まったせいで、他の場所から援軍を送るのが遅れそうだということだった。

確実に北側は反乱軍の陽動で本命は西側なのだろうが、警備隊の戦力では防ぐことは難しいはずだ。そこでプリメラが、オオトリ家で確保していたゴーレムを西側に送ることを決めて、ジャンヌがプリメラの代わりにオオトリ家代表として向かうことになったそうだ。

何故ジャンヌだったのかというと、オオトリ家では命令系統のトップが俺、二番目がじいちゃんかプリメラで、その二人に続くのが俺の奴隷であるジャンヌとアウラになる為、動ける状態にある中でトップのジャンヌが代表になることになったそうだ。

ちなみに、その流れで東側の話も出て、赤い古代龍が現れたりそれをベヒモスが撃退したり、ナミタロウが古代龍に変身したりといった話を聞かされたのだが……色々と頭の痛くなる話だったので、相槌(あいづち)は打ったものの話半分くらいの感じで流し気味に聞いておいた。

その話をしている時に、ジャンヌは戦闘でサソリ型ゴーレムが壊れてしまったことを謝っていたが、こういった時の為のゴーレムなので気にしないようにと言っておいた。そのおかげで、東側の防衛に成功したわけなのだし。

「それで、プリメラさんに言われて西に向かうことになったのだけど、ソロモンは怪我で動けないから、移動しながら馬を探そうってなりかけた時に、ケリーさんが「こいつの方が速いから」ってジュウベエを連れてきたの」

ご丁寧に、以前ジュウベエに付けたことのある馬車の接続部を改良していたらしく、そのおかげですぐに西門の方へ到着できたそうだ。ちなみに、ジャンヌに同行したのはアウラにケリー、それとマークおじさんだったそうで、その四人にゴーレムを加えて、即席ではあるものの援軍としての体裁を整えたらしい。

「ジュウベエが頑張ってくれたおかげで、思っていたよりも早く西側の門の近くまで行けたのだけど……ちょうど門が見えてきた時に破られて、反乱軍が侵入してきていたの。それを見たジュウベエが急加速して……」

どうやらジュウベエは、異様な雰囲気の王都を移動しているうちに興奮してしまったようで、敵の姿を見て抑えが利かなくなってしまったらしい。そのままでは馬車（牛車）が横転してしまう可能性が高かった為、前に乗っていたケリーが急いで接続部分を壊して難を逃れたそうだ。

反乱軍は門の通用口を完全に制圧しようと固まっていたところを、威力だけならBランク以上の魔物にも通用するジュウベエの突進をもろに食らい、その直撃を受けたほとんどが戦闘不能に陥ってしまったそうだ。そこにジャンヌたちがゴーレムを出して門の守りを固めた為、反乱軍が王都に侵入できたのはほんの一瞬のことだったらしい。

そんなジュウベエの突進とゴーレムの登場で勢いを止められた反乱軍に、ハナさんたち南部子爵軍が横から突撃したそうだ。その先頭にいたのはハナさんとアムール、そして多少壊れて万全の状態ではなかったものの、まだ桁違いの戦闘能力を持っていたライデンだったらしく、それだけで反乱軍は形勢を一気にひっくり返されたとのことだった。そしてとどめに、ジャンヌがミノタウロス型ゴーレムを出したことで敵は完全に戦意を失い、続くアウラのサソリ型ゴーレムの登場で一気に逃げ出したのだそうだ。

ミノタウロス型は、頑丈で力は騎士型を上回るがその分動きは遅く、おまけにバランスを崩しやすいので、人のような小さくて動く的を狙うのには向いていないはずだが……と思っていたら、何とミノタウロス型は、ほぼ動かずに相手の戦意を奪うという戦績を挙げたらしい。

何でも、ミノタウロス型を出す前にケリーが移動中に作ったという巨大なハンマー……のように見えるものを杖（つえ）のようにして立っていただけで、勝手に相手がびびったとのことだった。ちなみに、ケリーが作ったのは丸太の先に数枚の分厚い木の板を釘で打ちつけただけの代物だそうで、とてもではないがハンマーと呼べるようなものではなかったらしく、実際には武器と間違えられたらいいな程度の、ミノタウロス型に見合う大きさの杖なのだそうだ。ただ、それでもそれなりに重量はあるので、いざという時は振り回すだけでも、人間相手なら十分凶器となっただろう。

「こう言ったら不謹慎かもしれないけど、門をくぐる時にミノタウロス型ゴーレムは大きすぎて門を歩いて通れなかったから、ハイハイみたいな格好で通ったんだけど……思わず笑ってしまいそうになっちゃった」

ジャンヌは気まずそうにそんなことを言ったが、実際に俺もそんな光景を見たら笑ってしまうかもしれない。

「まあ、何だ。つまりアムールが『ジャンヌが力ずくで追い払った』っていうのは、正確には

『ジャンヌが連れてきたジュウベエとゴーレムが力ずくで追い払った』ということか」

「まあ、そんなことだろうと思った」と言うと、アムールはニヤつきながら、

「言葉が足りないだけで、間違ったことは言っていない。むしろ、連れてきたジャンヌの手柄でもあるから、言葉が足りなくても正しいとも言える」

などと言っていた。確かに報告書などではわざと言葉を抜いて報告することもあるので、アムールの言うことも間違いではないだろう。

「まあ、細かい所はいいけど、ブランカとか他の南部子爵軍はどこにいるんだ？　西門のあたりか？」

ジャンヌが「細かくはない！」とか言っていたけれど、話が進まなくなるのでひとまず無視しておいて、他に気になったことを訊いてみると、

「他の人たちは、逃げる反乱軍を追いかけていったわよ。今頃反乱軍は、うちの人とブランカたちに蹂躙されているんじゃないかしら？　何せ、赤い龍王を倒してテンションが馬鹿みたいに上がっているところに、ちょっと危ない薬を服用して抑えが利かなくなっているのが多かったからね」

また面倒臭そうな単語が出てきたが、それ以上に服用した薬というのが気になった。

「ああ、薬といっても、とても強いお酒みたいなものよ。たくさん服用すれば危険ではあるけれど、少量なら痛み止めとして使われるくらい、南部では知られているものね。まあ、たまに馬鹿が調子に乗って使いすぎて中毒症状を起こすけれど……今回は使う量を事前に決めた上に、皆で量を確認してから飲んだから、危ないことにはなっていないわよ。まあ、私とアムールは使っていないけどね」

「飲酒運転、ダメ、絶対！」

アムールとハナさんも、他の人たちと同じく怪我の痛みはあったそうだが、移動手段が戦車を装着させたライデンだった為、安全第一で使用しなかったそうだ。

「ライデンの修理もなるべく早いうちにしないといけないな」

今はディメンションバッグの中に入っているライデンも、かなり破損が激しいのでさすがに大人しくしていた。だが、バッグを覗(のぞ)き込んだ俺に気がつくと、「早く直せ！」と言わんばかりに鋭い視線を向けていたので、怒って暴れる前に修理しないといけないだろう。

そんな感じで情報交換（あまり俺の方の話はできなかったが）をして、ハナさんに余裕ができたら南部子爵軍が倒した赤い龍王の回収の為に、いくつかのディメンションやマジックバッグ、それに人員代わりのゴーレムを貸してほしいと頼まれたのでそれを了承したところ、

「テンマ様、中の気配が変わりました！　いよいよかもしれません！」

ドアのすぐ前で待機していたアイナがそう叫ぶと……

「生まれた？」

部屋の中から微(かす)かに赤子の泣き声が聞こえ、すぐに騒がしくなった。

「生まれたか！」

「よっしゃ――――！」

呆然とする俺を他所(よそ)に、じいちゃんとアムールが大声を出して騒いでいたが……

「お待ちください！　何か様子が変です！」

すぐにアイナが待ったをかけ、二人を大人しくさせた。

確かに子供が生まれたのなら、中から誰かが出てきて様子を知らせてもよさそうなものだが、部屋の中は泣き声の後の騒がしさのまま……いや、それに驚きの声のようなものが混じって聞こえてくるだけだ。

そして、最初の泣き声からしばらくして、

「双子だったのか？」

泣き声がもう一つ増えた。

二人目の泣き声のすぐ後に、中の産婆さんから入室の許可が出たので入ろうとすると、

「旦那さん以外は少し待っときな！」

と一緒に入ろうとしたじいちゃんとアムールは入室を拒否された。そのことに対して抗議する二人だったが、プリメラの衣服が乱れているのに、旦那（おれ）以外の人を中に入れられるか！　と一喝されてしまい、大人しく従っていた。

「ありがとう、プリメラ。お疲れ様」

プリメラのそばに寄り、声を変えると同時に回復魔法を使った。それにより出産の痛みはかなり楽になったみたいだが疲れはあまり取れていないようで、自力で体を起こすのは難しそうだった。

「テンマさんも、お疲れ様でした。必ず勝って戻ってくると信じていました」

そう言って笑うプリメラの下に、産婆さんが産湯を終えた双子を連れてきた。

「おめでとうございます旦那様、奥様。可愛い男女の双子です」

そう言うと産婆さんは、女の子をプリメラに抱かせ、男の子を俺に抱かせてきたが……俺とプリメラはこんな小さな赤子を抱くのは初めてだったので、おっかなびっくりといった感じで、産婆さ

んから説明を受けながら我が子を抱いた。

「小さいな」

「小さいですね」

こんな大きさで大丈夫かと思うくらいだが、産婆さんに言わせると双子ということで平均より少し小さいように思えるが、大体これくらいの大きさらしい。

その後、プリメラが衣服を整えてから中に入ることを許されたじいちゃんがひ孫となる双子を抱き、続いてジャンヌたちとハナさんが抱き上げたが……それ以上は赤子の負担が大きいということで、今日の抱っこの時間は終わりとなり、マークおじさんたちは明日以降に持ち越しとなった。そして、持ち越しが決定したタイミングで、ディンさんが王城から客を連れて戻ってきた。

「テンマさん！」

「ティーダ、王城を離れて大丈夫なのか？」

「はい！　東側の敵は王族派と中立派が奮闘し、ベヒモスとナミタロウにより壊滅、南に回った赤い龍王は南部子爵軍が撃破し、北側は未だに戦闘中ではあるものの、西側に現れた反乱軍が敗走しましたので鎮圧は時間の問題です。そして何よりも、テンマさんがゾンビどもの親玉を討ち取っています。この戦争、我々の勝利が確定したと言っていい状況です！」

確かにティーダの言う通り、王都周辺のゾンビどもがほぼいなくなった以上、あとは反乱軍の本体ともいえるダラーム元公爵軍を壊滅させればいいだけだ。戦争がいつまで続くかは帝国側の状況次第だが、あれだけのゾンビが王国で倒されているのだ。帝国内に残っているゾンビはそこまで多くはないだろうし、おそらくあの女は帝国の兵士だけでなく多くの国民もゾンビに変えていただろ

う。そうだとすれば、帝国という存在はすでに崩壊してこの世にない、もしくは帝国と名乗れるほどの規模ではなくなっているはずだ。

それに、まだ帝国内に王国に対する敵対勢力といえるものが残っていたとしても、あとは攻め入るだけなのでこれまでのように後手に回った戦いになることはない。

「仮に反乱軍が粘ったとしても、俺が上空から消し去ればいいだけか」

「いえ、そこまでしなくても……」

俺が動く状況はあまり好ましくないのか、ティーダからはそれは勘弁してくれとでもいうような雰囲気が漂ってきた。

「それよりも、お子さんが生まれたと聞きました。おめでとうございます！」

話題の逸らし方が少し強引な気もするが、その言葉は本心からのものだとわかった。

「ああ、ありがとう。男と女の双子だったよ」

と言うと、

「双子ですか！　ますますおめでたいことですが……あの、テンマさん、気を悪くせずに聞いてください」

と、ティーダはとても言いにくそうな顔をしながら、

「貴族の間では、最初に生まれた子供が双子というのは縁起が悪いと忌み嫌う者が少数ですが存在します。もちろん、僕はそんなことひとかけらも思っていませんし、それはおじい様をはじめとする王家の全員も同じ考えです。ただ、古い考えで凝り固まっている者の中には、過去に双子が原因で家が割れたり没落したりといった事例を持ち出すことがあります」

と言った。

正直に言えばいい気はしないが、話している様子からティーダはそういった考えを持っていないというのはわかる。それに、前世でも双子は不吉だという考え方があったというのは聞いたことがあるので、一応知識としては知っている。

「まあ、そう言い出す馬鹿はいるだろうな。今回の戦争で、オオトリ家は目立ちすぎたし、嫉妬する連中の中には、少しでも俺を貶めて憂さを晴らしたいという奴が現れても不思議ではないな……その結果がどうなるかは、俺でもわからないけどな」

ただ、そんな考えを持つ奴とは絶対に相いれないと思えるので、自分でもその対処にどう動くかはその時になってみないとわからない。最悪、そいつとその同類たちと戦争になったとしても構わない。

「関係のない者たちを巻き込まない限りは、王家としては個人間の争いということで様子を見るとは思いますが……立場上、王家として仲裁に動くことにはなるかもしれませんが、決して王家が双子のことに関して悪意を持っているわけではないということだけは知っておいてください」

ティーダ……というか、王家は俺の子が双子だというのを知らずに来たはずなので、今のはティーダ自身の考えなのだろうが、王様やマリア様たちの人柄からすれば、ティーダの言うことに間違いはないだろう。

「王家の意向についてはわかったが……それで止まるかどうかはその時次第だぞ?」

「ええ、血統というのは本来第三者がどうのこうのと口出すようなものではありませんから、王家の考えを知ってもらっているだけで構いません。そもそも、相手の血統に難癖をつけるということは、敗北すれば最悪族滅すらあり得るとわかった上で喧嘩を売っていると思われますので、よほど有用なところでない限りは、全て自己責任で構わないと僕は思いますけどね」

なかなか苛烈なことを言っているが、ほとんど俺と同じ考えなので安心した。それに、もし実際にそうなった場合、陰で言っているならともかく俺の聞こえる所で言うということは、頭の中か人間性に重大な問題があるとも言えるので、早いうちに排除しておいた方がいいとか思っているのかもしれない。しかし、どうやらティーダは完全にシーザー様似のようだ。初めて会った頃と比べれば、格段に王族らしくなったと言えるだろう。この様子なら、うちの子の世代も安泰だ。

「それで本題ですが、正式に王国の勝利を宣言した後で、主だった者たちの論功行賞が行われます。その第一功は、断トツでテンマさんです」

「自分で言うのも何だけど、まあ当然といえば当然だな」

戦争中は敵の首魁を討ち取り、戦争前には防衛拠点の基礎を構築し、俺が所有しているゴーレムを戦力として王家や辺境伯家に配っているのだ。全体的に見て、オオトリ家を上回る貢献をした所は見当たらないだろう。そうなると、第二項はハウスト辺境伯か、サンガ公爵家とサモンス侯爵家を合わせた三家、もしくは南部子爵家だろう。

「そして、第二功はベヒモスとナミタロウ、第三功がハウスト辺境伯家とサンガ公爵家とサモンス侯爵家の連合軍、第四功が南部子爵家、第五功が……テンマさん以外のオオトリ家です」

「はい？」

少し、おかしいのが交じっていた。まあ、第二功に関しては、おかしいといえばおかしいのだが、外部からの援軍という扱いにし、赤い古代龍と緑色の龍を倒したのだから当然とも言える。だが、俺以外のオオトリ家というのは少しおかしい気がする。そんな不自然なことをするよりも、俺と合わせてオオトリ家を第一功とすればわかりやすく、報酬の話もやりやすいはずだ。

「テンマさんの疑問もわかります。ただこれは、戦功を挙げた順に当てはめた時の話なので最終的には、第一功はオオトリ家、第二功は三家の連合軍、第三功は南部子爵家、第四功は王都の東側で戦った中立派の連合軍といった感じになります」

　第五功以下は上と違い明確な差があるわけではないので、王城の上層部で資料を基に話し合うとのことだ。まあ、もろもろの事情から、北の公爵家になるだろうとのことだったが……北側に現れた反乱軍の一部を防いだとのことなので、妥当なところではあるだろう。

「これほどの規模の戦争は、王国どころか大陸の歴史上でも初めてのことなので、オオトリ家の名が三つも残ることは、その……王家としては、色々と都合が悪くて……ですね……申し訳ありません」

　まあ、そんなところだろうとは思うけど、ナミタロウはともかくとして、何故ナミタロウの連れてきたベヒモスまでもオオトリ家の一員扱いになるのかと思っていると、ティーダは俺の疑問に気づいたようで、それについても答えてくれた。

　何でも、ナミタロウは初めて出た武闘大会のおかげで、世間では俺の眷属扱いとなっており、そのナミタロウが連れてきたベヒモスは、すなわちオオトリ家の連れてきた援軍となるそうだ。もっと言うと、そもそも俺がいなければナミタロウとベヒモスの参戦はあり得なかったので、オオトリ家の関係者であるとしか報告書には書けないそうだ。それと、ベヒモスを第二功とすると、王族派の誰かがベヒモスと褒美について交渉しなければならず、絶対に誰が行くかで大揉めしそうなので、そういったこともあってオオトリ家としてまとめたいらしい。

「まあ、それは仕方がないと言えばそれまでか。どの道、ボンのことで一度はベヒモスに会う予定だったたし構わない。ただ、一応希望を訊いてみるから、それがわかったらオオトリ家の分とは別に用意してくれよ」

「ええ、よろしくお願いします。それとですね、とても言いにくいことなのですが……テンマさん、貴族になってもらえませんか？」

「えっ⁉　嫌だぞ」

予想外のお願いに反射的に断ってしまったが、断られたティーダは頭を抱えてテーブルに突っ伏してしまった。

「貴族云々は報酬の話なんだろうが、俺が貴族に興味がないのは前から知っているだろ？　そもそも貴族になるつもりがあるのなら、それこそ昔王様をククリ村の近くで助けた時とか、ドラゴンゾンビのこととか、武闘大会で優勝した時とか色々と機会はあったわけだし」

他にも、地龍を倒したとか王族に売ったゴーレムの代金の代わりとか、セイゲンのダンジョンを攻略してさらにその下にあった別のダンジョンを発見したとか、機会だけなら両手の指で数えるくらいにあったのだ。そう考えると貴族になっていない方がおかしいのかもしれないと思えるが……ともかく、貴族になるならないは今更の話だ。

「そうなんですけど……テンマさんにその話を断られると、王家としても色々と大変なことになりそうで……」

何が大変なのかというと、そもそも王家が平民に直接爵位を授けるというのは、普通ならこれ以上ないくらいの褒賞であり、間違っても断ることはできない強制的な褒美でもあるはずなのに、それを断られると王族としてのメンツが立たないそうだ。まあ、オオトリ家はじいちゃんから三代続けてお断りしているので、貴族になることよりも王家と近しい特別な立場であることを選んだ家系なのだと、これまでは事あるごとに言い広めてきたらしいが、今回はそうもいかないそうだ。

これまでのオオトリ家の功績は、そのほとんどが個人的なものか冒険者活動の中でのものと言えるのだが、今回は王国の存亡がかかっていたような超が付くほどの大規模な事件の中で得たものであり、王家として出せる最大のものを俺に与えなければ、俺の下に位置付けられた功績を挙げた者たちの褒美まで下げなければならなくなり、そのせいでようやく戦争の終わりが見えてきたばかりだというのに、今度は別の種類の争いが新たに起こる可能性が出てくるらしい。

それに、俺にとっては爵位などどうでもいいと思えるものでも、それを得ることが最大の喜びだという者もいるし（というか、世間一般の常識としてはそれが普通）、俺が拒否することで自分たちの存在を貶（けな）されたと考える者も出てくるだろうとのことだ。

たとえ本当にそういった奴らが出てきたとしても、オオトリ家だけなら逃げることもできるが王家はそうもいかないし、続けての争いとなれば、被害に遭うのは力を持たない者たちからとなってしまうだろうというのが王様をはじめとした首脳陣の考えだそうだ。

なので王家としては、オオトリ家が爵位を受けてくれることが一番手っ取り早くて確実にそれらを回避することができると考えているとのことだった。まあ、今はまだティーダ一個人としての考えということにはなっているみたいだけど。

「一応訊くけど、俺がその褒美を受けた場合、どの爵位が与えられるんだ？」

「今の段階では、テンマさんに与えられるのは伯爵になると思います。しかし伯爵位だと、これまでと今回のテンマさんの功績に全く見合うものではないので、それ以上の爵位……辺境伯か侯爵の位の話が出ると思うのですが、辺境伯以上だと領地が必要になりますし、侯爵はその……テンマさんの血筋のこともありますので……」

辺境伯というくらいだから、領地を与えられるとしても中央から遠く離れた場所に行かなければならないだろう。そして侯爵といえば、上から数えて二番目（大公を除いた場合）の地位となる大貴族なので、ティーダは言いにくそうにしていたが、本人の血統というものがとても大事になってくるのだろう。俺は一応元貴族である両親の養子なので、伯爵（力が重要な要素となる辺境伯もギリいけるかもしれない）なら問題はないだろうが、父さんと母さんの実家は貴族としては下位の部類に入るし、肝心の俺自身の出自は全くわからない（わかるわけがない）ので、侯爵の話は出るだけ出て即却下されるだろうとのことだ。

「テンマさんが独身であったなら大叔父様の養子に入るなりして、形だけでもルナと婚約すれば侯爵でも大丈夫だと思いますが……すみません、そういう方法もあったというだけで、他意は全くありません」

それをやるとなると、形だけでもプリメラと離婚しろということになるので、知らないうちに目つきが鋭くなっていたようだ。まあ、実際にその方法ならやってやれないこともないだろうが、それはそれで大勢の貴族から反対意見が出るだろう。

「ですので、もしテンマさんが爵位を受けるとなると、伯爵か領地を与えられて辺境伯、もしくは一時的にテンマさんに伯爵位を与えて、将来的に今日生まれた子供のどちらかに辺境伯か侯爵の位を与えるという確約がされると思います」

うん、とっても面倒な話だ。どのような形になるとしても、その全てが面倒なことになる可能性が高く、今ここで俺個人が決めていい話ではない。

「ティーダ、悪いけど、褒美を受ける受けないの話は俺だけで決められるものじゃないから、家族で話し合う時間をもらってもいいか？」

「それは当然のことです。今ここで決めろというつもりは全くありません。ただ、答えを出すのはできるだけ早くしてもらえると、我々としても助かります。そうですね……おそらくですが、おじい様はダラーム公……反乱軍の首魁であるダラームを捕縛、もしくは討伐の確認ができ次第、王国の勝利宣言をすると思います。それから論功行賞の準備に入ると思いますので、引き延ばせても論功行賞は勝利宣言から一週間といったところになると思います」

期限はダラーム次第ということになるが、下手をすると南部子爵軍によってすでに捕縛もしくは討伐されている可能性もあるし、実際に一週間も引き延ばせるかは不明なので、話し合う時間は思っているよりも少ないと考えた方がいいだろう。そうなると、プリメラの体調が不安である。

「とりあえず、早いうちに答えを出すようにするから、王様たちにはそう伝えてくれ。あと、話し合いには、なるべくティーダも参加してくれよ」

「え？」

「王様が俺の所にティーダを送り出したということは、オオトリ家との交渉の窓口はティーダということだろう？　なら、褒美の細かな条件とかもあるし、窓口であるティーダにはオオトリ家の話し合いに参加してもらわないと、王家とオオトリ家の間で行き違いが出たら大変だからな」

ティーダとしても、戦争の終わりが見えてきたことで色々と忙しくなるだろうが、それはそれとしてこちらの話し合いに参加してもらわないと、俺たちだけで決めていい範疇を超えてしまう可能性が高い。

「大変だとは思うけど、頼りにしているからな！　色々と……」

そう言って笑いかけると、ティーダはまたしてもテーブルに突っ伏してしまった。多分、今になって王様かシーザー様に、一番大変なオオトリ家との交渉を押しつけられたのだと気がついたのだろう。

その後、少しの間テーブルに突っ伏していたティーダが王城に戻らなければならないと言うので、その前に子供たちと会っていくかと訊くと、ティーダは食い気味に「会いたいです！」と答えた。

なので、プリメラと子供たちがいる部屋まで行き、プリメラと産婆さんに許可を取ってから中に案内すると、俺とティーダが部屋に入ったタイミングで寝ていた双子が起きて動き出したのだった。

ただ、起きたからといって泣くわけでもなく大人しくしており、それを見た産婆さんが抱いても大丈夫だと判断した為、ティーダはマリア様よりも先にうちの子を抱っこすることができたのだった。

そのことでマリア様や王様に何か言われないかとからかったところ、

「面倒事を押しつけたから幸運が逃げて、その分が僕に回ってきたのだと言っておきます」

などと胸を張って答えていた。

確かにティーダが子供の生まれた日に来たのはたまたまだったが、ティーダの本来の目的は王都に戻ってきた俺に会う為だったので、もしティーダの代わりに来たのがマリア様だったり、ティーダの付き添いという形で家に来ていたりすれば、王族で双子を一番に抱っこしたのは間違いなくマリア様になっていたはずだ。そういった意味では、タイミングを逃したことで運気がマリア様からティーダに流れたとも言えるだろう。

王城へと戻っていくティーダを乗せた馬車を見送った後、俺は報酬のことで話があるとじいちゃんをはじめとするオオトリ家関係者を集めようと声をかけたところ……予想以上に集まりすぎたので、いつも屋敷にいるメンバー（ただし、プリメラは出産直後の為不参加）に加えてマークおじさんとケリー、そしてディンさんとアイナ、さらにアムールの保護者だからと言い張ってついてきたハナさんで話し合うことになった。

正直、ケリーとアムールとハナさんはいなくてもいいとは思うが、ケリーはジャンヌの補佐で東と西の戦いについていってオオトリ家の戦果に貢献していると言えるし、アムールは今後もオオトリ家の居候でいるからと言って聞かないし、ハナさんは……この場にいる中で、唯一の領地持ちの貴族なので何か参考になることが聞けるかもしれない……からだ。

この日は話し合いといっても、プリメラが参加していないし各自色々な疲労が残っているので、ティーダから言われたことと俺はあまり乗り気ではないということを話して簡単な意見交換程度にし、明日以降本格的に話し合うことにした……のだが、

「戦闘関連で乗りに乗っている時の南部子爵軍は、無駄に仕事が速いな……いや、まあ、いいことなんだけど、もう少しゆっくり戻ってきても良かったのに……」

昼からの話し合いの為、少し早めの昼食を食べている最中に、反乱軍を追いかけていた南部子爵軍が、反乱軍を率いていたダラームを捕縛したという知らせが早馬で王都に運ばれてきたのだった。

一応、ダラームの捕縛から一週間程度は引き延ばしてくれるとティーダは言っていたが、逆に言

えばこれからのオオトリ家のこと……もっと言えば子供たちの将来に関わることをこの短時間で決めないといけないということになったのだ。

ただ、少しだけよかったと思えることもあった。それは、オオトリ家にダラーム捕縛の知らせを持ってきたのがアルバートだったということだ。普通なら、一協力者の所に軍関連の重要な知らせなど持ってくるはずはないのだが、王家がオオトリ家に与える褒美の内容について知っていたアーネスト様が、俺が貴族になるかならないかの話し合いをするはずだと予想して、義兄であるアルバートを一時的に警備隊の任を解いて送り出してくれたのだった。

こうして、アルバートとプリメラ（長時間は無理なので、回復魔法を使いながら休憩を挟みつつ短時間での参加）、そして王族代表のティーダ（と時々マリア様）を交えて何度か話し合った結果……王様の勝利宣言からおよそ一年後には、オオトリ家の王都とククリ村周辺を行き来する生活が始まったのだった。

一年前の王様の勝利宣言に合わせて発表される予定だったオオトリ家への褒美について、貴族たちの間で意見は割れた。

一つ目は俺に対して爵位を与えるが領地は与えず、法服貴族という形で王国に組み込もうという意見。二つ目はオオトリ家に対して爵位と領地を与え、家ごと王国に組み込もうとする意見。三つ目は俺専用に特別な爵位を作って与えるという意見の三つだ。

一つ目は俺に領地を与えると力を持ちすぎるので、爵位を与えて優遇はするが軍というものを持たせないようにするというもので、爵位は子供に継げるものにするそうだ。この意見は、王族派と中立派の文官から出されたものだった。

二つ目は俺に領地を与えなくとも、オオトリ家はゴーレムを使えば軍などどうとでもなるというか、俺とじいちゃんがいれば下手な軍など足手まといにしかならないはずだという考えの下、それならば逆に土地を与えて王国から離れられないようにしようというものだ。こちらは王族やサンガ公爵家やサモンス侯爵家にハウスト辺境伯家（それぞれ嫡男が代理）、そしてマスタング子爵といった王族派と中立派の俺の知り合いと、知り合いではないが東側と西側でジャンヌと共闘した貴族たちから出たらしく、一番多かった意見だったそうだ。

三つ目は単純に、平民である俺が自分たちの上に立つことを嫌った貴族たちから出たもので、その多くは改革派から寝返った者や、何らかの理由でオオトリ家によって不利益をもたらされた者たちから出てきた意見らしい。

一つ目は権力と領地を持った俺がもしかすると王国に対して不利益な存在になるのではないかという危機感からで、二つ目は褒美を中途半端にして禍根を残すよりは、出せるものを出した上で完全に取り込んだ方がいいというものなので、どちらも王国の為にという考えから出たものだったが、三つ目に関しては完全に私怨や嫉妬からのものであり、下手をするとそれこそ俺を敵に回しかねないということで、一つ目と二つ目を出した者たちから反対されたそうだ。

意見が分かれた場合、基本的に王族が支持、もしくは半数以上の賛成があったものが採用されるが、一つ目の意見にも否定できない内容が含まれていた為、王様を中心とした主だった貴族たちの間で話し合いが続けられたが、最終的にはオオトリ家への褒美をケチるということは、それ以下の手柄だったという貴族たちの褒美もオオトリ家に合わせて大幅に減らさないといけないということと、肝心のオオトリ家の話も聞かないといけないということになり、オオトリ家からの返事待ちという異例の事態になったのだった。

そして、王様たちの話し合いと同時に行われていたオオトリ家内での一回目の話し合いでは、俺とじいちゃんの『貴族は色々と面倒臭そう』という発言により、爵位を断る方向で進められていた。

その話し合いに参加することになったアルバートも、貴族としての大変さは身に染みていることから俺とじいちゃんがそれでいいのならという感じだったのだが……少し遅れて参加したティーダとプリメラに反対（ティーダは消極的だったが、プリメラは断固反対という感じだった）され、結論はプリメラの体調を考慮して二回目以降の話し合いに持ち越された。

そして、二回目の話し合いでは、何故プリメラが反対しているのかというところから始まり、その話が終わる頃には、俺を含めて爵位を受け取る方向で決まった。

二回目の話し合いで決まるのは思っていたよりもかなり早かったが、それもこれも双子の将来のことを考えたからこその決定だった。

プリメラの主張によると、ここまで手柄が大きくなりすぎるとオオトリ家が褒美を辞退することも少なくしてもらうこともできるはずはなく、かといって平民の立場にそぐわない褒美は周囲からやっかみを受けることは間違いない。

そのやっかみの多くは貴族からのものになるのは火を見るよりも明らかであり、俺やじいちゃんの目が届く所や存命中は何の問題もないだろうが、目の届かない所だったり死後であったりすると、それらの積もり積もった感情は、ほぼ間違いなく双子や双子の子といった子孫に対して向けられることになるはずだ。死後については数十年後の話になるだろうが、それでも俺のオオトリ家の持つゴーレムの技術などは貴族にしてみれば喉から手が出るほど欲しいものであり、俺という脅威がなくなれば、間違いなく子孫から奪おうとするだろうとのことだった。

そうさせない為にも、俺だけでなくオオトリ家として対抗できる力を持つことは絶対条件であり、それを確実にできるのは俺が爵位を受けることであるというのがプリメラの考えだった。

それに対してアルバートが、「何かあればサンガ公爵家がオオトリ家を保護できるようにすればいい」と言ったのだが……プリメラからすれば、それは保護という名の大義名分の下に、公爵家によってオオトリ家の強みを奪われるのと違いがないので、保護された後で子孫がどういった扱いをされるかわからない以上、それを鵜呑(うの)みにすることはできないと言って反対した。

完全に公爵家……というか、実の兄を信用できないと言ったようなものではあるが、アルバートも自分の代ではそんなことは絶対にないと胸を張れる自信があるようだが、さすがに生まれてもいない子や孫の代まではどうなるかわからないらしく、バツの悪そうな顔をしながら納得していた。アルバートもプリメラが言ったほどでないにしろ、オオトリ家を保護するような状況になれば、俺の持つ何かしらの技術を得ることができると考えていたのだろう。

そういった理由から、まずはオオトリ家が爵位を受けるということが最初に決まり、それから爵位を得る際の条件を決めることになった。これに関しては全部がそのまま通るとは思っていないが、ある程度は詳しい要望を出してもらわないと褒美を出す方としても困るというティーダの意見により、領地の場所や規模といったことを話し合うことになったのだが……そこからは面白半分といった感じの意見が出てきて……正直言うと、かなり悪い方向に盛り上がってしまった。

その話し合いの途中（悪い方向に盛り上がる前）でプリメラが双子のそばに戻ることになり、それにアイナが付き添うことになった為、この場から俺たちを冷静に見ることができる者がいなくなってしまったのも大きかったが、あれもしたいこれもしたいといった計画前の夢物語のような話し合いがとても楽しかったのもあり、どんな条件を出せば面白くなるとか利益に繋がるとかあいつが困るからやってやろうとか、悪ふざけしながら話し合った結果……

「領地は将来性と爵位に相応しい広さを持つ場所で、自前の軍と領地経営に対して王家は必要以上の干渉はせず、国に納める税に関しては数十年単位での免除、もしくは減税をし、オオトリ領に対して故意に不利益になることはしないこと」

などといった、ふざけすぎと言われかねない内容に決まってしまった。

ちなみに、一番ふざけていたのはじいちゃんで二番目がハナさんとアムールだった。アルバートは王族派の重鎮の嫡男という立場からか、何とかじいちゃんの要望を現実味のあるところまで持っていこうと頑張っていたティーダの補佐に回っており、ディンさんは俺やじいちゃんに有利になるようなアドバイスをしていた。そして、ジャンヌとアウラは途中からお茶の用意などのメイドの仕事に回り、マークおじさんは……じいちゃんのおふざけに巻き込まれないように、こっそりと俺に謝りながら部屋から出ていった。なお、アムールは途中から話についていけなくなったのか、ジャンヌたちの用意したお菓子に夢中になっており、ハナさんは所々で南部の為になるような意見（オオトリ家の領地の一部を南部自治区の中に食い込ませようとしたり、南部自治区のそばかつ王都から一番離れている所にさせようとしたり）を出してくるので、即座にティーダとアルバートに却下されていた。

そんな感じで決まった条件は、プリメラとアイナを呆れさせるのに十分なものであり、ティーダもどうなるかわからないけれど、とりあえず王様とシーザー様に見せてみると、王様（というよりもシーザー様）に叱責されることを覚悟したような顔で持って帰ったような代物だったのだが……俺の予想に反して、オオトリ家から出されたふざけたような条件は、ほぼそのままの形で採用されたのだった。

後にティーダからシーザー様がその条件について、「普通ならふざけた内容だとして即座に却下するような条件ではあるものの、オオトリ家の功績からすれば思っていたよりも安く済みますね」と、その場にいた王様や貴族たちに言ったと聞かされた。

そうして最終的にオオトリ家への褒美として選ばれたのは、『大老の森』を含むククリ村周辺（ついでに、西側に潰すことになった男爵家や子爵家があったので、そのうちの半分ほどの広さもおまけされた）と伯爵位、そして三〇年の無税に三〇年の減税だった。ただ、ククリ村周辺に関してはハウスト辺境伯の領地なので、細かな打ち合わせは辺境伯と王家が後ほど行うことになるということだったのだが……実は今回の戦争が始まる前に王家とハウスト辺境伯家でいくつかの密約が結ばれていたそうで、その中の一つに、もし仮に辺境伯領に隣接している帝国側の領地を制圧した場合は、その切り取った領地を辺境伯家のものにする代わりに、辺境伯領の南側を王家に返上するというものがあったらしい。

これに関しては俺にとってかなり都合のいい条件のようにも思えるが、実際にこれは戦争前に辺境伯家から提案されたものであり、その理由も俺に関係なく、ただ単に辺境伯領を管理しやすくする為（現在の辺境伯領は森に沿って縦長になっているので、他の領地との境界線が領地の広さ以上に長いので守る場所が多い）なのだそうだ。

現状ではまだ帝国側の領土を切り取ってはいないが、帝国があの女に乗っ取られていたのは間違いなく、その手下だったゾンビの多くはすでに討伐されているし、王家も辺境伯家の支援を行い、冒険者である俺に指名依頼を出すので、まず間違いなく辺境伯家は帝国側の領地を切り取れるだろうとのことだった。もっとも、指名依頼に関してはその時初めて聞かされたのだが……断る理由がなかったので、そのまま受けることにした。

そうした一部『カッコ仮』な褒美を含めた論功行賞の後、俺は辺境伯領にいる連合軍への連絡を請け負ったという建前で援軍として国境線近くの砦に向かった。普通なら一〇日以上の移動を予定する距離も今の俺なら数日で到着できるので、それを知らない辺境伯たちにはかなり驚かれたのだった。

そして、俺が辺境伯軍と合流してからの領土の切り取りは早かった。

まず、俺が先行して国境線の砦から東側……帝国領内側の数十キロメートル地点まで飛んでいき、その場に一〇〇〇人くらいが入れる塀と堀だけの拠点を作り一〇〇体以上のゴーレムに守らせる。そして、次はその拠点から数キロメートル程度離れた北側と南側にも同じような拠点を作り、同じくゴーレムを配置する。

この三つの拠点を一セットの防衛線ということにして、それと同じものを東側に移動しながら数十キロメートル間隔で二セット作り、最初の拠点に戻った。

最初の拠点に戻ると辺境伯軍が来ていたので合流したが、その三つの防衛線を作って戻るのに一日もかからなかったので、拠点に到着してまだ時間が経っていなかった（騎士団長に出世した）ライラ・アグリッサは、呆れた顔で俺を出迎えてくれたのだった。

こうしてハウスト辺境伯家が拠点を活かして帝国側の領土を切り取り支配下に置くと、すぐに辺境伯領の南側の領地を王家に返上し、それをオオトリ家への褒美として正式にもらい受けることになり、晴れて伯爵となった俺だったが……広大な領地と爵位を得て終わりということなどあるわけはなく、俺は領地の下見（を兼ねた家族旅行）を繰り返す傍ら、伯爵家の規模に相応しい家臣団を結成しなければならなくなり、非常に多忙な日々を送ることになった。

ちなみに初期のオオトリ家家臣団として、ディンさん、ジン、ガラット、メナス、リーナ、ケリー、アグリを任命した。

ディンさんは俺を助け出す為に近衛隊を辞めてオオトリ家の傘下に入ったということになっているのでそのまま残ってもらい、ジンたちは酔うたびに「国を興すなら手伝う」とか、「テンマが偉くなったら雇え」とか言っており、俺が爵位と領地を得たと発表があった後でジンたちは自ら売り込んできたので喜んで取り込んだ。多分、将来的にジンも爵位を得ることが決定しているので、その前にオオトリ家に所属しておこうということだろう。そうすれば早い段階で爵位を得たとしても、煩わしいことは俺の方に回せるとでも思っているのかもしれない。まあ、俺としてはそれでもいいが、その分は働いてもらうつもりだけど。

ケリーは前からオオトリ家と親しくしているし、今回の戦争が始まる前からオオトリ家の一員のような形で重要な役割を担っていたので試しに誘ったところ、条件付きで了承してもらえた。その条件も家臣になったとしても鍛冶師としての活動を優先させるというものだったので、特に不都合はない。

アグリに関しては家臣というよりは相談役という感じだ。何せ俺が誘ったのは武闘派ばかりなので、皆に意見や注意をすることのできる、ブレーキ役を任せられる人物が一人はいないと確実に苦労すると思ったからだ。それにアグリが来れば、芋づる式にサモンス侯爵を除くテイマーズギルドの面々も引き込めると思ったし。

伯爵家にしては家臣の数は少ないが、今のところは三〇年の無税のおかげで領地経営には余裕があるので、まずは小規模でも信用できる人物で固めることを優先したのだ。下手に伯爵家に見合う規模の家臣団を作ることを優先してしまうと、絶対に他の貴族の息がかかっている者が入り込むことになるので、ろくなことにならないのが目に見えている。それに、家臣の数は少なくてもオオトリ家にはゴーレムの軍団があるので、それらの指揮を任せられるような信頼できる人物というのが重要なのだ。

そういうわけで、ゆっくりと確実に家臣団を揃えると同時に領地の整備をやっているわけだが……今のところ税収が見込めそうなのがラッセル市だけ（しかも、ゾンビの襲撃を受けて街としての機能低下中）なので、早急に経済改革に乗り出さないといけなかった。それと、オオトリ領の中心地となる街づくりも。

色々と前途多難で先行き不明だが……まあ、何とかなるだろうと、関係者全員、何故か楽観的だった。

エピローグ

王国の勝利宣言から五年、オオトリ領はすさまじい速度で発展していった。

初めの一年こそ、領地見分に力を入れていたので他の貴族から注目されるようなこともなく、領地に関してはあまり話題に上がらないような状態だったのだが、その一年でオオトリ領全域の状態を調べると同時に領の中心になる街を作ることのできる場所を決めて、大まかな縄張りまで行った。

二年目には街を作る予定の場所に下水道（のようなもの）を作り始め、三年目にはケリーの人脈で集めた職人集団と共に下水道を完成させ、本格的に街づくりに乗り出したのだ。

三年目の後半には街づくりと並行して領内の街道整備にも力を入れ始めたので、この頃になるとオオトリ領関連が貴族の間で一番出てくる話題だと言われるようになった。

四年目には大きめの町と言えるくらいの規模にまで成長し、簡易的ではあるものの北と東と西に続く三本の大きな道も出来上がり、さらに街づくりの速度が上がることになるのだった。

そして五年目となる今年は、オオトリ領と並んで王族の話題が国中を席巻していた。オオトリ領の話題は相変わらず領内の発展に関するものばかりだったが、王族の話題は三つもあった。

一つ目は王様が玉座を退き、シーザー様が新たな国王になるというもの。二つ目はティーダとエイミィが正式に婚約し、一年後を目途に結婚するというもの。そして三つ目が……前国王へと肩書の変わった王様が、マリア様と共に半年単位でオオトリ領に滞在するというものだ。

滞在理由について、表向きの理由はオオトリ家との友好関係の再構築の為であり、裏向きの理由は急激に発展するオオトリ家を監視する為……となっているが、本当はシーザー様が国王としての地位を固めやすくする為であり、ついでに王都の貴族に気兼ねすることなく羽を伸ばす為でもある。

そんなより注目される日々が続いているある日の昼前、俺たちは揃って屋敷の外に集まっていた。

「少し遅れ気味かな？」

「王都からオオトリ領まで距離がありますし、到着の予定日がずれることはよくありますから」

「まあ、こちらからも、ディンさんと『暁の剣』とオッゴに五〇〇のゴーレムを持たせて境界線の近くまで迎えに行かせたから、『大老の森』の奥にいるような魔物が出てこない限りは大丈夫か。それに、シロウマルもついていったから、危ない魔物が近づけばすぐに気がつくだろうし」

そんな感じでプリメラと話していると、プリメラの抱いていた子供が泣き出した。

子供の泣き声に気がついたアムールが、金に近い茶髪の男の子と黒髪の女の子の手を引きながら
「もしかして……漏らした？　アウラ！　出番！」

アウラを呼んだ。

「アウラはお茶菓子の準備をしているわよ」

しかしアウラからの返事はなく、代わりにお腹の膨らんだジャンヌが返事をした。ジャンヌの手には、灰色の髪をした男の子の手が握られている。

「じゃあ、クリス！」

「クリスの方も、自分の子の相手で手いっぱいのようじゃったぞ」

アムールがアウラの代わりにとクリスさんを呼んだけれど、今度はじいちゃんが答えていた。じいちゃんの後ろには、先代の王様……アレックス様とマリア様がいた。

二人は王都で見かける時よりもかなりラフな格好をしていて、マリア様は気をつけているからなのかほとんど見た目の変化はないが、アレックス様はかなり日に焼けていた。

「漏らしているみたいじゃなさそうだけど……俺じゃ無理っぽいな。スラリン、頼む」

何が不満で泣いているのかわからなかったので、一度プリメラが地面に下ろした子供を抱こうとしたら、さっきよりも大きな声で泣き出したので抱くのを諦めた。そして、俺の代わりにスラリンが抱き上げると、

「うむ、やはり子供をあやすのはスラリンが一番うまい」

一発で子供は泣きやんだ。そしてすぐに上機嫌で笑い始めた。

そんな光景を見て少し落ち込み気味だった俺の所に双子がやってきて、俺と手を繋ごうとしている。正直言って、この子たちはまだ五歳なのに俺よりも気が回る。

「ごめんスラリン、この子もお願い！　さっきから全然泣きやまないの！」

そして新たに、プリメラの子をあやしているスラリンの下へ、クリスさんの子も追加された。

「クリス、情けない」

「私が情けないというよりも、スラリンがうますぎるんだからしょうがないでしょ！」

などと言って、いつものようにからかうアムールにクリスさんが反論していた。

「テンマ様、あちらの方に席を用意いたしましたので、座って待たれてはいかがでしょうか？」

そこにアイナがやってきて、飲み物とお菓子を用意したと声をかけてきた。アイナの示した方には、数人のメイドを指揮するアウラと、今年で三歳になるアイナとディンさんの娘の姿が見えた。

アイナの娘は三歳にしてはしっかりとしている子で、よく母親を真似てメイドの仕事を手伝って

いる。このままアイナに似てくれればいいが、間違っても叔母(アウラ)の影響は受けないでほしいものだ。

そう思っているそばから、アウラがポットを持ったまま転びそうになっていた。

「テ～ン～マ～……遊びに来たで～～～！」

皆が席に着いてお茶やお菓子に手を伸ばそうとしていると、この屋敷の正門へと続く大通りを、砂煙を上げながら爆走してくる怪しい影……ナミタロウがやってきた。こんな風に急にやってくるのも、王都の屋敷に住んでいる時と全く変わりがなく、今では時おり見ることのできるオオトリ領の光景の一部と化していた。

「またしばらく世話になるで！　それと、すぐ近くまでティーダたちが来とるって、ディンから伝えるように頼まれたで！」

ナミタロウのはるか後ろから、ジンたち『暁の剣』が馬を必死になって走らせてこちらに向かっている。

「多分、ジンたちが来てから三〇分もせんうちに到着すると思うから、そろそろ準備しといた方がいいと思うわ。あっ！　お嬢ちゃん、ワイにもお菓子くれんか？」

ナミタロウは俺たちにそろそろ準備した方がいいと言いながら、自分はアイナの娘にお菓子を頼んでいた。アイナの娘は、ナミタロウを怖がることなくお菓子を持って近づいて……ナミタロウ目がけて放り投げていた。さすがにこの行動はアイナに怒られていたが、ナミタロウは気にせずに投げられたお菓子を一つも落とすことなく口でキャッチして、満足そうにお茶を飲んでいる。

「皆、ティーダの馬車が見えたから、並んで出迎えようか？」

すぐ近くまで来ているジンたちの後方に、小さくティーダの馬車が見えたので、少し早いかもしれないが皆で待つことにした。

「あっ！　言い忘れ取ったけど、ティーダとエイミィだけじゃなく、なんかルナも隠れとったで」

「あの子は……最近すっかり大人しくなって、淑女としての自覚が芽生えてきたと思っていたのに……」

来る予定になかったルナもいるということで、マリア様は頭を抱えていた。

「まあまあ、多分ルナがごねたんでしょうけど、シーザー様とティーダが隠れてついてこようとするルナを見逃すとは思えないので、マリア様たちが王都を出た後で計画が変更になったんじゃないですか？　ティーダたちの初めての視察ですけど、息抜きの旅行という側面があるのは公然の秘密ですから、それならルナも連れていってもいいとか、連れていった方が王家とオオトリ家だけでなく、俺と兄妹揃って昵懇の仲であると内外に知らせることができると考えたのかもしれませんし」

そうフォローすると、

「シーザーなら、そう考えてもおかしくはないわね。テンマ、迷惑をかけるけど、ルナの分の部屋もお願いね。シーザーが絡んでいるのなら滞在費用くらいは持たせているはずだから、後でしっかりと請求するといいわ」

と言ってマリア様は頭を下げていた。その間アレックス様はじいちゃんに、「絶対にお前に似たのじゃ！」といじられていた。

「あの、テンマさん……そろそろティーダ様を出迎える準備をしないといけませんよ」

マリア様と話している間にジンたちは到着していて、俺の代わりにプリメラに報告していた。そして、ティーダとエイミィ、そしてルナを乗せた馬車は、すでに誰の目にも視認できる所まで来ている。

「それじゃあ、皇太子様を出迎えるぞ。トウマ、トウカ、おいで」

双子を呼んで俺の隣に立たせ、門の所でティーダたちを待つことにした。

普段なら二人を特別扱いすることはあまりしないが、こういう時はオオトリ家の長男長女ということで前に出させるようにしている。

この二人のうちどちらかがオオトリ家を継ぐと決まっているわけではないが、最初に生まれた子である以上はどちらかが継ぐ可能性が高いので、子供のうちから慣れさせた方がいいと色々な人から言われたからだ。

まあ、頭が固く古い考えを持つ奴らの中には、双子であることにケチをつける奴もいたが……そいつらはすでに排除済みか貴族社会でハブられ始めているので、この子たちが大人になる頃には双子という生まれがハンデになることはないだろう。

「来たぞ。皆揃っているな」

そう言って振り返ると、トウマにトウカ、ショウマを抱いたプリメラに、アレンを抱いたジャンヌとアムールにクルトを抱いたクリスさん、テーブルでお茶を飲んでいるじいちゃんにナミタロウとアレックス様にマリア様が出迎えの為に並び始めた。

「シロウマル、お座り。ソロモンも、そこにいたら邪魔になるからシロウマルの後ろに移動。スラリンは……シロウマルの背中で出迎えるのか」

馬車よりも先に戻ってきたシロウマルが双子とは反対側の俺の横でお座りすると、スラリンとソロモンも移動してきてそれぞれの場所に着いた。

「トウマ、トウカ、オオトリ家の子として、初めての公的な仕事だ。元気よく皇太子様に挨拶をして、しっかりと出迎えるんだぞ」

「「はい！」」

馬車の方を見ると、ルナが窓から身を乗り出しながらこちらに向かって手を振っている。すでにバレてると確信して、開き直っているのだろう。

もう一度プリメラたちの方を振り返り皆の顔をしっかりと見て、これからもこんな幸せな日々が続けばいいと思いながら、ティーダたちの乗る馬車を出迎えた。

「「ようこそお越しくださいました、皇太子ティーダ様！」」

いつの間にこんな言葉遣いを覚えたのか不思議ではあるが、この子たちを含めたオオトリ家の皆が幸せに暮らせるようにするのが、俺がこの世界に生まれた本当の使命なのかもしれない。

異世界転生の冒険者／完

オオトリ家の子供たち

「兄さん、トウカ姉さんは？」

「トウカは婦人会に連れていかれた」

「アンは？」

「アンも一緒だ。本人はああいった集まりは苦手だと言っているが、母さんとジャンヌ母さんが強引に引っ張っていった」

「アレン兄さんは？」

「いつも通り引き籠もっている」

「クルトは？」

「もうすぐ来る」

春の祭りでオオトリ家として何か出し物をするようにと父さんから命じられたのはいいが、せめてもう少し早く言ってほしかった。さすがに一か月前では、色々と時間がなさすぎる。おまけに、オオトリ家としてきょうだいの力を合わせてと言われたのに、半数がやる気がないときている。

「すいません、遅れました」

「遅いぞ、クルト」

「ショウマの言うことは気にしなくていい。クリス母さんと一緒に、今度の祭りの警備に関する会議に出席すると事前に聞いている。ああいった会議は、時間通りに終わることの方が珍しいからな」

警備を担当する騎士の大半は元冒険者や新人なので、どうしても説明が長くなってしまうのだ。

「それと……母さんからの命令で、下級騎士として祭りが終了するまで警備の方に参加するように言われました」

「クリス母さんには私の方から言っておくから、こちらに専念しろ。さすがにお前まで抜けられたら、こちらの人手が足りなさすぎる」

「ですよね」

「兄さん、俺の方からディンさんに口添えしてもらえるように頼もうか？」

「頼む」

クリス母さんは何を考えているんだ……と一瞬思ったが、多分私に断らせることを前提でクルトに命令したのだろう。

将来的にオオトリ家を継ぐ身としては、いくらクリス母さんが父さんの妻の一人とはいえ、身分としては私の方が上になるのだから、それくらいは断ってみせろとでも思っているのだろうな。

「トウマ兄さん、トウカ姉さんは……」

「トウカとアンは婦人会に連れていかれ、アレンは絶賛引き籠もり中だ。ついでに、クイールとユエは戦力にならないから、初めから呼んでいない」

トウカとアンは仕方がないとして、アレンはどうにかして引きずり出して手伝わせたいのだが……あいつが本気で部屋に引き籠もったら、父さんかひいじいちゃんでなければ難しい。私でもできないことはないが、おそらく一日がかりになってしまい、こちらの仕事が全く進まないことになってしまう。

「アレンは父さんが帰ってきてからお灸をすえてもらうつもりだが、今はできる限り仕事を進めなければならない」

「仕事っていっても、祭りで何をするか決まっていないんですよね？」

「俺たちで勝手に決めたら、トウカ姉さんが文句言わない？」

それは確かに問題だ。トウカの性格からして、自分の都合でその場にいなかったのだとしても、自分も参加しなければならないものの内容を勝手に決められるのを嫌がるだろう。間違いなくごねるはずだ。

「せめて、ヨシツネさんがこの場にいれば、喜んで決定に従うだろうが、いない以上はこのまま進めなければならない。かといって、私たちで決めれば文句が出るのは確実だ。そこで、今日はいくつかの案を出し、それぞれの案には何がどれだけ必要なのかを決めることにする。そうすれば、トウカも次の話し合いで自分の意見を言うことができる」

「それでも文句を言った場合は？」

「さすがにそれ以上は許さん。トウカも私をオオトリ家の嫡男として認めた以上、私が譲歩した範囲で我慢してもらう」

いずれトウカは南部伯爵家に嫁いでいく身だ。オオトリ家の迷惑になるようなことは許されないし、それでもわがままを言うようなら、父さんにヨシツネさんとの婚約そのものを考えるように進言する……まあ、進言するだけで、本当に破談になるようなことはまずないだろうが、将来のオオトリ伯爵は結婚を認めないかもしれないとなれば、少しは大人しくなるだろう。

「それで何をするかだが、トウカに文句を言わせないような案は当然として、同時にアレンにも協力させやすいものでなければならない」

「そうなると、食べ物関係か……アレン兄さんの得意分野だし、引っ張り出すことは十分に可能だな」

「ライバルは多いですが、食べ物の屋台でしたらクイールとユエも売り子として参加することができますね」

ショウマとクルトも、すぐに私の考えていることを理解したようだ。

クルトの言う通り、オオトリ領は父さんの影響で食に関しては王国でも指折りだと言われているので、祭りでは毎年食べ物に関する出し物が多く見られる。経験の浅い私たちは不利かもしれないが、アレンはオオトリ家でも三本の指に入るほどの食通であるし、料理の腕に関しては父さんより上かもしれないのだ。

なので、アレンの気に入るような案を……いや、もしかしたら、アレンが作りたいものにすれば、アレンはもちろんのこと、トウカからも文句は出ないかもしれない。

「ショウマ、クルト、少し休憩していてくれ。私はアレンを呼んでくる」

アレンを呼ぶと言うと、二人は無理だというような顔をしたが、アレンに好きなものを作らせてやるという約束で交渉するつもりだと続けると、それなら出てくる可能性は高いと納得していた。

「それで兄さん、本当に何でも作っていいの？」

「ああ、さすがに材料費が高すぎるものや、採算が取れそうにないようなものは駄目だが、何を作るかはアレンが決めていい」

「よし！　ちょうど作ってみたいものがあって、さっきまでその道具を作っていたんだよね」

「それはナイスタイミングだ。それで、その道具の完成度はどうなんだ？」

思った通り、私はアレンを引っ張り出すことに成功した。しかも、アレンはこの話し合いを無視してでも作りたかったものがあったらしく、それを堂々と試作できる機会を得ることができてとても生き生きとしていた。

このままだと、話し合いを忘れてその道具とやらを完成させる為にまた引き籠もりそうだったので、先にその料理がどんなもので、どういった材料を使うのかを聞き出すことにした。

「そういうわけで、料理の材料費も道具の材料費も、あまりかからないと思う」

「ふむ、確かにどちらも思っていたよりも安く済みそうだな……道具の準備は、一週間でどれくらいできそうだ？」

「一週間もあったら、一〇〇個分は余裕で作れる」

「一〇〇もいらない……いや、念の為それくらいの数を用意していた方がいいか。使わなければ予備として置いておけばいいだけの話だ。だが、まずは一度作ってみた方がいいだろう。幸い、料理に使う材料は、台所にあるものばかりだしな」

「たとえ台所になくても、僕のマジックバッグに全部入っているよ」

「アレン兄さん、一回に何個作れるものなの？」

「一度に四個かな？　ただ、その一度に四個作れるのを二つ作ったから、合計で八個だね」

「それじゃあ、アムール母さんたちを呼んできましょうか？　食べた後でバレたら、もう一度作れと言われるのは目に見えていますから」

確かに、アムール母さんなら、台所に残っている匂いで何かおいしいものを作ったとすぐにわかるだろう。そうなれば、もう一度作れと言うのは確実だ。

「アムール母さんは、おそらくクイールとユエと一緒に中庭か裏の畑にいるはずだ。ショウマ、クルト、手分けして探してきてくれ」

「「了解！」」

二人の弟を見送り、もう一人の弟へと視線を向けると、

「キャベツよし、お肉よし、玉子よし、お出汁よし……」

私が少し目を離した隙に材料の準備を終えたらしく、今は材料の最終確認をしているところだった。

「それで、アレンは何を作るつもりなのだ？　見た感じ、お好み焼きの材料と同じもののようだが？」

「基本は一緒だよ。ただ作り方が違うから、普通に作るお好み焼きとは違う感じになると思ってね」

そう言ってアレンが取り出したのは、鉄板にフライパンのように取手の付いたものだった。だが、よく見てみると、その鉄板には円形のくぼみが四つあった。

「これとこれをこうすると、一つになるでしょ。だから、途中まで二つに分かれた状態でこのくぼみで生地を焼いて、ある程度火が通ったところで一つに合体させたら、面白い形のお好み焼きになる……予定なんだよ」

「なるほど、確かに変わった形だが、箸などが必要な普通のものと違って少し冷めれば手でもいけるな……実に屋台向きだ。そういうことだから、どんどん試作品を作ってくれ」

「はいよ～」

アレンに新しい形のお好み焼きを作るように言うと、アレンは嬉々として生地をくぼみに流し込み始めた。

一度に四つ作れるが、最終的に二つを一つに合わせるので倍の八つを同時に焼かなければならないことになる。なので、まずは様子見で四つ分を焼いてもらうことにしたのだが……

「兄さん、大誤算。これ、二つを合わせようとすると、その途中でこぼれそうになる……」

生地が半生の状態で組み合わせるので、組み合わせる時にどうしてもこぼれそうになってしまうということだった。

幸い、アレンが機転を利かせて、串で型から外したものを一つずつ片側の生地にのせることでどうにか完成させたが、この欠点はちょっと無視できないものだ。

「とりあえず何個かできたけど、思っていたよりも時間がかかった感じかな？　僕としては、二つに合わせた後は、火を強めてひっくり返しながら一気に焼き上げるつもりだったんだけどね……どうしようか？　なんか、すっごく面倒になってきたよ」

傾けても生地がこぼれないくらいまで焼くことを試したが、そうすると二つに合わせた時にうまくくっつかずに、型から出した時に真ん中から割れてしまったのだ。それはそれでうまいのだが、

「そうだ、アレン。この金型のくぼみを片方だけ倍の深さにして、反対側は普通の鉄板にしたらどうだ？」

「ん……ああ！　それなら行けそうだね！　それじゃあ、さっそく……」

「お兄ちゃん！　おやつちょうだい！」

「ちゃんと手は洗ってきた、だから早くちょうだい！」

アレンが金型の改良版を作りに行こうとしたところで、ユエとクイールが乱暴に食堂のドアを開いて入ってきた。その後ろにはマリア様とルナ母さん、そしてアムール母さんもいる。

マリア様は二人に対して何か言いたげな顔をしていたが、まだ二人が幼いのと他家のことだからと遠慮しているのだろう。多分この後で、二人の代わりにルナ母さんとアムール母さんが注意されるに違いない。

「アレン、金型の改良は後回しだ。少し作りにくいが、このまま量産するぞ」

「は～い」

私だけならアレンはそのまま出ていっただろうが、さすがに妹二人と母さんたちにマリア様がいる状況では、まだ自制することができるようだ。

「クイール、ユエ、ショウマとクルトはどうした？」

「クルト兄はお片付け中！」

「ショウマ兄はユイナを呼びに行った！」

「クルトは押しつけられたんだね」

「ショウマは嫁を呼びに行ったか」

クルトがクイールの後片付けを押しつけられたということは、その場にマリア様はいなかったということだろう。いれば押しつけようとした時点で怒られているはずだ。

ショウマに関しては……まあ、いつも通りか。さすがに許嫁をのけ者にするのはよくないと考えることができるようになったのは、大分成長してきたという証だろう。こうなると、ユイナがつくづくアレンの許嫁でなくてよかったと思う。アレンなら間違いなくユイナのことを忘れて、後で喧嘩になるはずだ。普段は大人しいが、ユイナも気の強いところがあるしな。

「どんどん作っていくから、トウマ兄さんも手伝ってよ。早く終わらせて、新しい金型を試作しないといけないんだから」

「ああ、任せとけ。そこまで難しいものではなさそうだから、最後の合わせるところだけ気をつければいいだけのことだ」

私がそう言うと、「じゃあ、全部お願い」などとアレンが口にしかけていたが、さすがにここで逃がすほど私は甘くはない。それに、どうせあと少ししたらトウカたちも帰ってくるはずだ。そうなれば私一人では手が足りなくなるのは目に見えている。

その後、二人掛かりで新型のお好み焼きを量産していったが、作り始めてからすぐにショウマたちが戻ってきたので三人増えて、さらにしばらくすると屋敷に戻ってきたトウカたちが匂いに気づいて四人増え、その後も父さんやじいちゃん、アレックス様にディンさんにアイナにアウラと増えたので、私とアレンは全員が満足するまで焼かされることになってしまった。

それだけでもかなり疲れたというのに、このお好み焼きを食べた父さんが、

「オオサカ……大判焼きみたいな感じか」

などと、新発明だと思っていたこの料理と似たようなものを知っていたというのが判明し、アレンが部屋に引き籠もる事態になってしまったのだ。ただ、引き籠もりながらも金型の改良版はしっかりと作っていて、その金型は父さんも見たことがないと言ったのを聞き、ようやく部屋から出てきたのだった。

それにしても……この間も気になったことなのだが、アレンは引き籠もるたびに身長が伸びている気がする。私も一五にしては身長が高い方で、成長期ということを考慮すればあと一～二年で父さんに並ぶか追い越せそうなのだが、アレンは三つも下だというのに私とあまり変わらない。おまけに、本人はあまりやる気を見せないが、魔法や格闘技の才能も私と同等……いや、もしかするとそれ以上かもしれないのだ。

私よりも強くなるかもしれないのは兄として喜ばしいことではあるが、同時に男としては負けられないという気持ちもある。

「兄としても辺境伯家の後継者として、もっと頑張らなくては……手始めに、今度の祭りで売り上げ一位を狙ってみるか」

去年、一昨年と、二年連続で売り上げ一位を記録している『満腹亭』のドズルさんは強敵だが、きょうだいで力を合わせれば勝ち目はあるはずだ。売り上げ一位の為にも、綿密な計画と打ち合わせが必要だな。

そう決心した私は、さっそくトウカとアレンに声をかけたのだった。

◆物陰から我が子たちを見ていた父親と巨鯉ＳＩＤＥ

「えっ？　俺の子供たち、ちょっと優秀すぎない？」

「ホンマやな。わいとテンマは別世界の知識っちゅうチートがあるけど、トウマにはそんなもんがないのにな。間違いなく、天才やで。そんなトウマに警戒されるアレンも、同じように天才って

「言っていいやろな」

「いやまあ、いい意味での警戒みたいだから今のところは大丈夫そうだけど、兄弟で泥沼の争いだけはしてほしくないな」

「そこは大丈夫やろ。トウマは他に適任者がいないから跡取りになったわけやし、もし仮にアレンが後を継ぎたいとか言い出したら、すんなり譲って自分はアレンの補佐に回ると思うで。まあ、アレンは自分の好きなことには夢中になるけど、興味のないことにはホンマに無関心やからな。そこらへんは、昔のテンマに似とる……いや、それ以上やな」

「ショウマとクルトも、いつも上二人の陰に隠れているけど、普通に考えたら優秀だよな」

「二人共まだ一〇歳やし、十分すぎるほど優秀やろ。むしろ、上二人が天才すぎるせいで、オオトリ家では優秀どまりの評価になっとるけど、他の所やったら十分天才って言われるレベルやで。正直、オオトリ家の評価が厳しすぎるわ」

トウカもトウマとアレンほどではないにしろ魔法の才能はかなりのものだし、カリスマ性に関してはもしかするとオオトリ家で一番かもしれない。

アンも接近戦はからっきしだが、最近は回復魔法や治療に関する技術の向上が著しく、クイールは魔法が苦手な分、格闘技に関しては天性の才能を持っていると評判だし、何よりアムール譲りの野生の勘を備えている。ユエは……幼いのでわからないが、オオトリ家の子供で唯一王位継承権を持つ血筋で、現国王陛下の孫だ。血筋も才能である貴族の世界では、かなり上位に来る存在である。

「もしかして、その気になったら子供たちだけでオオトリ領は国として独立できそうじゃない？」

「十分できるやろ。テンマも含めてオオトリ家はそんな野心とは無縁な人物の集まりやけど、もし身内に危害が加えられそうになったら、迷わずに各々が持てる全ての力で抵抗するやろうし、場合によっては王国を敵に回して独立することも考えるやろ。まあ、なんかあったら、わいも皆の力になったるわ。わいはテンマと違って数千年は生きるやろうし、できる限りオオトリ家に気を配っとったるわ」

「頼むな、ナミタロウ。ただ、無理はしなくていいし、もし俺の子孫がナミタロウを利用するだけの存在になったら、見捨ててくれても構わない」

「この時のナミタロウとの約束が、まさか数百年後に守られることになるとは、さすがの俺も予想できないのであった……なんてな！」

「変なナレーションは入れなくていい。とっておきの芋ようかんを出すから、プリメラたちを誘ってお茶にするぞ」

声色を変えてナレーションを入れるナミタロウに呆れた俺は、軽い突っ込みをナミタロウに入れてからプリメラたちを呼びに行こうとその場から離れた。

「待ってえな、テンマはん。そんなええもん食べさせてくれるんやったら、何百年でも誠心誠意オオトリ家の守護をやらせてもらいますさかいに……あっ！　ようかんは分厚く、お茶は渋くでお願いします～」

◆オオトリ家の子供たちのプロフィール

トウマ　テンマとプリメラの長男でオオトリ家の嫡男。一五歳。家族会議（誰が跡を継ぐかという話し合いの中で、トウカたちから推薦されたものの一度は拒否。しかしその後、それじゃあ代わりにやるとクイールとユエが手を挙げた際、ショウマとクルトの必死の説得で承諾した）でオオトリ家の後継者に正式に決定した。

自身の才能と周囲の環境が嚙み合い、幼い頃から文武に置いて天才との評価を得る。真面目な性格をしているが、柔軟な考え方もできる。

許嫁は一つ年下のザインの娘で、トウマの物心つく前に決められた為、政略的な目的の強い関係ではあるものの二人の仲は良好。

一五歳で身長が一七〇センチメートルなので、同年代では高い部類に入るが、三歳下であるアレンの成長に対抗意識を燃やす時がある。


トウカ　テンマとプリメラの長女。一五歳。念願かなって、ヨシツネと婚約する。オオトリ家のある街の未成年女子のまとめ役であり、さらに男子たちからの人気も高い為、大人たちから未成年代表のような扱いをされることも多いが、あと数年で南部伯爵家に嫁ぐので、最近はアンを自分の後継者にしようと計画している。

気の強いところもあるが、身内以外にはあまり見せない。弟というものはこき使っても問題のない存在（ただし、アレンはあまり言うことを聞かない）だと思っている節がある。

身長一六〇センチメートルちょっとでスタイルもいいので、妹を含めた年下女子たちの憧れの存在。

ショウマ　テンマとプリメラの次男。一〇歳。この年でユイナとの結婚後に、ユイナの実家であるディン家に婿入りすることが決まっている。ディンは婿入りするかどうかを決めるのは成人してからでもいいと言ったが、本人がオオトリ家の後継者争いを起こさない為にと強く主張したので、テンマとプリメラも了承した。ユイナとは婚約する以前から仲がいい。

二人の兄と比べると才能は劣り、それを本人も自覚しているものの全く気にはしていない。ただし、同い年のクルトは別で、何かとよく張り合ったりもするが、兄弟の中で一番気が合い仲も良い。

妹のクイールとユエにはよくこき使われているが、あまり気にしていない。ただ、後継者決めの時にクイールが立候補した理由がショウマとクルトを思いっきりこき使う為だったので、必死になってトウマを説得した。兄弟の中で容姿が一番テンマに似ている。

アレン　テンマとジャンヌの長男。一二歳。才能はトウマを上回るとも言われるほどだが、自分のやりたいことばかりやるタイプで部屋に引き籠もることが多い。初めの頃は家族全員が心配していたが、引き籠もっている間に自分で勉強やオオトリ家にとって有用な発明などをしているので、今では皆基本的に好きにさせている。オオトリ家の引き籠もりとして良くも悪くも有名で、自分の好きなことに対しては饒舌(じょうぜつ)になるが、それ以外ではのんびりしていることが多い。

一応、ジャンヌの持つアルメリア子爵家の跡取りとなっているが、アレンとしては貴族というものにあまり興味がないので、妹のアンにどうにかして譲れないかと考えている。

身長がトウマと数センチメートル差だが、体重は一〇キログラム以上重い。基本的に、少し長めの銀髪（髪を切るのが面倒臭いので、一度短くしたら邪魔になるまでほったらかしにする為）で、体重の増減が激しい。

アン　テンマとジャンヌの長女。九歳。一番下のユエを除けば接近戦の能力が一番低い（総合力ではクイールと大体同じ）ので、常に戦闘に特化したゴーレムの核を複数隠し持っている。トウカに女子会（未成年女子の集まり）の後継者にしようと教育されている（プリメラたちも協力している）が、本人は気がついていない。

アレンよりは髪の毛の色が白に近い銀色。髪が長いがジャンヌを真似たわけではなく、トウカが伸ばしていたので自分も伸ばし始めた。髪の色はともかく、スタイルまでジャンヌに似そうなのが最近の悩み。

クルト　テンマとクリスの長男。一〇歳。家族間であっても、年上に対しては敬語で話す。それはショウマと同じく、後継者争いを起こす気がないと内外に示す為と、クリスの仕事の一つに領内の見回りがあり、その仕事の手伝いをよくさせられていて、相手がどんな身分であるかわからない状態で会う機会が多いので、クリスにかなり厳しく礼儀作法を叩き込まれていることも関係している。

学力、戦闘力、身体能力などがどれもショウマとほぼ変わらないが、上三人のせいで目立たないだけで、ショウマ共々同年代の平均をかなり上回っている。

容姿が整っている上に、子爵家の嫡男にもかかわらず婚約者がいないので、女子からの人気が高い。同い年のショウマとつるむことが一番多い。

クイール　テンマとアムールの長女。八歳。わがままな面が目立つが、基本的にアムールとショウマとクルト以外の言うことはちゃんと聞く。特にショウマとクルトに対してはよくわがままを言って困らせているが、それは二人に懐いているからでもある。

小柄で魔法は苦手だが、運動神経と格闘センスは抜群で勘も鋭い。容姿や性格はアムールによく似ている。

ユエ　テンマとルナの長女。四歳。わがままではあるがクイールほどではない。いたずらもよくするが、それはクイールと一緒の時が多い。

一番下の子なのでオオトリ家のアイドルのようになっていて、家族以外ではマリアに一番懐いており、アレックスにはいまいちといったところ。礼儀作法を含めた勉強はあまりやりたがらないが、兄姉（けいし）の誰かと一緒なら素直にやる。

ユイナ　ディンとアイナの長女。一二歳。最初はアレンの許嫁候補だったが、二人の相性があまり良くなかったので話は流れた。その後、相性の良さそうなショウマとの婚約話が持ち上がり、本人たちが望んだので正式なものになった。アレンとの相性が悪かった理由は、ユイナは割と面倒を見たがるタイプだが、アレンは基本的に何でも自分でできる上に、あまり構われたくないタイプである為で、ショウマは身の回りのことが苦手で構われることを苦痛に思わないから。

両親の才能を受け継ぎ、身体能力の高さを生かしてメイドとしてオオトリ家で働いている。結婚してもメイドの仕事は続けたいと思っているので、子爵家の全てをショウマに任せるつもりだが、嫉妬深い一面もあるので、側室や愛人は絶対に許さないと婚約時に皆の前でショウマに言った。

容姿がアイナに似ているが、トウカに憧れて髪を伸ばしている。

数百年後のプロローグ

◆クリスティナSIDE

「ああ、もう！　姫様のせいで私までこんな目に遭っているということが、本当にわかっているんですか⁉」

「仕方がないじゃない！　そもそも、私だけのけ者にしようとするお父様が悪いのよ！　文句はお父様に言ってちょうだい！」

「無理に決まっているじゃないですか！　そもそもとか言っていますけど、姫様がわがままを言ったのが原因でしょ⁉　それなのに、本来なら私も参加するはずだった式典に参加できないどころか、その後の長期の演習にも参加するなって、実家から言われたんですよ！　オオトリ辺境伯家の御三家と言われる家の跡継ぎである私がですよ⁉」

「それはまあ……ごめんとしか言いようがないけれど……あなたは参加できるのに、私が参加できないのはおかしい！　とか言ったら、まさかあなたの実家から、それじゃあ、うちの娘も参加させませんとか返事が来るとは思わないじゃない？」

「思わないじゃない？　……じゃないですよ！　我が家は外からの厄介事に対して、真っ先に対処する役目を受け持つ家ですよ！　厄介事を回避する為なら、娘を重要な式典から外すくらいのことは秒で決めますよ！」

何でこの人はそんなことがわからないのだろうか？　仮にも一国の王女であり、私とは幼馴染なので、その縁で我が家のことやオオトリ辺境伯家のことは他の同級生よりも知っているはずなのに……まさか、わかっていて私を道連れにした……とか？

そこまで性悪な性格をしているとは思わないけれど、姫様がその場その場で感情のままに発言するのはよくあることだし、王家の方々はその……たまに暴走するのはよく知られていることなので、今回の脱走も計算ではなく単なる思いつきなのでしょう。まあ、その場の思いつきで脱走するには、王都とオオトリ辺境伯領は離れすぎているけれど。

「それにしても、高等部の進学祝いに無理言ってオオトリ領産のトライホーンをねだって正解だったわね。おかげでより安全に早く到着できそうだわ」

「それに関しても、私に感謝してくださいよ。辺境伯様はいくら王家からの頼みだからといっても、出すことを渋っていたんですからね。それを私からも頼み込んで、ようやく折れてくれたんですから」

「それも感謝しているけど二年以上前のことだし、ことあるごとに言うのそろそろやめない？」

「やめません！　辺境伯様からは何も言われませんでしたけど、私の母さんが辺境伯様に迷惑をかけたのだからと、私の小遣いをなしにするとか言い出してから未だに戻してくれていませんし、それでも全然足りないから冒険者活動をして、自分で稼いだ分の半分を送りなさいとか言って本当に実行させるし……そのせいで、高等部に進学してからずっと金欠が続いているんですからね！」

トライホーンは、オオトリ辺境伯家の初代様がユニコーンとバイコーンを捕獲し、その血を引く馬を集めて交配を重ね改良した品種で、今の形になるまで一〇〇年以上かかっている。しかも、定期的にユニコーンとバイコーンの血を偏らせすぎないようにする必要があるので血統の管理が重要で難しいのに、そこまでしたからといって、トライホーン最大の特徴である頭部に生える三本の角を持って生まれてくるとは限らないのだ。

実際に毎年のようにトライホーンの仔馬は何頭も生まれてくるが、角が生えているのは五～一〇頭に一頭の割合で生まれれば大成功という感じで、悪ければ一〇〇頭に一頭生まれるかどうかという時もあるくらいだ。

その代わり、三本角のある馬は普通の軍用馬を軽く上回る運動能力と戦闘能力を備え、怪我や病気に強いという特性を持っている。その為、基本的には生まれたトライホーンは全てオオトリ辺境伯家が管理し、そこから我が家のように辺境伯家配下の家に貸し出されるか、配下の中で何か目立つ功績を挙げた個人に贈られるので、他家の貴族が持つことはほとんどない。例外としては、サンガ公爵家やハウスト辺境伯家などのように、初代様から親しくしている貴族の家に代替わりや結婚の祝いとして贈られるくらいだけど、それでも勝手に繁殖させることができないように、去勢された雄と決められているのだ。なので姫様のように、雌のトライホーンをオオトリ辺境伯家以外の者が個人で所有しているのは非常に珍しい……どころか、初めてのことだ。まあ、贈った時に繁殖に使ってはならないという誓約をさせた上に、仮に何かの手違いで妊娠してしまった時は、性別や種類に関係なくオオトリ辺境伯家に引き渡すという契約もさせるくらい貴重な馬なのだ。

そこまでして姫様がようやく手に入れたトライホーンと私のトライホーンの二頭で、王都から辺境伯領までの道のりを爆走すること早一〇日、ようやくあと少しでオオトリ辺境伯領第二の都市であるラッセル市が見えてくるという所までやってきた。しかし、

「お二人さん、そこで止まってもらいましょうか？」

突然、一〇人以上の男たちに囲まれてしまった。

相手はかなりのやり手揃いで、一対一なら何とか突破できそうという者も半数くらいいるけれどそこまで実力に差があるわけではないので、数の不利もあってとてもではないが抜け出すことはできそうにない。

「あなたの出番よ！　あの偉そうにしているのは、女騎士が苦しむさまを好みそうな顔をしているわ！　行きなさい！　そして、私が逃げ出す隙を作るのよ！」

「いやいやいや！　私が突っ込んでいった瞬間に、残りが姫様目がけて殺到しますって。囲まれた時点で私たちの負けですよ。ここは大人しく捕まっときましょう」

一瞬、アホなことを言い出した姫様を囮にして逃げ出そうかとも思ったけれど、姫様が指差した山賊の親玉っぽい感じの偉そうにしている人の横に、私ではどうやっても敵いそうにない人が、無表情で馬に乗っていた。あれはヤバい。あの表情は、完全にキレる一歩手前の時の顔だ。

「さて、姫様……何故、王都にて謹慎を言い渡されているお人がこんな所にいるのか、この近衛隊・・・隊長である私めに、どうかお教え願えませんかねぇ？」

「クリスティナ……何故お前がここにいるのか、俺を納得させるだけの理由を言ってもらおうか？」

王国騎士団で一番強いと言われるジャンポール・ジャック・バウアー近衛隊長と、オオトリ辺境伯家で二番目に強いと言われているディライト・ディー・デュラン騎士団長が揃っている以上、私と姫様に逃げ場はない。

◆

「あっ……リリー、ネリー、ミリー、あれほど勝手に潜ってくるなと言っただろうが」

春先にしてはやたら暑苦しいと思いながら目を覚ますと、いつの間にか布団の中に三匹の猫が潜り込んでいた。

「タイガ、起きた～？」

「ついさっきな」

「開けてもいい？」

軽く自分の体を確認して問題のないことを確かめてから入室の許可を出すと、扉が勢いよく開け放たれた。

「迎えにき、ぎょわっ！」

「え、あれ？　三匹とも、朝から見ないと思ったらここにいたの？」

扉が開いた瞬間三匹が勢いよく走り出し、扉のすぐ前にいた小柄な人影に襲いかかった。

三匹は扉を開ける前に声をかけてきた女の子の方には目もくれず、ひたすら扉を開けた方に引っかいたり噛みついたりしている。

「ほんと三匹はアルムと仲が悪いな……おはよう、ジャンヌ」

「あっ！　おはようタイガ……じゃなくて、そろそろ止めないと」

三匹いるとはいえ所詮は猫なので、虎の獣人であるアルムが本気で怒ったらひどいことになる。

「リリー、ネリー、ミリー、そこまでにして、食堂でご飯食べてこい」

「「「にゃっ！」」」

ご飯という言葉に反応し、三匹はアルムとジャンヌの脇をすり抜けて台所へと走っていった。

「ひどい目に遭った……いずれあの三匹は、皮を剝いで楽器の材料にしてやる！」

「それ、最近愛好家からの非難が激しいから、あまり大きな声で言わない方がいいわよ。実際にそんなことしようとは微塵も思っていないんだし」

「俺も着替えたらすぐに行くから、二人も食堂で待っていてくれ」

「わかったわ」

「仕方がない」

さり気なく着替え中も居座ろうとした二人を追い出し、用意していた服に素早く着替えた。どうせ昼からの式典で礼服に着替えるのだから、それまで寝巻でいてもいいんじゃないかと思うのだが、母さんがそれはそれ、これはこれだからとうるさいので、寝る前に用意しておいたのだ。

「あっ！　そういえばタイガ……ちっ……なんか玄関でいないはずの二人が正座させられているけど、ディライトさんが無視するようにって言っていたわよ」

着替え終わるのとほぼ同時に、もう一度扉が開かれてジャンヌとアルムが覗き込んできた。なんか舌打ちした音が聞こえた気がするが、多分聞き間違いではないだろう。

「二人？　ああ、クリスティナとルナマリアのことか。わかった、玄関近くには近づかないようにしておく」

「それと、朝食の後でプリムラたちとも打ち合わせするらしい」

それだけ言うと、今度こそ二人は食堂へと向かったようだ。

プリムラが来ているとは言わなかったが、サンガ公爵家はオオトリ家の初代から付き合いがあるからか、王都の屋敷では突然アポなしでやってきては一緒に食事をすることなど珍しくなく、今回のようにオオトリ辺境伯領に来た際も同じように遊びに来るのだ。

「確実に来ているよな……急いだ方がいいか」

初代の第一夫人がサンガ公爵家の出身だし、その後もオオトリ家には公爵家の血筋から嫁入りや婿入りにきた人物が何人かいる。つまり、オオトリ辺境伯家とサンガ公爵家は親戚と言えるような間柄であるし、何よりも俺とプリムラは婚約関係にある。まあ、それを言ったらジャンヌとアルムもだし、ついでに言うと玄関で正座しているというクリスティナとルナマリアもだ……毎回思うが、何故こうなったのかわからない。

プリムラと婚約したのは親同士の話し合いで生まれた時から決まっていたのだが、いつの間にかジャンヌとアルムも婚約者になっていて、おまけに最近になってクリスティナとルナマリアの名前も追加されていた。

この件に関して、辺境伯家の当主である父さんに詰め寄ったのだが……父さんは母さんと周囲の圧力に負けたと呟くだけだった。

なので次は母さんに話を聞きに行ったのだが……何でも、俺が資料に残っている歴代の辺境伯家の中で一番容姿が初代に似ていることと、初代と同じようにサンガ公爵家の娘を嫁にもらうので、それなら初代と同じようにアルメリア家と当時の南部伯爵家（現在の南部王国の王家）からも嫁をもらおうという話になったそうだ（このへんに関しては、ジャンヌとアルムを娘のように可愛がっていた母さんの意向が強いと思われる)。

そこに、この流れに取り残されるわけにはいかないと、譜代の家臣であるスターチス家がクリスティナを推薦し、オオトリ辺境伯家と南部王国の繋がりが強くなりすぎることを危惧した王家がルナマリアを押し込んできたのだ。

そんな感じで、俺は初代と同じように嫁が五人というのが確定してしまった。性格に難があるのが数名……というか大半ではあるものの許容範囲ではあるし、それこそ生まれた時からの付き合いなので人となりに関してはよく知っていて安心できるので文句はない……のだが、それぞれにファンが付いているくらい人気があるので、俺が婚約者だとわかった時の男子からの嫉妬はすごく、今でも色々な嫌がらせが続いているのだ。

「身だしなみに問題はなさそうだし、これでいいな」

よく知っている仲なので、あまり身だしなみを気にするとは思えないが、非公式の場とはいえサンガ公爵家はうちよりも格上の貴族だし、何よりもだらしない格好をしているとサンガ公爵ではなく母さんがうるさい。細かな所まで指摘されると怪しいが、そこは非公式の場だからということで押し通そう。

そう思いながら部屋から出ると、何だか外が少し騒がしかった。初めはクリスティナとルナマリアのせいかと思ったが、どうもそんな感じではない。

外を気にしながらも食堂へと向かっていると、

「タイガ兄ちゃんだ!」

「タイガ兄ちゃん、ちょっと来て!」

「リ・ン・ネ・がどこにもいないの！」

一階に下りたところで、外から声をかけられた。

「ユリ、ミリカ、ネリネ、どういうことだ？」

三人はオオトリ家の屋敷の近くに住んでいる三つ子で、妹のリンネと仲のいい子供たちだ。

「今日は昼から用事があるって言ってたから、朝にリンネと遊ぼうって約束をしていたのにどこにもいないの！」

「メイドさんたちは、リンネは朝ご飯を食べた後だからどこかで寝ているかもしれないって言うんだけど、全然見つからないの！」

「だから、タイガ兄ちゃんも一緒に捜して！」

一瞬、いつものかくれんぼの手伝いかと思ったが、どうやらそういった感じではないようだ。

妹のリンネは隠れるのが非常にうまく、まだ五歳だというのにオオトリ家で一番だと言われるくらいだ。しかし、リンネがオオトリ家で隠れるのが一番うまいと言われるのと同様に、俺は捜すのが一番うまいと言われている。

「『探索』」

『探索』は達人が気配を察知する技の上位互換といわれるもので、これまでオオトリ家の初代しかまともに扱うことができなかったという伝説のような魔法だ。

そして、初代と同じかどうかはわからないが、俺も実戦でも使えるレベルで習得している。それを使えば、いくらリンネが隠れるのがうまいと言っても、俺からは丸わかりとなるのだ。

「いた……三人とも、行くぞ」

リンネが隠れているのは、式典後の演習の為に用意した物資の中だった。式典後の演習では、一か月から二か月の予定で『大老の森』を調査することになっている。

メンバーは総勢で五〇人ほど、その半数以上がオオトリ辺境伯軍の選抜隊と辺境伯家が直接依頼を出した冒険者たちで、残りは王家やサンガ公爵家といった友好関係にある家の選ばれた騎士たちだ。

初代が単独で森の上を飛んで反対側まで到達したといわれているので、俺はできる限り少人数で挑みたかったのだが、『大老の森』の攻略はオオトリ家の悲願であり他の貴族からの注目度も高い為、最低限オオトリ辺境伯軍だといえる程度の規模を保つ必要があり、そこに様々な貴族のしがらみから他家の騎士を参加させることになったのでこの人数になったのだった。

その調査に必要な道具や薬、そして大量の食料などを用意していて、今は担当の者たちがそれらをマジックバッグやディメンションバッグに入れているはずだが、リンネは物資に紛れて演習についてくるつもりなのだろう。もしもリンネの隠れているのが物資を入れる箱だった場合、リンネが原因で物資をバッグに入れることができないのだがその時はどうするつもりだったのだろうか？

まあ、五歳児のやることだから、そこまでは考えていなかったというところだろう。

「その箱の積み込みはちょっと待ってくれ！」

「タイガ様、何かございましたか？」

物資置き場に着いた時、ちょうど担当の者がリンネの入った箱をディメンションバッグに入れようとしているところだった。

担当がバッグに入れるのを中止して地面に下ろした箱のふたを外すと、担当の者がせっかく釘を打ったのにといった表情をしたが、その中に入っていたリンネを見てすぐに顔を青くしていた。まあ、知らなかったとはいえ、辺境伯家の娘が隠れていた箱に釘を打ちつけて出られないようにした上、他の物資と同じようにバッグに詰め込もうとしていたのだ。幸い未遂で終わったし、隠れていたのが保存食の入っていた箱だったので、気がつかないままでも数日は大丈夫だっただろうが、リンネを閉じ込めたことには変わりがないので、普通なら何かしらの重めの罰が与えられるだろう。そもそも、中身を確認しないで釘を打っていたということなので、そこそこの罰が与えられることは間違いないのだが……別に言わなくてもいいだろう。リンネを危険な目に遭わせようとした罰だと思えば当然のことだろう。それがたとえ、リンネの自業自得だったとしても。

「いくぞ、リンネ。父さんと母さんに、しっかりと怒ってもらえ」

「い〜や〜だ〜」

暴れるリンネを小脇に抱え、ユリたちを引き連れて食堂へと向かうと、その途中で走ってくるジャンヌとアルム、そしてプリムラが見えた。多分、俺が遅かったので探しに来たというところだろう。

「タイガさん、リンネちゃんは見つかったんですね」

「タイガ、遅い！」

「ご飯が冷めるよ。それに、お父様とお母様も怒っているわよ。サンガ公爵を待たせるなって」

プリムラはリンネが見つかって安心したといった感じだが、アルムとジャンヌはいつものことなので心配した様子を見せなかった。

そして小脇に抱えられているリンネはというと、いつもならとっくに自分で歩いてユリたちとはしゃぎながら遊びに行くのに、今回はいつまでたっても不貞腐れていた。

「リンネちゃん、ご機嫌斜めですね」
「多分、今回の演習についていく気で隠れていたのに、あっさりと見つかったのが原因らしい」
「ミリーたちですら本気になったタイガから隠れ続けるのは無理なのに、リンネは懲りないのね」
「タイガからは逃げられない。いくら先祖に獣人がいるとはいえ、犬や狼顔の獣人よりも鼻が利くのは異常」

確かに獣人の血が薄くとはいえ入っているおかげか、素の状態でも五感はかなり鋭い方だと言える。だが、アルムの言うように実際にリンネを匂いで見つけられるほどではなく、あくまでも『探索』のおかげなので、プリムラとジャンヌは俺から距離を取ろうとするのはやめてほしい。

リンネを抱えたまま食堂に入ると、ちょうど父さんと母さん、そしてサンガ公爵は食事を終えたところだった。父さんとサンガ公爵は式典の最後の打ち合わせで他の貴族の所へ向かうそうで、母さんはリンネを説教すると言って他の部屋に連れていった。

「タイガ、なるべく早く食事を済まして話し合いに参加するんだぞ。今回の式典には、アレックスとヘリオス様が揃って参加するんだし、何よりもお前が主役のようなものなんだからな」

そういえば、今回の式典は父さんの代になって初めて国王と皇太子が揃って参加するんだった。

普通は王家の誰かが代理で参加し、国王どころか皇太子が参加することも珍しいのだが、今回は父さんがオオトリ辺境伯になってから一〇年目の節目であり、これまで父さんの代で国王や皇太子の参加がなかったことと、オオトリ辺境伯家嫡男の俺が初めて正式な演習部隊の隊長を務めることになったので、王家としても特別感を出してオオトリ辺境伯家との仲が良好であると国中に知らしめる為だろう。何せオオトリ辺境伯家と王家は三〇〇年以上前になるが仲違（たが）いをし、そこから戦争へと発展したのだ。しかも、その結果王家はオオトリ家に大敗し、さらにはオオトリ家に味方した南部伯爵家がクラスティン王国から独立し、南部王国と名乗るようになったのだった。

その敗戦の後で王となった当時の第二皇子によりオオトリ家との和平条約が結ばれ、それ以降から現在までオオトリ家はクラスティン王国の貴族として過ごしてはいるものの、王国の歴史書にはオオトリ辺境伯家はクラスティン王国の貴族でありながら半独立状態であると書かれるくらい、歴代の王家に配慮・厚遇されてきたのだ。

その一環として、オオトリ辺境伯家やその関係者が王家の関係者と年齢が近かった場合、幼い頃より顔合わせを行い幼馴染として良好な関係を築くようにするのだ。つまり、俺と二つ上の皇太子ヘリオスと三つ上のルナマリアは幼馴染であり、オオトリ辺境伯家の御三家といわれるジャンヌとクリスティナも俺と同じく二人とは幼馴染なのだ。ついでに言うと、南部王国の王家出身のアルムも幼い頃から一年の半分近くをオオトリ家で過ごしている為、同じように幼馴染の関係である……今更ながら、南部王国の王家の直系であるアルムが友好関係にあるとはいえ、別国のオオトリ家に一年の半分近く、人生の半分近くを過ごしているというのはおかしなことだ。まあ、あちらの王妃様（アルムの母親）も、ちょくちょくオオトリ家に遊びに来るので、アルムにとってオオトリ家は昔から別荘か第二の実家みたいな感じなのだろう。

「タイガ！　早くこの怖い人たちを説得して！」

朝食を終えた俺は、早く父さんたちの所へ行かなくてはならないと急いでいたせいで、玄関前は通らないようにという忠告をうっかり忘れてしまっていた。その為、未だに玄関で正座をさせられていたルナマリアに見つかり、ジャンポールさんとディライトを説得してくれと頼まれてしまったのだった。ちなみに、ルナマリアの隣で同じように正座しているクリスティナは一瞬だけ俺の方を見たものの、すぐにディライトを気にしてか視線を下へと逸らしていた。

「無理。ジャンポールさんに命令できるのは王様かヘリオスだけだし、ディライトを連れていったとしても、クリスティナが解放されるだけ……でもないか。とにかく、俺じゃあ無理だから、王様か父さんが通りかかった時にでも頼んでみてよ」

たとえディライトを説得したとしても、元からディライトにはルナマリアを拘束する権利のない別組織の人間なので解放されることはないし、俺がジャンポールさんに言うだけならともかく命令などすることはできないし、しても断られるのは目に見えているので意味がない。ついでに言うと、ディライトを連れていったとしても、クリスティナはルナマリアと行動を共にしていたという理由でジャンポールさんから解放されることはないのだ。それに、クリスティナは幼い頃からジャンポールさんに世話になっているし、それは父さんやクリスティナの母親たちもわかっているので、説教が終わるまではいないものとして扱うだろう。

「おはよう、タイガ。セリアを知らない？」

「おはようございますアリア様、母さんはリンネを説教中です」

王妃であるアリア様も式典に出席する予定だが王様やヘリオスほど忙しくないそうで、こうして朝食後は親友である母さんと過ごすことが多いのだ。

「それなら、邪魔をするわけにはいかないわね……これまで無視していたけれど、私もあのバカ娘の説教に加わろうかしら？　さすがにジャンポールばかりに押しつけるのも申し訳ないしね」

そう言ってアリア様は、正座を続けているルナマリアの所へと歩き始めた。

アリア様に気がついたジャンポールさんは敬礼して一歩下がり、ルナマリアは新たなる敵の出現に顔を青くして震えている。これでほぼ確実に、ルナマリアは式典の直前まで解放されることはないだろう。

ルナマリアとクリスティナを見捨てた俺が、父さんたちが集まっているというテントに入ると……そこでは我が国の王様と、南部王国の女王（アルムの母親）が睨み合っていた。

一見すると一触即発の場面のようにも見えるが、二人の周りにいる父さんたち王国の貴族と南部王国の護衛たちは、呆れたような顔をして二人を見ているか、逆に二人を無視して談笑していた。よく見てみると、睨み合っている二人の手にはそれぞれ数枚のカードが握られている。

「信じられる、タイガ？　あの二人、さっきから殴り合いでもするのかという顔でババ抜きしているんだよ」

「ああ、それで周りがあんな感じになっているのか。ところでヘリオス……皇太子様？　話し合いはどうなった……んですか？」

「無理に敬語を使わなくてもいいよ。この場には南部王国の者も含めて、私たちのことをよく知る者しかいないからね。話し合いなら、特に問題なく終わったよ……というか、唯一の問題点は我が姉のことだけだったから、陛下が騒がせたことを謝罪して、姉の為に式典の端の方に席を作ることを提案し、全員が承諾するという形でね。それ以外では変更点はないから、あの二人はああやって遊んでいるんだよ……傍から見ると、別の形で殴り合っているようにも見えるけどね」

それはそれでいつものことなので、周りも止めないようだ。あの二人もそれぞれ一国の王なので本当に殴り合うことはないしできるはずもない為、いつものように平和的な方法で適当に息抜きしてもらおうというところなのだろう。まあ、息抜きというようには互いに白熱しすぎているようにも見えるが、あれ以上になりかけそうな場合は、周りが止める前に自分たちで意識を切り替えることができるらしいので、これまで問題になったことは……なかったような気がする。

「そういえば、いつもの三人は？」

「今日はそれぞれ当主が来ているからね。嫡男組は私を除いて王都で留守番だよ……本当はうちの姉も、セオリー通りに留守番するはずだったんだけどね」

いつもの三人とは、サンガ公爵家とサモンス侯爵家、そしてハウスト辺境伯家の跡取りたちで、三人とも俺とヘリオスの幼馴染だ（三人はヘリオスと同い年で俺よりも年上ではあるが、あの三人は色々とやらかした過去があるので、俺の中に三人が年上という意識はない）。

ヘリオスの言うセオリーとは、当主と嫡男が同時に襲われるのを防ぐというものだろう。そういった意味では王様とヘリオス、そしてアリア様が同時に辺境の地に来ているのは異例中の異例のことではあるが、それだけ王家にとってオオトリ辺境伯家は特別な存在だということなのだろう。まあ、過去の戦争のこともあるし、さらにその昔にはオオトリ辺境伯領は王族の避難場所であり避暑地と言われていたので、特別なのは歴史的に見ても間違いない。

「まあ、あの三人がいたらうるさくなるのは間違いないから、いない方が楽かな。ただでさえ、ルナマリアとクリスティナも来てしまったことだし」

「姉に関しては申し訳ないと思うけど、タイガもその騒ぎの中心になることが多いというのは自覚した方がいいよ」

などと話していると、式典の会場へと移動する時間が迫ってきた。会場はこのオオトリ領の第一都市である『ククリ』から数キロメートル離れた『大老の森』近くにある砦だ。

　その砦は、初代の子供の頃にあったという『大老の森』から魔物が溢れた事件に備える為に作られたとされていて、この『ククリ』の街の名前の元になった村があった場所だといわれている。

「あそこまでの移動が面倒臭いんだよな……飛んでいったら一〇分くらいなのに、式典では周りに合わせて馬車での移動だからな」

「確かにタイガにとってはそうだろうけど、『飛空魔法』でそこまでの速度を出せるのは数えるほどしかいないから、我慢して皆と合わせないとね。馬車で連なっていくことも式典の一部なんだし」

　会場となっている砦は、基本的に一般人の立ち入りを禁止しているが、こういった式典や緊急時の避難の時のみ開放されることになっている。ただ、避難の場合はできる限り収容するが、こういった式典の時は開放されるといっても警備の関係上、抽選などで選ばれた者しか入ることができない。まあ、砦に入ることができないだけで、砦に続く道の周辺などには普段見る機会のない有名な貴族たちを一目見ようとする者たちが集まっているのだ。

　そういった者たちへのサービスや今から式典を始めるのだと知らせる意味でも、馬車での移動は必要とのことらしい。もっとも、その分危険が増えることになるし、貴族を狙っている犯罪者からすれば絶好の機会なので、警備に当たっている者たちからすれば一番の山場なのだ。

「リスクを考えれば、わざわざ砦まで馬車で行かない方がいいのにな。過去には実際に、暗殺未遂が起こったこともあるんだし」

「確かにそうかもしれないけれど、ここに来ている貴族たちはその危険を冒してでもオオトリ辺境伯家との繋がりを維持したいし、それぞれ自前で腕利きを用意しているからね。むしろ、不穏分子をあぶり出す絶好の機会と思っている者もいるんじゃないかな？　変な所で襲われるよりも、他の貴族が用意した腕利きがいて、王国一の精鋭揃いと評判のオオトリ辺境伯軍がいる所の方が、生存率は高いだろうし」

「そうじゃぞ、タイガ。そもそも、ここにいる貴族たちは、オオトリ家が招待したくて呼んだというよりは、参加したいから招待状をくれと言ってきた者ばかりなのじゃからな。気にする必要など、これっぽっちもないわい」

まあ確かにじいちゃんの言う通り、父さんが辺境伯家として招待状を出したのは王家とサンガ公爵家、サモンス侯爵家にハウスト辺境伯家に南部王国の王家くらいなものだ。その他にも、母さんや俺、じいちゃんが招待状を出した所もあるが、今日参加している半数以上の貴族は、わざわざ正式に招待状を受け取った、もしくは受け取りそうな貴族に頼み込んで招待状を得ているのだ。

そこまでして辺境の地の式典に参加したがる貴族が多いのかというと、単に高位貴族の中でも歴史と実力のある名門が集まるからだ。

王家をはじめ、サンガ公爵家とサモンス侯爵家、そしてハウスト辺境伯家はこの国が建国された時から続く超名門であり、それぞれの当主が高確率で参加するし、当主ではないが他の公爵家も代理（そのほとんどが嫡男やそれに近い地位の者）がやってくる。そして何よりも、南部王国の王家が参加するというのが大きい。そんな式典だからこそ、多くの貴族が参加したがるのだ。

王国の派閥のバランスを崩さない為に面倒臭い方法になっているが、その代わりその方法で参加している貴族の責任は仲介した貴族が持ってくれるので、

「それもそうだね。それに、何かあって苦労するのは主に父さんだし、式典の面倒臭い部分は、俺

が当主になってからどうするか考えればいいね」

「そういうことじゃ」

じいちゃんと笑いながら皆に向かう馬車へと向かうと、

「タイガ、お前の馬車はここにはないぞ！　屋敷の裏にあるはずだから、そっちに向かえ！」

いつもならこういった式典のようにオオトリ家の一員として参加する場合は、父さんたちと一緒にオオトリ家の家紋が入った馬車に乗って移動するはずなのだが、俺だけ何故か今回は別に移動するらしい。

「ふむ……それならばわしも、タイガと共に向かうとするか。よいの、リチャード？」

じいちゃんがそう言うと、父さんは勝手にしろといった感じで手を振っていた。

「それなら私も……」

と、じいちゃんに便乗してヘリオスも一緒に行こうとしたが、さすがにそれは王様から許可が下りず、ヘリオスは予定通り王様たちと一緒の馬車で移動することになった。

「別の馬車で移動って、箱はあっても馬が足りないんじゃない？」

トライホーンは身体能力に関しては抜群だが、馬車を引く馬としては気性が荒すぎて向いていない。それでも、比較的気性が穏やかなのを選んで訓練を重ねた、馬車用のトライホーンもいることはいるのだが、今回参加している一部のゲストたち（王族やサンガ公爵たちのような高位貴族）に貸し出しているので、父さんたちが乗る馬車以外に残ってはいなかったはずだ。

そうじいちゃんと話しながら、屋敷に戻ると……

「ブルッ！」

一頭の黒い馬が荒ぶっていた。

その馬はトライホーンを上回る巨体と頭に二本の角を持ち、後ろ脚で立ち上がったり前脚で逆立ちしたりと、明らかに不機嫌な様子だった。そんな暴れ馬は、逆立ち状態の時に俺を見つけると、ドスンという音を立てて後ろ脚を地面に下ろして少しの間動きを止めて……急に俺に向かって走り出した。

その速さは普通の軍馬どころかトライホーンと比べても桁違いで、俺とは一〇〇メートル以上離れていたというのに、その距離をたったの数秒で縮めていた。

「うわっ！　あぶなっ！」

突進してきた黒い馬を、俺は間一髪のところで避けると同時に手綱を掴み、半ば振り回されるような形で馬の背にまたがった。

「いっ……た～……」

あまりにも馬の勢いがすごかったせいで、背に乗るというよりは叩きつけられたような形になった俺の尻は、骨盤が砕けたかと思うほどの痛みに襲われた。多分、今の俺の尻は、まるでリンゴのように赤くなっていることだろう。

俺の尻に大ダメージを与えた馬は先ほどの暴れっぷりが嘘のように大人しくなり、俺を乗せたまま元いた所へと戻っていった。

「あっ！　タイガ、やっと来た！」

「タイガが遅いせいで、さっきからライデンがプリプリしてた」

ジャンヌとアルムが、さも俺が遅かったせいでライデンがイラつき、それにより怖い思いをしたとでも言いたそうにしていたが……二人の口にはお菓子のかけらがくっついているので、少なくとも怖い思いだけはしなかったはずだ。

「今回ライデンは留守番だったはずだけど、式典だけ参加することになったのか？」

ライデンは初代が作ったとされる馬型のゴーレムだが、何らかの理由で初代の死後一〇〇年ほどで動かなくなったといわれていた。ただ、動きはしなかったもののまれに周囲の魔力を吸収していることが確認されていた為、オオトリ家の歴代当主が管理していたのだ。

そんなライデンが、何故今になって動き出したのかというと……正直、何もわかっていない。ただ、動き出した時に、たまたま俺がそばにいたからという理由と、何故かライデンが俺の言うことしか聞かないので、父さんから管理を全面的に任された……と言えば聞こえがいいが、実際は父さんの手には負えないので、当時五歳の俺に押しつけたのだった。

それ以来、ライデンは俺の馬代わりとなり、時にその背にまたがって野を駆け、時に馬車を引いて旅をしてと、常に一緒にいた。だが、今回の式典の後の演習は、その舞台が『大老の森』の中なので、ライデンには不向きということで置いていくことになっていたのだ。だから、式典の会場まではついてくることになったのかと思ったのだが、

「そんなわけないやん。ライデンを置いていったりしたら、帰ってきた時に屋敷が半壊しとってもおかしくはないで」

と、馬車の陰から声が聞こえてきた。よそで聞いたことのない変なそのなまりが、どこの地方のものなのかは知らないが子供の頃から聞いていていて慣れているので、俺は特に驚くことなく足元に落ちていた石を拾い、その声のする方に目がけて投げつけた。すると、

「まいどまいど、強烈な挨拶やな！　ほんとそんなところは、テンマによう似とるで！」と、陸地なのに何故か生息でき、さらには言葉を話すことのできるどでかい鯉がいて、俺の投げた石を飛び跳ねてかわしていた。

「いきなり飛び出してきた魔物に対して攻撃することはおかしなことではないだろう？」

そう言うとどでかい鯉……ナミタロウは不機嫌そうな顔で、「ナミちゃんをそんじょそこらの魔物と一緒にすんな！　失礼なやっちゃな！」と叫んでいた。

「まあ、話は戻すけどな、ライデンは数百年も動かずにタイガを待っとったんや。それなのに、自分に不利な地形やからとかで置いていかれるのは納得いかんのやろ。それに、ライデンならちょっとやそっとの不利をひっくり返すくらいの能力を持っとるわ……何せ、赤いトカゲとひーちゃんの素材で修復しとるし」

最後の方はとても小さな声だったので聞き取ることができなかったが、ナミタロウがそこまで言うのなら連れていっても大丈夫なのだろう。まあ、実際に不利をひっくり返すだけの能力はあるだろうが、そもそも森の中でライデンが暴れられるほどのスペースは多くないとは思うので、基本的にはディメンションバッグの中で待機ということになるだろうが、ライデンがそれで納得するのなら連れていってもいいだろう。

「それにしても、未だに初代の作った馬車が現役で使えるというのはすごいな」

現役というか所々改修を加えているとはいえ、今の最新型に劣らないどころか勝っている所が多いというのは驚異的だとしか言いようがない。

「オオトリ家の初代様が造ったという馬車が公爵家にも三台ありますが、どれも現役で使えていますね。ただ、同時期に造られた他の人のものは形が残っていれば上出来で、それ以上壊れないように厳重に保管されていますから、現在の技術があまり進歩していないというよりは、当時の初代様の技術力が桁違いだったということでしょうね。それこそ、この世のものとは思えないくらいの」

　サンガ公爵家には初代の義父と義兄と甥に贈ったとされる馬車が三台あり、どれもこの馬車よりは劣るといわれているが、今の馬車と比べても遜色のないものだとのことだ。

「そうやで、テンマの技術力は当時では抜きん出すぎて、そっちでも化け物扱いされとったからな！　そのせいで、息子のアレン……ジャンヌのご先祖様のことな！　も、同じ技術畑の人間やったんやけど、父親を越えられんとか言ってよくいじけとったからな」

「へぇ～」

　ナミタロウがジャンヌのご先祖様の話をしたが、ジャンヌはあまり興味がないようだった。

「あれ？　初代の次男って、戦闘面でも桁違いとか言われてないか？　長男と同等かそれ以上の実力者で、歴代のオオトリ家関係者の中でも上位に来るとか何とか？」

「そやで！　アレンは兄のトウマと同じくらい強くて、もっとまじめに鍛錬しとったら確実に上に来とったやろな。ただ、本人は戦いよりもものづくりの方が好きやったから、しょっちゅう自分の部屋に引き籠もっとった。でもな、そこまでしてもテンマに技術力で勝ったとは言われんかったし本人も思えんかったらしくて、よくわいに愚痴っとったわ。兄のトウマは政治力でテンマより上と言われるのに、自分にはないってな」

「ほぇ～」

　ナミタロウの話はかなり興味深いものだと思えるのだが、やはりジャンヌは興味がないようだ。

むしろ、アルメリア家とは関係のないプリムラの方が面白そうに聞いていた。

「タイガ、そろそろ行かないと、式典に遅れる。そうすると、お父さんとお母さんに怒られる」

「ああ、そうだな。じゃあ、ライデンを馬車と繋げるから、皆は先に乗っていてくれ」

そう言って皆を馬車に乗せ、その間にライデンの準備をしようとすると、

「タイガ、準備が終わっても、出発はもうちょい待ってくれんか？　まだ到着してないのがおるからな」

誰が？　と思いながらライデンの準備を終えて、ナミタロウの言う通り待っていると、

「よかった！　間に合った！」

「よくやったわ、タイガ！　やっぱり私たちを待ってくれていたわね！」

ギリギリまで怒られるはずのクリスティナとルナマリアが、慌てながら走ってやってきた。

「ナミタロウ、遅れてくるっていうのは、あの二人のことだったのか？」

それなら別に待たなくてもよかったんじゃないかと思ってナミタロウに訊いたが、

「いや、ちゃうねん！　あの二人よりも、もっと重要で強力な援軍や！」

こちらに走ってくる二人を俺が連れていってていいものかと思ったが、プリムラが多分あの二人は置いていかれたのではないかと思いますと言ったので、仕方なくクリスティナを御者席の方へ、ルナマリアを馬車の中へと押し込めていると、

「おっ！　来たみたいやで！」

何かがこちらに向かってくる気配がした。

「白い犬？」

走ってきたのはまだ子犬というサイズだが、明らかに普通の犬ではない。普通の子犬なら、あの速度で走るのは無理だろうし、何よりも不完全ながら魔法で身体強化をしているようだ。

「あれ、魔物だよな？」

「そやで！　あれはフェンリルの子供や！　ちなみに、数百年前に死んだシロウマルの孫……ひ孫やったかな？　とにかく、オオトリ家に縁のあるフェンリルの血族で、タイガの眷属になる為にやってきたんや！」

昔からテイマーとしての素質はあるといわれてきたが、これまで相性のいい魔物に巡り合ったことがないので、俺に眷属はいなかった。

「わふぅ！」

「元気がいいな……それで、眷属にするにはどうしたらいいんだ？」

「何か、相手に魔力を流してみて、相性が良かったらその後は自然とわかるらしいけどな。ただ、タイガにはその子犬の前に、眷属にする相手がおるんや！」

ナミタロウがそう言うと、子犬の首に巻かれていた首輪のようなものからスライムが現れた。

「そのスライムは子犬と同じくテンマの眷属やったスラリンの血族……のようなものや、スライムに血族とかいう言い方が合っとるのかしらんが、とにかくタイガの眷属になる為に来たんや。子犬の方は名前がないけど、そのスライムの名前は『スラリン』やで！」

初代の時と同じ名前なのかと思ったが、人間でも先祖にあやかって同じ名前を付けることはよくあるのでそれと同じことなのだろうと思うことにした。

「え～っと、スラリンでよかったんだよな？　それで、本当に眷属になってくれるんだな？」

そう尋ねると、スラリンは縦に一度体を弾ませた。

契約のやり方がわからないままだったが、スラリンに魔力を流すと何となくどうすればいいのかがわかり、気がつくとスラリンは俺の眷属になっていた。

同じ要領で子犬にも行うと問題なく眷属にすることができて、これで俺は晴れてテイマーと呼ばれるものになれたのだった。

「ん？　タイガ、なんかスラリンがとても重要なものを預かってきとるそうやで」

ナミタロウがそう言うと、スラリンが白くて丸いものを吐き出すようにして俺の前に差し出してきた。

「何かの卵みたいだけど、これは何だ？」

「それ、ソロモンの産んだ卵やで。この間久々に会ったら、なんかそろそろ生まれそうやから、いずれオオトリ家の子供に預けるって言いよったんよ。今回、ちょうどタイミングが合ったんやな」

つまりこの卵は、将来の古代龍候補というわけか……ただ、実際に孵化するまでの状況によっては、たとえ古代龍の産んだ卵であっても下級龍になることもあるそうなので、とても重要な任務といえるだろう。

「そういえば、最近ソロモン様って見ないね。前はたまに街まで飛んできて、何か食べ物をねだっていたのに」

ジャンヌの言う通り、オオトリ辺境伯領の守り神ともいえるソロモンは、体を小さくした状態で街に飛んできて、数日間滞在することがよくあったのだ。

「ああ、さすがにここしばらくは卵を産むのに集中しとったからな。多分、体力が回復次第、また遊びに来ると思うで」

「というか、ソロモン様って雌だったんですね」

「いや、ちゃうで。ソロモンは性別で言ったら雄やけど、古代龍は雌雄関係なく卵を産めるんや。雌の場合は他の生き物と同じように産むこともあるけど、古代龍くらいの生き物になると、相手がおらんでも自分の魔力と周囲の魔力を集めて卵にすることができるんや。すごいやろ！」

何でナミタロウが威張っているのかはわからないが、とにかく古代龍は色々な意味で他の生き物とは違う存在ということだけはわかった。

「とにかくその卵は、タイガが責任持って魔力を注いだらいいんや。ずっと注ぐ必要はないけど、注いだら注いだだけ生まれるのが早まるから、無理せん範囲でやったらええ。それと、その子犬の名前も早く決めてやらんといけんよ」

そう言うとナミタロウは馬車へと入っていった。

「名前か……シロウマルの孫かひ孫だから、ロクロウマル？　ナナロウマル？　もしくは一周回ってタロウマルか？」

タロウマルでもいいような気がするが、ナミタロウと被るのでなしだな。

そう思いながら馬車に乗り込もうとすると、

「ちょっ！　ちょっと待ってくださいよ――！　大事な人をお忘れですよ！　皆のお世話係の、アユラちゃんをお忘れですよ――――！」

我が家を代表するダメメイドが、スカートをたくし上げながら走ってきた。完全に忘れていたが、いなくても大丈夫だし、置いていってもそのうち自力で式典会場まで来るだろうから無視して馬車

に乗り込むと、

「ひどいですよ、タイガ様！ ほら、サービスシーンを見せますから、もう少し待って……ひっ！」

また馬鹿なことを言い出したので構わずに馬車のドアを閉めようとしたが、何故か急にアユラが変な声を出した。

どうしたのかと思い、ドアを少し開けて外を見てみると……こちらに向かって走ってきていたはずのアユラが、馬車まで残り数十メートルという所で立ち止まっていた。しかも、とても変な顔をしている。

その視線はこちらを……正確には、馬車の前の方に向いていたので、クリスティナが何かしたのかと思ったのだが、アユラの視線はクリスティナではなく、いつの間にかクリスティナの隣に座っていたアユラの天敵へと向けられていた。

「何だ、アキナもいたのか。全然気がつかなかったけど、もしかして最初からそこにいた？」

「申し訳ありませんでした、タイガ様。実は最初からいたのですが、あの馬鹿が遅れていたので、いつ来るのか馬車の陰に隠れて待っていました」

他の貴族の所なら失礼どころでは済まされないかもしれないが、こう見えてアキナ（アユラもだが）は初代の時からオオトリ家に仕えている家系だし、オオトリ家の御三家と呼ばれているディライトの許嫁だ。それに、オオトリ家に仕えている家ではあるものの俺にとって幼馴染のような存在なので、こういった行動は珍しいことではないし、父さんたちも気にしていないのである意味オオトリ家公認である。

「とりあえず、これでこの馬車に乗るメンバーは全員揃ったのかな？」

御者席にいたアキナが、まだ固まったままのアユラの首根っこを押さえながら馬車の中に投げ込んだのを見て、一応皆に訊いてみた。まあ、ルナマリアと眷属の二匹にナミタロウを除けばいつものメンバーなので、これ以外でこの馬車に乗って会場に向かう者はいないだろう。たとえいたとしても、時間切れだったということにしておこう。

そんなことを考えながら馬車のドアを閉めようとしたところ、

「まだ誰かいるのか？」

どこからか視線を感じた気がしたので、一度外に出て確認することにした。すると、

「リンネか」

「私も行く！」

てっきり母さんたちと一緒に向かったと思っていたリンネがいた。

「会場までだからな。その後は母さんの所で大人しくしているんだぞ」

俺の言葉に頷くリンネだが、本当にわかっているのか怪しいので、会場に到着したらちゃんと俺の手で母さんの所まで届けた方がいいだろう。

リンネが馬車に入ったのを確認し、今度こそ出発しようとクリスティナに声をかけようとした時、

「またか？　今度はどこから……上？」

またも視線を感じ、それが上からのものだったような気がしたので『探索』を使ってみたが、俺の魔法が届く範囲にこちらを見ていそうな存在は上空どころか周囲にもいなかった。

「やっぱりいないか……気のせいだよな。まさか、雲のさらに上から見ているような存在などいるとは思えないしな」

「タイガさん、そろそろ行かないと、本当に遅れてしまいますよ」

「そやで、タイガ。何しとんねん！」

「ああ、悪い。クリスティナ、俺が乗ったら馬車を出してくれ」

少し焦った様子のプリムラと、当たりの強いナミタロウに急かされて、俺は馬車に乗り込んでドアを閉めた。

式典に参加するのは少し嫌で緊張もするが、その後の長期演習は楽しみで仕方がない。

そんな俺とは逆に、留守番が決まっているリンネは不服そうだったが、大きくなったら絶対に連れていくと約束して何とか機嫌を直すことができた。

「本当に、リンネと一緒に行けるのが楽しみだな。だけど訓練だけじゃなく、勉強もちゃんと頑張るんだぞ」

「うん！」

その時が来るのは一〇年後くらいだろうが、多分アッという間なのだろう。それこそ、今この時がつい昨日のように感じられるくらいに。

◆視線の主SIDE

「ずるいよね、テンマ君……いや、輪廻転生の神は、ちゃっかり自分だけ生まれ変わる方法を作り上げていたんだから。まあ、色々と制限はあるみたいだけど」

「自身の血縁で、なおかつ相性がいいという条件らしいけど、貴族に取り込まれた輪廻転生の神の血が今後途絶えるとは考えられないし、数が増えればその分だけ相性がいいのも生まれやすいからな」

「破壊神の言う通り……というか、テンマちゃん……じゃなかった、輪廻転生の神のことだから、たとえ自分の血が途切れたとしても、他の方法で生まれ変わるような気がするわね」

「その方法があるとすれば、俺たちにも応用できるかもしれないな。まあ、生まれ変わると能力は多少引き継ぐが、記憶はここに戻ってくるまで消えるとのことだがな」

「そうだね、今度輪廻転生の神が戻ってきたら、一度皆で尋問してみようか？」

「それも面白そうね……って、今タイガちゃん、こっち見なかった？」

「それは気のせい……って、本当にこっち見てるね。確信があって見ているわけじゃないみたいだけど、やっぱり何か感じるものがあるんだろうね。あまり見すぎると戻ってきた時に怒られるから、今回はここまでにしておこうか？」

「そうね。それに、私たちだけで見ているのがバレたら、愛の女神たちも黙っていないだろうし、バレないうちに終わるのがいいわね」

「それにしても……テンマ君が遊びに行く時に限って、あの時の関係者がこぞって集まるのは神としての力なのかな？　おまけに、今回はあの女まで生まれ変わっているし」

三〇〇年後の受難

◆家臣デュークSIDE

「本当に攻めてくる気か、あの馬鹿王太子」

「みたいだぞ。しかもセイゲンが壊滅したのは、オオトリ家の陰謀だとか周りに言いふらしているそうだ」

「本当に馬鹿だな、あの王太子。あれほどオオトリ家として正式に忠告していたのに、それを無視して龍の間のダンジョン核を持ち出してセイゲンの大沈下を引き起こしたのは自分たちだろうが！　それで犠牲になったのが一〇万ほどだったか？　その全てがオオトリ家のせいだとか、頭がいかれすぎているな！」

　オオトリ家の初代当主であるテンマ様の推測を基に、何十年もかけてセイゲンのダンジョンの調査を行った結果、残されたダンジョン核を持ち出すことはとても危険であると報告し、それを王家も認めていたはずなのに……二〇〇年ほどの間に、王家だけその報告書の内容が改ざんでもされたのか？

「しかも、その補塡をオオトリ家に求めてきているんだろう？　金貨一〇〇億枚だったか？」

「とてもじゃないが払える額ではないし、払う義理もない。むしろ逆だろ」

「それで、我らがご当主様はどうしている？」

「寝てるよ。あほらしくて相手にするのは嫌なんだろうよ」

「そういった態度が王家に舐められる原因の一つなんだがな……誰か、起こしてこい！　いくら面倒臭い奴らでも、一応はこの国の王家なんだ。俺たちだけで決めるのも良くないだろう」

「だけどよぉ……もう少し寝かせてやってもいいんじゃないか？　ここ一か月の間、葬式やらなんやらで、ろくに休みがなかっただろ？」

「そうさせてやりたいのはやまやまだが、王家が寄越せと言っているのは金だけではないぞ」

金貨一〇〇億枚は、王家が本気で求めているものではない。あいつらは、はなから金貨を求めているわけではなく……まあ、もらえるのならもらうつもりだろうが、こちらが断るのを前提で要求してきているのだ。王家の本命は、

「あいつらが欲しいのは、オオトリ家の持つゴーレムに関する機密情報にライデンを含めたオオトリ家の秘宝、そしてアルメリア家のセイラだ」

「わかった、すぐにユウマを起こしてくる！」

事の深刻さがわかったのか、ガラットが会議室の扉を乱暴に開け放って走っていった。

王家は……というより、オオトリ家を除いたこの国の貴族たちは、初代様の頃より三〇〇年が経っているというのに、ゴーレムの技術をものにすることができていない。

かろうじてサンガ公爵家のような初代様と付き合いの深かった大貴族が、ギリギリ戦闘に使えるくらいのものを作ることができているが、情報を独占しているオオトリ家のゴーレムには遠く及ばない。

それに、サンガ公爵家をはじめ、初代様から手に入れたというゴーレムを持っていた家のほとん

どは、そのゴーレムを研究の為に解体してしまっているので、現状で初代様のゴーレムを今も持ち続けているのは、オオトリ家と南部伯爵家くらいのものだろう。

「オオトリ家のゴーレムは、出来の良くないものでも他の家の作るゴーレムの数倍の強さを持つ。その技術を王家が手に入れれば、この国は独裁国家に変わるだろうな。まあ、手に入れることができればの話だが」

もしもあいつらにオオトリ家の技術や秘宝を渡してしまったら、間違いなくろくなことにはならないだろう。まず初めに、ライデンは面白半分に解体されるだろうし、秘宝の一つである小烏丸はオオトリ家を屈服させた証として見世物にされるだろう。そして許嫁であるセイラは、王太子の慰み者にされるに決まっている。

「誰が可愛い姪を、あんなくそ野郎に渡すものか！　もしもユウマが動かないというのなら、俺一人でも王都に攻め込んであいつらを血祭りにしてやる！」

「少し落ち着け、デューク。俺もセイラをあんな奴に渡すつもりはないさ」

感情が高ぶりすぎて、あと少しでテーブルを破壊してしまいそうになった時、開けっ放しにされていた扉から聞き慣れた声が聞こえてきた。それはいつもと変わらず、どこか飄々（ひょうひょう）としているようにも感じられたが、その目はいつもの眠たそうなものとは違い、別人ではないのかと思うほど鋭く、この俺ですら後ずさりをしそうになるくらいのすごみを全身から滲ませていたのだった。

◆王太子ＳＩＤＥ

「それで、やはりオオトリ家は断ってきたか……ならば、力ずくでわからせてやらないといけないな。すぐに国中の貴族たちに命令を出せ！　辺境の田舎者どもの討伐に参加せよとな！」

「はっ！」

別にあの田舎者どもが俺の命令を聞こうが聞くまいが、どの道奴らの命運は尽きていたのだ。まあ、王家に……いや、次期国王たるこの俺に逆らったということがどういうことなのかすらわからない馬鹿どもなのだ。俺に余計な手間を省かせたことだけは褒めてやらねばな。

だが、そんな馬鹿な田舎者どもにも、味方をする奴らがいることも確かだ。もっとも、味方と言えば聞こえはいいが、実際のところは田舎者に相応しい獣（けだもの）なのだ。獣らしく力は強いが、ただそれだけだ。我らにかかれば害獣を駆除するようなものだろう。

「東の公爵家に、サモンス侯爵家とハウスト辺境伯家と共に連合軍をつくり、その旗頭となって周辺の貴族どもをまとめ上げ、逆賊たるオオトリ領に攻め入るようにとの命令を届けよ！　西の公爵家には、ダラーム侯爵家と共に、南の獣を牽制しながら進ませ、もし獣が襲いかかってくるようならばそれを蹴散らせと伝えよ！」

東の三家と貴族どもの連合軍だけで、軽く一〇万を超えるものになるだろう。西側は東よりは少なくなるだろうが、それでも八万くらいは集まるはずだ。田舎者どもは確か二万に届かないらしいし、獣どもはどれくらいか知らないが、おそらく同数ほどだろう。

「これは俺が出るまでもないかもしれないな……だが、念には念を入れるべきだ。田舎者も獣も、存外にしぶといだろうしな」

今王都にいる兵は一〇万ほど。後々のことを考えて、半数……いや、三万ほどでいいな。

「北の公爵家に、二万の兵を連れてこいと伝えろ。王家の兵を貸してやるから、西と東に合わせて田舎者どもを叩き潰せとな！」

北の公爵家の兵数が少ないと騒ぐ輩(やから)が出るかもしれないが、あと数か月もすれば北は雪で埋もれてしまうはずだ。そこまで配慮せねばならぬのは面倒だが、他の貴族どもにはその分だけ褒美を減らすと言えば納得するだろう。北の公爵家には王家の兵がいる。お前らが本隊であり、それを率いる名誉を与えるとでも言えばいい。

「これで二五万の軍勢が揃うわけだ。負ける要素はないな」

そして田舎者どもの隠しているゴーレムの秘密を手に入れ、ゆくゆくは王家の直轄地を増やしていく。それに反発する者どもは、たとえ公爵家といえども滅ぼしてしまえばいい。

「公爵家も、叔父の治めている西さえあれば、他は滅ぼしても構わない……いや、滅ぼした方が王国の為になるしな」

滅ぼした後は、叔父の義弟がいるダラーム家を公爵に格上げすればいい。

「そういった意味では、ダラーム家にとっては三〇〇年越しの復讐(ふくしゅう)戦というわけか」

これはよく言い聞かせなくても、勝手に張り切ってくれそうだ。

「ああ、その前に愚弟とその母親は、田舎者どもを滅ぼすまで牢(ろう)にでも入れておかねばな。あいつは分不相応にも王座を欲していたからな。俺を亡き者にする機会を窺っていることだろう」

まあ、そんなことできるはずはないがな。

◆

「ジョー、ハウスト辺境伯家からの返事は？」

「味方したいが、サンガ公爵家が兵を集めているせいで動くことができないとのことだ」

「ガラット、サンガ公爵家からは？」

「オオトリ家と動きを合わせたいが、サモンス侯爵家が隙を狙っているせいで離れることができないらしい」

「リーリャ、サモンス侯爵家は何て？」

「間にいるハウスト辺境伯家が邪魔だから、とりあえず相手に動きがあるまで様子を見るそうです」

相変わらず仲がいいな。多分、王太子にも同じようなことを言っているんだろうな。まあ、あの三家は王家に対して何年も仲が悪い振りをしていたくらいだから、今更王太子程度を騙すくらい屁とも思ってないのだろう。

「王家とオオトリ家を秤にかけて、有利な方に味方するということか……」

「いや、それは違うだろう」

ジョーたちが嫌悪感を露わにしているが、デュークが否定した。

「確かに秤にかけているように見えるが、あの三家は初めから王国の為を考えて行動しているぞ」

「オオトリ家を騙して王家の味方をするということか！」

俺の言葉を聞いて、ジョーがテーブルを叩きながら大声を出したが、

「あくまで王国の為であって、王家の為ではないぞ。むしろ、王国にとってあの王太子……と、国王と王妃は邪魔だと思っているはずだ。だから今回に限って言えば、オオトリ家が王国を滅ぼそうとしない限り、あの三家はオオトリ家に対して攻撃を仕掛けてこないだろう」

あの三家の歴史は古く、特にサンガ公爵家は王家と同じくらいの歴史があり、何度も王家の血が入っている。

そんな貴族だからこそ、王家とは別に王国に対する思い入れもあるのだろう。そしてそれは、多少の差はあれど、サモンス侯爵家とハウスト辺境伯家も同じはずだ。

「つまり……どういうことだ？」

「その三家を確実に味方につける為に、王城の牢屋に監禁されている第二王子とその母親を助け出す」

王太子は三家の連合軍を当てにしているようだから、それがなくなればその穴を王家の兵で補うはずだ。そうすればその分だけ王都の守りは薄くなり、二人を助けることは容易くなる。

「あの王太子のことだから、三家の連合軍が出ないことに腹を立てて自ら軍を率いようとするはずだ。だから、第二王子を助け出せば王都制圧後の混乱は少ないだろう。王太子と違って、第二王子は人望があるそうだからな」

「だけど、第二王子を救い出しても、まだ王都には国王と王妃が残っているんじゃないか？」

「国王はすでに死んでいるぞ。王妃は実家に戻っているそうだ」

王妃は王家に嫁いでからずっと実家である西の公爵家の為に動き続けていたし、国王はそんな王

妃の言いなりだった。そして、王太子はそんな王妃に生まれてからずっと思想を染められていた。

つまり、王妃にとって王太子さえいれば、傀儡（かいらい）である国王は決して必要な存在ではなかったということだ。ただ唯一の誤算は、国王が西の公爵家以外の派閥の圧力により側室を取らざるを得なくなり、第二王子が生まれてしまったことだろう。

「サンガ公爵たちにとっては、自分たちと敵対する派閥の血を引く王太子よりは、違う派閥であったとしても害の少ないと思われる第二王子の方がいいし、何より王太子が国王の血を引いているかどうか怪しいからな」

「それにしても、ユウマはよくそんなことを知っているな。公爵家とかだけじゃなく、王家のかなり深そうなところまで」

ジョーが呆れたような顔をして言うが、それは簡単なことだ。何せ、

「ハウスト辺境伯家はご近所さんだからな。王家に見つからないように遊ぶのは簡単なことだ。それに、サンガ公爵家とは初代からの縁が続いているし、利に聡（さと）いサモンス侯爵家が、自分たちだけのけ者にされるのを見過ごすはずがない。最近は会う機会が減ったけど、よく文（ふみ）のやりとりはしているよ。そして王家だけど、表立って言わないだけで王太子たちを嫌っている人は多いからな。だから国王や王太子の周りには、俺に情報を流してくれる人が何人もいるんだ」

その情報を基に、これまで王家の命令を最小限の被害で受け流してきたのだが、それにしびれを切らした王太子が自身の発言力を高める為にセイゲンのダンジョンの核に手を出したのだ。

王太子の予定では、オオトリ家の初代ができなかったことを成したとアピールし、その勢いで王家に反抗的な貴族を抑え込み、場合によっては滅ぼすつもりだったようだ。もっとも、現実は王太

子の思い通りにいくことはなく、セイゲンのダンジョンは核を失ったことでそれまで均衡を保っていた水のダンジョンに飲み込まれ大規模な地盤沈下を起こし、セイゲンという名の都市とそこに住む一〇万の人々を失うという結果を引き起こしたのだ。

その犠牲になった人々の中には俺の友人や知り合い、そして王太子を止めようとしていたオオトリ辺境伯家前当主である父も含まれていた。

「それら全てがオオトリ家のせいだから賠償金を払えとか、どう考えても無理がありすぎるだろう。今王家の為に動くのは、どこの派閥からも声のかからない貴族か見捨てられた貴族、そして西の公爵家の派閥だろう」

「それら全て合わせれば一五万、無理をして二〇万というところだろうな」

「デューク、あいつの為にそんなに集まるわけないだろう？」

「いいや、集めてもらわんとこちらが困る。小出しに来られても面倒なだけだし、中途半端に叩けば途中で降参するはずだ。そうなれば、また同じことが起こるぞ」

「それは嫌だな……ユウマ、できるだけ俺たちに有利なところまで引き込んで、一網打尽にしようぜ！」

確かにデュークとジョーの言う通り、今後のことを考えれば一網打尽にするのが理想だろう。

「だけど、それをするとこちらの被害も大きくなるぞ。特に、領内の端の方にある村や町が」

一網打尽にする為にオオトリ領の領民を危険にさらしたのでは、本当の意味で勝ったとは言えないと思う。

「こっちから攻め込むしかないか……まあ、数ではかなり負けているけど、負けているのは数だけだからな。どっかの馬鹿たちが一斉に調子に乗ったりしなければ、互角の戦いにすらならないだろう」

「どこの馬鹿のことを言ってるんだよ……もしかして、ガラットのことか？」

「いや、ジョージじゃね？」

「お前らを筆頭とした、前線部隊のことだよ」

そう言うと二人は文句を言い始めたが、無視して他の会議の参加者たちと作戦を立てることにした。その途中で、

「ユウマ、南部伯爵家から追加の手紙が来たぞ！」

南部伯爵家からまた手紙が来たといって、俺の元に届けられた。

「ありがとう、メリッサ……ふはっ！　これは面白いことになった！」

南部伯爵家から追加で届けられた手紙の内容はとても面白く、俺は思わず笑ってしまった。そして読み終えた手紙を皆にも見せると、半分が驚きで声が出せず、もう半分は俺と同じように大笑いしていた。

「南部はこの戦争をきっかけに独立するのか！　まあ、獣人が多いというだけで、何度も差別されてきたからな。確かに独立するにはいい機会だ」

これまで何度も南部伯爵家は王家から不当な扱いを受けてきた上に、何故かオオトリ家と共に敵認定をされたのだ。王国を見限るには十分すぎる理由だろう。もっとも、南部伯爵家は怒りというよりはむしろ喜んでいるような気がするけれど。

「南部伯爵家はオオトリ家と合流せずに北上し、南下してくるだろう西の公爵家を蹴散らすそうだ。

出会わなかった場合は、そのまま王都に攻め込むつもりらしい」

「さすがに南部伯爵家が王都に攻め込むのはまずいな……」

独立が目的の南部伯爵家は、たとえ一般人であったとしても邪魔だと判断すれば容赦はしないだろう。デュークはそれを危惧しているようだ。

「なら、南部伯爵家よりも先にオオトリ家が王都を制圧すればいい。部隊を四つに分けるぞ！　一つ目は主力部隊、二つ目は遊撃隊、三つ目は王都への奇襲部隊、そして四つ目はククリで予備兵力として待機してもらうが、場合によっては主力部隊と合流してもらうし、待機中もその一部は輜重隊として働いてもらう。主力部隊の隊長はデューク、遊撃隊の隊長はジョー、奇襲部隊の隊長は俺、待機部隊の隊長はクリスハルトに任せる」

オオトリ家は、初代が冒険者だったことから今も冒険者出身の騎士や兵が多く、個人の技量に問題はなくても集団行動が苦手という者がそれなりにいる。それを同じく冒険者を兼業している（オオトリ家では条件はあるものの、騎士でありながら冒険者の副業が認められている）ジョーに任せ、ちゃんと集団行動のできる騎士たちは騎士団長のデュークに押しつけた。

同じように、ちゃんとした訓練を受けている騎士ではあるものの、まだ新人だったり退役寸前や退役済みだったりといった者たちは、ククリの街で待機してもらう。しかし、待機とはいえやることは一番多い部隊である為、その隊長には初代の頃より仕えている子爵家のクリスハルトを任命した。

「ユウマが奇襲部隊を率いるのはいいとして、メンバーはどうするつもりだ？」

「王都に詳しい奴で固める」

「奇襲って、王都に仕掛けるつもりなのか⁉　だったら俺もそっちに連れてけ！」

ジョーは奇襲が王都へのものだとは思っていなかったようで、遊撃隊ではなく奇襲部隊に入りたいと言ったが、遊撃隊の他の者たち……特にガラットの猛反対を受けて諦めていた。そいつらの共通点として、好きに暴れたいが責任者になりたくはないというものがある。ちなみに、ジョーもそっち側の人間ではあるものの、そいつらの中では序列が一番上であり、おまけに給料も一番高いのでこういった場合のわがままは許されないのだ。

「いいか、今回の戦争で、オオトリ家に牙を剝いたらどうなるかを国中に知らしめるぞ！　速さは重要ではないが、あまり時間がかかってしまうと南部伯爵家がやりすぎるかもしれないから、慌てず焦らず確実に、いつもの訓練を思い出しながら動けば、この戦いは完勝できるはずだ！」

おそらく南部伯爵家は、オオトリ家に手紙を出すと同時くらいに軍を進めているだろう。通常なら南部から王都までは一か月くらいはかかるが、獣人の身体能力を活かして急げば、半月くらいまで縮まるはずだ。

「俺たちもすぐに出るぞ。目的地はオオトリ領の端、王都へ続く街道の関所だ。そこに主力部隊を配置し、その少し後ろに奇襲部隊を置く。遊撃隊は……近くまで行ったら、自由行動だ。死んだり逃げたり裏切らなければ、各々好きにしていい」

そう言った方が力を発揮する連中なので、正規の騎士団で出すような命令とは思えないがオオトリ家では珍しいことではない。実際にその命令を聞いた遊撃隊の士気は高いし、ジョーをはじめとした遊撃隊の連中は何を持っていくかで盛り上がり、ふざけすぎたところでデュークに怒られ、クリスハルトに笑われていたくらい、緊張とは無縁の状態だった。

◆王太子SIDE

「こ、こんな……こんなの聞いてないぞ！　おい、一体どうなっている！　何故俺たちがあんな奴らに一方的にやられているんだ！　こっちはゴーレム数千だけでなく、魔法使いだけを集めた部隊をいくつも用意していたはずだろう⁉　何故、我が精鋭一五万が、たった一万ほどの田舎者どもに背を向けなければならないんだ！」

しかも、敵の姿が見えてから二時間も経っていない。それどころか、あいつらが卑怯にも空から奇襲を仕掛けてきたせいで、ろくに戦闘らしい戦闘もできないまま、俺たちは一度引いて態勢を整えなければならなくなったのだ。

「戦いの作法も知らぬ田舎者どもが！　次こそは容赦せんぞ！　我が国の全勢力をもって、一人残らず殺してやる！」

男どもはあらゆる拷問を加えた上で殺し、女は奴隷として貴族たちの報酬にしてやる！

俺が、いかにして田舎者どもを殲滅するか考えながら馬を走らせていると、

「左より敵が現れました！　数は五〇〇〇！」

「五〇〇〇くらい、お前が蹴散らしてこい！　いちいち報告するな！　報告する前に動け！」

使えない部下に苛立ちを覚えたが、使えない奴はとことん使えないようで、すぐに蹴散らされたという報告が来た。

「くそ！　だが、時間稼ぎくらいはできたようだな！　このまま引き離すぞ！」

「伝令！　右側より、ハウスト辺境伯家の軍勢が現れました！」

「遅い！　ハウスト辺境伯軍には、俺に代わって奴らを蹴散らすように伝えろ！」

我らでさえ田舎者どもの卑怯な手によりこのような状況になっているのだ。俺の軍と比べて数で劣る辺境伯家もあてにはできないが、もしかすると同じ田舎者同士、敵の手の内は理解しているかもしれない。だが、

「伝令！　ハウスト辺境伯軍が……我々を攻撃しています！」

「何⁉」

「伝令！　前方に新たな敵……北の公爵軍が寝返りました！　その数、三万ほど！」

「はぁ⁉　あいつらは道が崩落で塞がっているとか言って、一万も寄越さなかったはずだろうが！　しかも、真っ先に逃げたはずだ……別の勢力と間違えているんじゃないのか⁉」

「いえ、確かに北の公爵家の旗がありました。ただ……」

「ただ、何だ！」

「北の公爵家の旗の横に、サンガ公爵家とサモンス侯爵家の旗も並んでいました！」

「裏切りかっ！　西の公爵家とダラーム侯爵家はどうした！　まだ来ないのか！」

予定ではとっくに合流しているはずなのに、一向に西の公爵が近づいてきているという知らせがない。まさか西の連中まで裏切ったとは思えないが、北の公爵家に東側の貴族が裏切っている以上、確実とは言えない状況だ。

「陣形を立て直すように兵たちに伝えろ！　裏切者が多いとはいえ、奴らは烏合(うごう)の衆に違いない！　おそらくだが、サンガ公爵家とサモンス侯爵家のどちらが俺を討ち取るかで揉めているはずだ。

あの仲の悪い奴らがまともに連携などできるはずがないのだ。その間を突き抜けるぞ！」

そう言って鼓舞し、兵たちを裏切者どもにぶつけるように指示を出したが、

「おい。兵たちが囮になっている間に、俺たちは別方向から王都まで戻るぞ！　お前は数名を引き連れて公爵の軍を探し、目的地を王都に変更するように伝えるのだ！」

俺たちは兵どもが目くらませになっているうちに、この場から撤退することにした。俺の為に命を張れるのだ。下っ端どもにはもったいないくらいの名誉となるだろう。

その作戦は見事に当たり、兵たちが囮になっている間に俺と側近や主力となるべき者たちは戦場から離れることができた。裏切者どもと戦った兵たちは生きてはいないだろうが……まあ、名誉の戦死というやつだ。俺の為に命を使えたのだから、あの世で涙を流して喜んでいることだろう。

「すぐに態勢を整え、国中に号令を出すぞ！　戦える者は、女子供老人関係なく召集するのだ！」

俺が命令を出せば、すぐに一〇〇万、二〇〇万の兵が集まるだろう。中には役に立たないゴミもいるだろうが、囮にした奴らのように俺がうまく使ってやろう。そうすれば役に立たないゴミも、多少は役に立ったゴミへと変わるだろうな。

「裏切者を皆殺しにした後は、下々の者が下手な知恵を付けぬように管理しなければならないな。それと、貴族の数も減らすべきだな。使えないどころか裏切るような恩知らずな貴族は、ゴミにも劣る存在だからな」

正義を行うには力がいるものだ。その為にも、急ぎ西の公爵たちと合流せねばならぬ。他に戦力になりそうな者は……

◆

「オオトリ家は冒険者であると同時にテイマーの家系だというのに、王太子の軍は上空への警戒が皆無だったな」

「していなかったわけじゃないと思うけど、甘かったのは確かよね」

俺とセイラ、そして王都への奇襲部隊は、俺のテイムしているワイバーンに乗って王都へと向かっている。

セイラの言う通り、もしかすると魔法使いを集めていた部隊のうちのいくつかは、上空からの奇襲に備えたものだったのかもしれないが、それでも魔法の一つも放たないうちにほぼ壊滅状態に陥ったのだから、警戒をしていなかったと言われても仕方がないだろう。まあ、もしかすると向こうが想定していた上空からの奇襲とは、自分たちの魔法が届く高さから仕掛けてくるものだと思っていたのかもしれない。そうなると、雲の中から接近して急降下した俺の奇襲は、完全に想定外のことだっただろう。

「もしかしなくても、俺とワイバーンによる上空からの奇襲だけで勝てる戦争だったかもしれないな」

「そうかもしれないけど、それだと一網打尽にするのは難しいわよ。あくまでもあそこでの戦闘は、目的の第一段階なんでしょ？　それと、そろそろ休憩ポイントに着くわよ」

今回の戦争に関し、オオトリ家で話し合った結果、勝つ可能性が非常に高いという結論が出た。一応、様々な可能性も考え、いくつも条件を変えたパターンも話し合ったが、それでも負けるかもしれないとなったのは一回だけで、それもオオトリ家以外の全ての大貴族が敵に回った場合のみだった。

しかし、その結果が出た時点で南部伯爵家は何があってもオオトリ家の味方をするという手紙が来ていたので、オオトリ家の敗北という結果はないものとされた。まあ、あくまでもオオトリ家の知っている情報を当てはめたものであって、もしかすると机上の空論になるかもしれなかった結果なので、実際にはその通りにいくものではないとその場の皆が思っていたが……今のところその通りに進んでいる為、色々な意味（王太子の無能っぷりを含めて）で怖いくらいだ。

休憩の場に選んだ所は、王太子のせいで消えたセイゲンの近くだ。セイゲンは地盤沈下の後、水のダンジョンに飲み込まれて大きな湖になっているので、休憩にはちょうどいいのだ。それに、豊富な水があるのにもかかわらず、この付近には地盤沈下からあまり時間が経っていないので人は住んでおらず、いても同じ目的の冒険者や旅人くらいなものだ。しかしその冒険者も、王太子が戦争を始めたせいで王都から離れるか逆に参加している為、今このあたりで俺たち以外にここを利用

……


「ユウマ様！　湖に大きな魚が！　こちらに向かってきます！」

「多分知り合いだから、放っておけ」

知っている者はいないみたいだが、利用している魚類のような生き物はいたようだ。

「やっほ〜ユウマ、久々やな！　何や、大変なことになっとるやん！」

「出たな、ナミタロウ」

ナミタロウはこう見えて龍の仲間だそうで、オオトリ家に伝わる話によると古代龍らしいが、今はその龍になった姿を見たことがある者がいないせいで、本当なのかどうかは不明であり、初代や

二代目たちが面白半分ででっち上げたのではないかと疑う者もいるのだが……人の言葉を話すことができる時点で普通の魚ではないし、そもそも強者揃いといわれるオオトリ家でも勝てるのは数人しかいない（それも手加減をされた状態でのことなので、本気のナミタロウには誰も敵わないと思われる）。

「ここで会ったんはたまたまやのうて、ちょっとユウマに知らせとこうと思ったことがあってな。西の公爵領とその周辺のことやけど、ひーちゃんを怒らせてもうたからひどいことになるで。あの馬鹿ども、ボンと戦うのに毒を湖に流しよった！　普通に戦うくらいならひーちゃんもそこまで怒らんけど、毒はやりすぎやな。そもそも、ボンたちに人間の使う毒なんて効かんし、環境を破壊した上にひーちゃんの怒りを買って自分たちの首を絞めただけや」

多分、ボンの素材を使って金儲けでもしようとしたのだろう。ちなみに、オオトリ家の多くはベヒモスの子供である（とはいえ、体長は三〇メートル以上ある）ボンのことはよく知っている。何せオオトリ領の水源の一つである『大老の森』の中にある大きな湖は、初代の頃からボンの別荘のようなものなのだ。その大きさからそう頻繁に来るわけではないが、少なくとも一～二年に一回は湖で泳いでいる姿が目撃されている。

なお、来る時は体の大きさを変えた上でナミタロウが連れてきているとのことらしく、誰も気がつかないうちに来て、そのまま帰ることもあるそうだ。

「それは何というか……自業自得だな。自分たちから喧嘩を売ったんだ。これは公爵家の名前だけでなく、公爵領も消えるかもな」

比喩ではなく、物理的に公爵領が人の住めない地に変わってもおかしくないだろう。それくらい古代龍……その中でも最強といわれるベヒモスは規格外の存在なのだ。

「まあ、ひーちゃんも鬼やないから、公爵の住む街を破壊するくらいやないかな？　さすがに領民を皆殺しにするのは、後々面倒なことになるとわかっとるやろうし……多分」

ベヒモスは比較的大人しい性格で知能が高く交渉の余地のある魔物であるとはいえ、人では到底敵うような存在ではないのだ。そんな存在に喧嘩を売った公爵家がどうなろうと知ったことではないが、それ以外にも及ぶようなら何か手を打たなければならないだろう。まあ、西の公爵領以内で済むのなら、放っておいてもオオトリ家にとって問題はない。むしろありがたい話だ。

「そうなると、もし西の公爵家の関係者を生け捕りにした場合は、ベヒモスに差し出した方がいいのか？」

「いや、それは別にせんでいいそうや。何せひーちゃんにとって、人間はハエみたいな大きさやからな。よほどの特徴がない限り、個体の判断はつけにくいそうや」

それなら、もし何かしらの理由で捕らえた場合以外は気にしなくてもいいだろう。しかし、個別の判断がつきにくいということは、初代はよほど特徴のある人だったということだろうか？　初代以外にも、比較的オオトリ家の人間だけは何となくわかるそうだから、もしかすると人から見るのと魔物から見るのとでは、どこか大きな違いがあるのかもしれない。

ちなみにナミタロウによると、初代はこの世界最強の魔物であるベヒモスと互角かそれ以上の強さを持っていたらしいが、さすがにそれはないだろうということで、ナミタロウの記憶違いかボケが来ているのか、もしくはリップサービスなのだろうといわれている。

「ほな、わいからはそれだけや！　騒動が落ち着いたらまた遊びに行かせてもらうから、芋ようかんの用意頼んます！」

それだけ言うと、ナミタロウの姿は湖の中に消えていった。

「皆、一息つけたか？　そろそろ行くぞ」

「私たちとワイバーンはいいけど、ユウマは休めたの？」

「大丈夫だ。そもそも、俺一人ならワイバーンたちを乗り換えて休みなしで王都に向かっている」

俺の眷属のワイバーンは四頭いる。これはワイバーンを同時に眷属した数では歴代最多といわれているが、それでも初代と比べると見劣りしてしまう。まあ、相手はあのナミタロウが規格外や化け物と言うくらいの存在なのだ。比べる方がどうかしている。

「ここからなら、王都まで一日もかからないな。ここからは全員出すか」

ここまで乗ってきたワイバーンの『アインス』に加え、その兄妹である『ドライ』と『ツヴァイ』に『フィーア』の四頭で王都を目指すことにした。ただし、アインスを除く三頭は俺が第二王子とその母親を保護するまで、囮として王都の空を飛び回ってもらうことになる。

敵の本陣の上空を飛び回ることでそれなりに危険もあるだろうが、今の王都にはそこまでの技量を持つ王太子派の魔法使いはいないと思われるので、王城に侵入する俺より危険は少ないだろう。

◆王太子ＳＩＤＥ

「ここまで来れば王都まであと少しだな。あれは……ふふ、王都にも気の利く奴が残っていたようだな。だが、まだまだだな」

王都まであと一時間くらいという所で、王都から俺を迎える部隊が待っていた。しかし、どうせなら待つのではなく、俺を捜しに走ってくるくらいのことはしなければ、我が国の騎士として合格点はやれぬ。よくて見込みありといったところか。

「おい！　誰かあいつらの所まで行って、馬車をここまで持ってこさせろ！　いい加減、馬にまたがるのも疲れたからな！」

そう言うと、そばにいた騎士が馬を走らせたが……騎士はあいつらの所にたどり着く前に馬から落ちた。

「何をしているのだ、あいつは！　俺に恥をかかせるんじゃない！　誰か、代わりに……」

俺の言葉を遮るように、何かが俺のすぐそばを通り過ぎた。すると、俺のそばにいた騎士が呻き声を上げて落馬した。

「殿下、お逃げください！　狙われております！」

「は？　何が、起こって……」

俺が混乱している間にまたしても矢が放たれ、俺の前に出た騎士が射抜かれた。

「で、殿下！　あ、あそこに、第二王子の旗……それとオオトリ家の旗が！」

「な、なに⁉」

側近の指差す方へと目を向けると、そこには確かに愚弟の旗に並んで田舎者の旗が立っているのが見えた。

「くそ！　すでに王都は反乱軍に制圧されたか！　おい、お前ら！　俺の逃げる時間を稼げ！　ぐずぐずするな！　一刻を争う事態だぞ！」

　動きが鈍い兵たちを怒鳴りつけるが、怖気(おじけ)づいているのか一向に動こうとはしなかった。そこで、側近の騎士に命じて無理やり突撃させると、やはり臆病者どもでは相手にならないようで、続々と斬り倒されていた。

「尻を叩かれて突撃するような臆病者は使えないな。だが、奴らが襲いかかってこないということは、あいつらはあいつらで主導権争いか何かで揉めているのだろう、醜いことだ。それが自分たちの首を絞めることになることを理解していないとはな！」

　奴らが揉めている間に俺は西側の勢力をまとめ上げ、必ず我が王都を取り戻してみせる！　なに、数百年前の帝国との戦争の時も、我が先祖は耐えに耐え抜いて帝国を滅ぼしたのだ。先祖にできたことが、俺にできないわけがない！

「残っている者は俺に続け！　今は苦汁を舐めたとしても、最後に勝つのはこの俺だ！　この俺が奴らに負けることはあり得ないのだ！」

　これは敗走ではない。勝つための撤退なのだ！　西側の勢力を俺が直接まとめ上げれば、烏合の衆に負けることなどあり得ないのだ！

◆

「とりあえず、制圧した王都は第二王子に任せるとして……あの馬鹿を追うとするか」

　あの馬鹿がけしかけてきた兵や騎士たちは身分の低い者か家の出身ばかりで、確実に捨て駒の囮としての役目を与えられたのだろう。なので、第二王子はそうとわかった上で適当に戦いを長引かせ、馬鹿が見えなくなったところで降伏勧告を出した。ただ、それで大半の者たちが従ったまでは良かったのだが、中にはあの馬鹿の立場を利用してかなりあくどいことをしていた者もいたらしく、降伏しても命は助からないと思ったのか最後まで抵抗してくる奴もいた。まあ、そいつらはサクッと俺の魔法で対処させてもらったので、ものの数分で首と胴体が分かれることになったけどな。

「ユウマ様、どうやって追いかけますか？」

「アインスたちで追いかけたらすぐだけど……もうちょっと絶望というものを味わってもらいたいから、あいつらが西の公爵と合流するか公爵領に入るまではつかず離れずでいこうかな」

この発言に対し、第二王子が慌てて元王太子を生け捕りにしてほしいと言ってきたが……即座に断った。そんな俺に、第二王子の部下たちが不敬だと騒いでいたが、一番手前にいた騎士の腕を斬り飛ばしたら静かになった。

「勘違いするなよ。オオトリ家は前当主である俺の父を、この王国の王太子に殺されているんだぞ。すなわち、今回の戦争は王家とオオトリ家の戦争と言っても間違いじゃない。ついでに言うと、先に宣戦布告してきたのは王家だしな。俺としては、あの馬鹿の前にお前らを皆殺しにしても構わないんだ。それをしないのは、親交のあるサンガ公爵家とサモンス侯爵家、そしてハウスト辺境伯家が王国の存続を願ったからだ。それがなかったら、俺はお前らを助け出すことなどせずに、直接この手で王家に連なる者を血祭りにあげていたよ」

実際に、オオトリ家は王族が率いる軍を蹴散らし、敵の一味である可能性のあった第二王子とその母親を敵地に乗り込んで救い出した。

先ほどの戦闘に関しても、必要以上に犠牲を出したくないという第二王子の頼みを聞いて任せたが、任せなくても俺だけで対処することは可能だった。もっとも、その場合は敵を一人残らず殺すことになっただろうけど。

「早い話、俺にとって王家をわざわざ生かす必要はなかったというわけだ。あの馬鹿を止めることができなかったという意味では、他の王族も同罪なんだよ。それを、わざわざ面倒臭いことをしてまでお前らを助けたのは、サンガ公爵たちがいたからだ。もしあの人たちがいなければ、あの馬鹿の目の前で王城を更地になるまで破壊し、ついでに王都もぶっ壊していただろうな。ああ、疑っているみたいだけど、本当にできるからな。初代ほどの威力ではないけれど、俺も一応『テンペスト』が使えるから……試しに、ここで使ってみようか？　色々と王家に都合の良いように歴史書を改ざんしているみたいだけど、その威力ぐらいは聞いたことがあるだろ？　だからこの機会に、実際に体験してみるのもいい機会じゃないか？」

こう言えば、さすがに第二王子たちもあの馬鹿の身柄は諦めるだろう。何せ、王都に住む全ての住民を人質に取られているようなものだ。かなり悪辣な交渉ではあるだろうが、そもそも戦争を仕掛けてきて負けた王家に、俺を非難する権利はないのだ。俺が王都に着いた時点で、問答無用で破壊されていてもおかしくはなかったのだから。

「だがまあ、さすがにそこまですると、最悪この国の貴族を滅ぼすまで戦いが続くかもしれないし、それはそれで面倒だからな。だから、あの馬鹿とそれに付き従う屑どもと、馬鹿を利用しているゴミどもで手を打とうとしているんだが……新たな歴史書に王国を滅ぼす決定をした王子として、あの馬鹿と一緒に名前を残すのが望みか？」

本音ではそこまでする必要はないと自分でも思っているが、父親を殺された身としてはその原因の元王太子をこの手で殺すのは絶対にやらないと気が済まない。それに、あの大沈下で死んだのは俺の父だけでなく、父に付き従っていた者たちも犠牲になっているのだ。その数は五〇人以上いる。そしてオオトリ家には、その親族がざっと調べただけでも数百人いて、詳しく調べたらもしかすると一〇〇〇人以上になるかもしれないのだ。ここで仇討ちをしなければ、オオトリ家が内部崩壊しかねない。

そこまで言ってようやく第二王子たちは諦めがついたのか、これ以降は静観することに決めたようだ。まあ、第二王子たちにすれば、西の公爵家と合流される前に自分たちの手で元王太子を討ち取ったという手柄が欲しかったのだろうが、合流する前に討ち取るにはオオトリ家の力が必要であり、オオトリ家なしだと他の勢力を待たねばならず、ほぼ確実に合流されてしまう。そして、オオトリ家抜きで元王太子を討ち取ったとしても、今度は当主の仇討ちという大義名分を持つオオトリ家が敵になる可能性が高い。

よほどの馬鹿でなければ選ばないし、選ぶことのできない選択肢だ。それだけで第二王子は、あの馬鹿の一〇〇倍はまともといえそうだ。

「それじゃあ、ここからはオオトリ家とあの馬鹿と愚かな仲間たちとの戦争だ。セイラ、ツヴァイに乗ってデューク……いや、南部伯爵の所に向かってくれ。デュークの所は別の誰かでいいだろう」

王都には先にオオトリ家が到着したので、南部伯爵家が王都に来る必要はなくなったわけだが、その理由と今後のことを伝える手紙を俺の代理とはいえ一般の騎士に持たせるよりも、子爵家の娘であり俺の婚約者でもあるセイラの方が適任だ。それに、南部伯爵家はトップを筆頭に気の荒い人たちが多いので、向こうもよく知っているセイラを説明に行かせた方がトラブルは少ないだろう。

そういうわけで、南部伯爵軍にはセイラとツヴァイに任せ、デュークの方には騎士の一人とドライを向かわせた。

それぞれの手紙には、俺が王都に到着して第二王子を救い出したこととその後のトラブル、そしてそれが解決したこと、そして最後に南部伯爵軍とオオトリ軍の合流が遅れれば、俺一人でも敵を壊滅させると書いた。これであの馬鹿が西の公爵と合流するか公爵領に入るくらいには、こちらの数も揃うだろう。何せ、俺が待ちきれないくらいに遅れてしまえば、俺とついてきている騎士以外は活躍（暴れる）の機会を失ってしまうことになるのだ。ここまで来て、不完全燃焼は嫌だろう。

そんな感じで俺とオオトリ家の騎士たちは、オオトリ軍と南部伯爵軍が追いつけるように、ゆっくりと元王太子の軍を追いかけた。

発破をかけたことが効いたのか、オオトリ軍とは俺が王都を離れて九日目に、南部伯爵軍とは一〇日目に合流することができた。ここまでは予想通りで、南部伯爵軍とオオトリ軍で情報交換をした後、どこを落としどころにするかを話し合った。まあ、最終的には元王太子の首は俺が刎ね、西の公爵の首は南部伯爵が刎ねるのが絶対条件ということで、その二人は最優先で生け捕りにすることが最初に決まり（なお、ダラーム侯爵は西の公爵軍と南部伯爵軍が遭遇した際に討ち取ったそうだ）、あとはその場の勢いに任せて暴れるという、とても脳筋っぽい結論に至った。

しかし、西の公爵の本拠地の目の前まで来たところで、俺たちの想定外の出来事が起こったのだった。

何と元王太子と西の公爵が合流した軍が、西の公爵の城がある街に籠もらずに、その外に陣取っていたのだ。まあ、正確に言うと陣取るというよりは足止めを食らっていた感じで、俺たちの姿を見て慌てて陣形を組み始めたといった様子だったが……とりあえず、向こうの態勢が整うまで待つ必要はないので、大声で突撃を命令しながら全員で突っ込んでいった。

ただ、そのままだとどさくさに紛れて元王太子と西の公爵が殺されてしまう可能性が高かったので、俺だけ別行動で二人を捜し、無事に生きている状態で捕らえることに成功した。

敵軍は、突撃を食らってから早々に白旗を振っていたみたいだが、俺たちは興奮していたせいで誰一人として白旗に気がつくことができず、止まることができた時には敵軍の半数以上（もしかすると三分の二以上）が地面に転がって動かなくなっており、残りは西の公爵の本拠地を囲んでいる城壁にへばりついていた。

何故そこで止まることができたのかというと、その城壁の上に、おびただしい数の北の公爵家の旗が翻っているのが目に入り、さらに北の公爵本人が戦いをやめるようにと声を張り上げていたからだ。

なので、生き残った敵兵は殺さずに何か所かに分けて拘束し、元王太子と西の公爵、そして敵軍の上層部を除いて北の公爵軍に預けることになった。

その後、こちら側と北の公爵家の代表の話し合いが始まり、その話し合いの中で何故北の公爵軍がここにいて、元王太子たちが外にいたのかがわかった。

何でも北の公爵は、オオトリ家との戦争に自分たちの兵をあまり出さず（出していた兵たちに対しても、すぐに逃げるように命令していたらしい）に、手薄となった西の公爵の本拠地の制圧に向かったそうだ。だが、近くまで来た時に遠くから街に向かっているベヒモスの姿に気がつき、嫌な予感がして見守っていると、ベヒモスが西の公爵の城を破壊し始めたとのことだった。

ベヒモスは街への被害は最小限に（とはいえ、かなりの巨体だった為、相応の被害は出ているそうだ）抑えていたようで、城を破壊し尽くした後は何故かその場に留まり続け、二日後に帰っていった。その間北の公爵は、西の公爵にこの情報を知らせないように街から抜け出した者を全て拘束し、明らかに西の公爵の手の者とわかる者以外は、ベヒモスのいなくなった街に戻したそうだ。ちなみに、捕まえた西の公爵の手の者は、全てその場で処分したらしい。

北の公爵軍は、ベヒモスのいなくなった街に進軍し、住人の協力の下街を制圧して、のこのことやってきた元王太子たちを締め出した。一応、王都にも西の公爵の本拠地を制圧したとの伝令を向かわせたそうだが、その頃には俺が王都を制圧して移動した後だったのだろうとのことだった。

それと、北の公爵が何故王都を制圧しなかったのかというと、北の公爵では少人数で王城に潜入して第二王子を助け出すことは不可能で、もしかすると潜入中に俺と鉢合わせる可能性もあった為、王都ではなく西に向かったとのことだった。

こうして、予想外な所で王国の貴族の介入を許した形となってしまったが、北の公爵はオオトリ家（と南部伯爵軍）と元王太子（と西の公爵軍）の戦争に口出しをする気はなかったようで、問題なく元王太子たちをオオトリ領まで連行し、無事に俺たちの手によって死刑を執行することができた。

死刑を順番に執行している間、元王太子が色々と騒いでいたせいで何度も手元が狂って処刑用の道具がすっぽ抜けてしまい、そのたびに元王太子を殺しかけてしまったが、その都度回復魔法と粗悪な回復薬で怪我の治療をしてやったので、元王太子の死刑は無事に執行することができたのだった。

これによりオオトリ家の復讐は終わり、表面上は王家との諍いはなくなったということで、オオトリ家は王国の辺境伯家として留まることになった。ただ、謝罪代わりに色々とオオトリ家に有利な条件を結ばせてもらったので、王国の貴族というよりはオオトリ辺境伯家という名の独立国家に近い存在となったのだったが、どこからも反対の声は出ることがなかった。

そして南部伯爵家は、これまで王国から受けてきた差別と今回の戦争を理由に独立を宣言し、南部王国を名乗ることになった。

独立の際には多くの王国貴族から反対の声が上がり、武力で独立を阻止しようと騒ぐ者もいたが、戦争の混乱で王国がまともに運営できているとは到底言えない状態であり、オオトリ辺境伯家は明らかに南部寄りの姿勢を見せた為、南部伯爵家は王国と争うことなく独立することができたのだった。

南部王国に名前が変わった南部だったが、オオトリ家との付き合いは独立前と何ら変わることもなく、それどころか初代国王となった元南部伯爵家の当主が建国の宣言時に、オオトリ辺境伯家と南部王国の王家は唯一無二の友であると発言した為、クラスティン王国におけるオオトリ家の重要性はさらに上がることになるのだった。

そんなオオトリ辺境伯家と南部王国に対しクラスティン王国はというと、西側の公爵家をはじめとした多くの貴族たちがいなくなった為、急遽西の公爵家の後釜に王家の親戚筋であるオードリー家を西の新たなまとめ役に据えたがあまり効果はなく、さらには前国王の暗殺や今回の戦争の原因といった元王太子の悪事に、前国王や元王妃にその親族のスキャンダルといった、王族としては隠しておきたい情報がどこからか流出し、王国全体に様々な混乱が起こった。

それらの混乱を収める為に新たな国王となった第二王子は、全ては兄であった元王太子が元凶だったと発表した上で、混乱に対しては王家の不徳だとして国民に謝罪し、王太子という名は不吉だと言って過去に使われていた皇太子に変えることにし、他にも税を下げたり様々な福祉活動に力を入れたりと、数多くの対策を打ち出したもののどれも大きな成果を上げたとはいえず、結局王国の混乱は次の国王の代にまで続くこととなり、王国の歴史上で一番の暗黒時代だったと評されるのだった。

そんな王家を尻目に、オオトリ辺境伯領は平穏な日々を取り戻し、俺は戦争の数年後にセイラと結婚し子宝にも恵まれ、幸せな日々を過ごしたのだった。

あとがき

『異世界転生の冒険者』の最終巻を読んでいただき、誠にありがとうございます。

この16巻で、本作品は完結を迎えることになりました。初期の段階ではここまで続くとは思っておらず、続いても数章で終わるか、途中で打ち切ってしまうこともあるかもしれないと思っていましたが、運よく書籍化が決まり、あっという間に増刷が決まり、最終的に16巻まで出させていただくことができました。

素人が思いつきで始めた作品、それも処女作がこんなに続くとは思っていませんでした。それもこれも、応援してくださった読者の皆様のおかげです。ありがとうございました。

16巻の最後で、主人公であるテンマは貴族となり領を得るという、ある意味王道というかありきたりとかといったところで終わりましたが、書き始めたうなる予定ではありませんでした。

当初は、第一章で家族を失ったテンマが、世界中を旅して色々な人と出会い……うと思い、その第一弾ということで妻となるプリメラを含めた女性キャラを一気に出したのですが、その次の章で登場したジャンヌとアウラを仲間にしたことで、早々に路線変更となりました。今となっては路線を変えて正解だったと思います。もし最初の路線のままだったら、ここまで続くどころか書籍化もしていなかったのではないかと感じています。

その他にも、大老の森で遭遇したリッチを最後の敵にする予定だったり、ジャンヌは途中で死ぬ予定だったり（神になったテンマの眷属として登場させるつもりでした）と、色々な変更をしながら書いてきました……こうしてみると、本当に軽い気持ちで書き始めたんだなと、自分でも改めて感じています。

この作品は、２０１５年の1月から小説家になろうで書き始め、２０１７年の4月に第1巻が書籍として出ました。書き始めてから2年ほど経ってから本になったわけですが、実は書籍化のお誘い自体は２０１５年の9月にいただいていました。レーベルの立ち上げなどで時間がかかったそうですが、正式な発表があるまで、実は騙されているんじゃないかと思ったことも何度かありました。

今では、あの時担当さんを信じて待っていてよかったと、心から思っています。

この最終巻には書き下ろしが三本入っているのですが、いずれも未来の話となっています。

一つ目は本編終了から数年後の話で、テンマの子供たちが主役です。上の5人は本編でも少し出ていますが、残りはその後に生まれたものの設定自体は考えていたので紹介がてら書いてみました。

二つ目は数百年後の話で、主人公は転生したテンマです。この話は書き下ろしではありますが、大まかな内容は2018年の年末にはできていました。丁度その頃にインタビューを受けに東京に行ったのですが、その時に担当さんとの話でどう終わらせるかという話題が出て、こういった終わらせ方をしたいと考えたものです。異世界に転生した主人公が、異世界でも転生したという感じです。ちなみに、何代か前に獣人の血が入っているという設定なのと、テンマが漢字で『天馬』なので、動物繋がりで『タイガ(虎)』にしましたが、漢字で書くとすると『大河』です。

三つ目は一つ目と二つ目の中間の話で、主人公はテンマが転生した人物ではあるのですが、性格は少し好戦的になるように書きました。才能もテンマや数百年後の主人公よりも少し劣る感じにしています。これはテンマが転生する時の相性によって違いが出ることを表現したかったからです。

そして、二つ目に出ているジャンヌですが、これは本編のジャンヌの子孫で、子孫たちは生まれた子の特徴がジャンヌに似ていると、何となく名前を継承する感じで付けています。

本編の方ですが、テンマが苦労した分以上に、これからも幸せが続くというイメージの終わらせ方を目指した結果、自分としてはかなり満足な仕上がりだったのですが、皆様はいかがだったでしょうか？　皆さまにとっても満足していただける終わり方だったのなら、作者としてとても嬉しい限りです。

最後になりますが、皆様の応援があったおかげで『異世界転生の冒険者』は16巻も出すことができて、自分とこの作品は成長することができました。その分だけ苦労もしましたが、それ以上にとても貴重で楽しい時間を過ごせたことは間違いありません。

もし次にお目にかかる機会がありましたら、変わらずの応援よろしくお願いします。

これまで応援していただき、誠にありがとうございました。

ケンイチ

異世界転生の冒険者 ⑯

発行日　2024年4月25日 初版発行

著者 ケンイチ　イラスト ネム

発行人　保坂嘉弘
発行所　株式会社マッグガーデン
〒102-8019 東京都千代田区五番町 6-2
ホーマットホライゾンビル 5F
編集 TEL：03-3515-3872　FAX：03-3262-5557
営業 TEL：03-3515-3871　FAX：03-3262-3436
印刷所　株式会社広済堂ネクスト
装　幀　ガオーワークス

ISBN978-4-8000-1435-1 C0093　Printed in Japan